U0681351

建筑空间的魅力

芦原义信随笔集

〔日〕芦原义信 著
〔日〕伊藤增辉 编译

江苏人民出版社

图书在版编目（CIP）数据

建筑空间的魅力 ：芦原义信随笔集 ／（日）芦原义
信著 ；（日）伊藤增辉编译 . -- 南京 ：江苏人民出版社，
2019.11（2021.5重印）
  ISBN 978-7-214-23962-4

  I . ①建… Ⅱ . ①芦… ②伊… Ⅲ . ①随笔 - 作品集
- 日本 - 现代 Ⅳ . ①I313.65

  中国版本图书馆CIP数据核字(2019)第210137号

Tosi Kentiku Ni Kansuru Kenkyuu
Jinsei Taikenki
©Yoshinobu Ashihara & Ashihara Architect & Associates
Chinese （in simplified character only） translation rights
arranged with Tianjin Ifengspace Media Co. Ltd.

书   名   建筑空间的魅力 芦原义信随笔集
―――――――――――――――――――――――――――
著   者   〔日〕芦原义信
编 译 者   〔日〕伊藤增辉
项 目 策 划   凤凰空间／陈 景
责 任 编 辑   刘 焱
特 约 编 辑   陈 景   刘沁秋
美 术 编 辑   毛欣明
出 版 发 行   江苏人民出版社
出版社地址   南京市湖南路1号A楼，邮编：210009
出版社网址   http://www.jspph.com
总 经 销   天津凤凰空间文化传媒有限公司
总经销网址   http://www.ifengspace.cn
印   刷   河北京平诚乾印刷有限公司
开   本   710 mm×1 000 mm 1/16
印   张   19
版   次   2019年11月第1版 2021年5月第2次印刷
标 准 书 号   ISBN 978-7-214-23962-4
定   价   69.80元
―――――――――――――――――――――――――――

（江苏人民出版社图书凡印装错误可向承印厂调换）

中文版序

芦原义信（1918—2003）出生在一个始于江户时代的医生世家，倾其一生于建筑师的工作，终年85岁，除完成了超过300项以上的建筑设计外，还深入展开了对外部空间与街道的研究和教育活动。1951年留学美国哈佛大学研究生院，师从格罗皮乌斯，并在马赛·布劳耶的事务所工作。在洋溢着包豪斯的时代潮流思想的大本营中学习了现代建筑，据说他感受最为深刻的是从中学到的"be creative, be original"，即绝不模仿别人、坚持思考自我的原创设计的思想。回国后，通过建筑作品，为日本导入正统派的现代主义设计做出了极大的贡献。

在设计工作之余，芦原义信不停地对建筑和街道展开思索。通过与提倡对近代城市的批判和回归人性化生活环境的《美国大城市的死与生》的著者简·雅各布斯、凯文·林奇、菲利普·希尔、劳伦斯·哈普林等可以称得上是当时建筑与城市规划的人性派的代表人物的交流，芦原义信在留学时便开始意识到营造人性化生活环境的重要性。当时，作为以柯布西耶为代表的现代主义建筑主流，通过整体构思手法来构筑饱含活力的未来城市，将设计思潮引向了重视建筑形式或样式的方向，在日本这一思想的代表是丹下健三。与此相对，芦原义信却倾向于采用局部构思的手法，着眼于内容的思考和街道的形成等。

通过芦原义信的两部著作，沿《外部空间设计》《街道的美学》（包括《续街道的美学》）的先后顺序，可以追溯到一位建筑师的思想的进化与展开。在《外部空间设计》（日文初版1975年，下同）中，将日本的街道与意大利的进行对比，以内部秩序与外部秩序的理论阐明了由单个建筑到街道的不同构筑原理，提倡通过外部空间构筑建筑群，共同形成有魅力街道的设计理论。《街道的美学》（1979 年）则将外部空间理论在街道的尺度上加以展开，面向一般的读者们广泛地论述与历史、文化和人们生活意识密切相关的街道理论。他指出：二战后，东京的复兴并没有基于确切的理念，而是优先考虑了保护土地所有者的私有权益的问题，并在此基础上提出了要建设有魅力的街道，必须重视街道美学的主张。将局部构思，而非整体构思作为今后建筑、城市构成上的优位原理，为了对应个人生活的充实和个性化等，提倡重视存在于人们意识之中的街道美学。芦原义信的著作和随笔集的共同点是，所记述的内容都是基于本人的眼见、所察和思考，同时通过将日本人的生活和思想与西欧的思想加以对比，来加深对内容的思考。

这次，《外部空间设计》《街道的美学》两部著作，以及由原日文版《阁楼上的小书斋》《建筑空间的魅力——我的体验》和《探索秩序》三本书精选而成的《建筑空间的魅力——芦原义信随笔集》得以在中国出版，甚是欣慰。谨此向参与出版工作的相关各位致以厚意。在此，衷心希望众多的读者在阅读芦原义信的著书和随笔中，获得面向未来人性化的建筑和街道的意念，并加深各位对建筑与街道的思考。

建筑师芦原太郎

编译者序

约莫 30 年前，我在大学本科学习时，从建筑教科书和有限的日文译著中，首次接触到了日本的一众建筑大师的名字以及他们的建筑理论，其中印象最为深刻的要数槙文彦先生的空间奥性论、黑川纪章先生等提出的新陈代谢论，还有就是芦原义信先生的空间图底关系论，那时对这些内容的理解也就仅限于名词解释程度。后来东渡日本开始自己的建筑师生涯，很幸运得以和这些教科书中的伟大建筑师以及他们的事务所有了密切的交往，在感慨和感恩的同时，也开始对这些理论加以深层的研读，结合他们所处的时代、作品、人生来试图解读这些建筑大师们的建筑思想。

其结果，是让我意识到在今天，回归这些数十年前提出的现代建筑理论，在审视今天的城市建设成果、展望未来发展上深具价值。

今天的世界正处于一个快速发展、信息爆炸的时代，对中国的建筑界来说尤为如此，建筑师们从海外考察中，从网络和书本中，所看到的建筑形象乃至细部设计，被快速转化为图纸，而后成为实在的建筑物。曾几何时建筑方案开始充满了空洞理念和似曾相识元素的简单拼凑，而原本在建筑设计中所不可缺的对造型美学、空间品质的追求和推敲，却在迅速消失。

一觉醒来，我们发现原本引以为豪的独创设计，却造出了"千城一面"的城市景观，还有各种"奇奇怪怪"的地标建筑。中国的现代建筑该如何提升品质，建筑师该持有怎样的职业心态？我想本书中芦原义信先生的这些理论研究和随笔文给我们提供了一盏思维之灯。

本书由原芦原义信先生的三本日文著作编译而成，分别是《建筑空间的魅力——我的体验》（彰国社，1979）、《阁楼上的小书斋》（丸善出版社，1984）、《探索秩序》（丸善出版社，1995）。这三本书基本都是采用建筑理论、海外体验、生活随笔三部分结合的组稿形式，由于收录文章的写作时间自 20 世纪的 60 年代至 90 年代，因此具有讲述内容的时间跨度大的特点，一些文章中所提的观点被之后的社会发展所普及或摒弃；同时原书所收录的在不同场合发表的讲稿和文章，内容上存在一些重复；此外海外体验和生活随笔是对过去的追忆和感想，令一些内容存在时间上的交叉，有鉴于此，本书采用对以上三本原著加以汇编的形式，尽量消除重复内容、提取其中对今天中国的读者仍具阅读价值的文章，并将其归类汇总，按"关于城市与建筑的研究"和"人生体验记"的上下卷进行重构，希望给读者在内容上、分类上以更综合的阅读感受，从而得以清晰地摄取芦原义信先生所表述的理论和观点。

同时，为让读者更加清晰地把握芦原义信先生的建筑理论观点全貌和增强本书对当今中国读者的意义，有幸邀请到清华大学建筑学院庄惟敏教授为本书加以概要点评。本书的编译和出版得到了芦原义信先生的建筑传人芦原太郎先生的大力支持，在与其交往中，他多次提及父亲在 20 世纪七八十年代到中国进行学术交流的轶事。芦原太郎先生在日本建筑家协会（JIA）会长任内，积极推动中日建筑界的合作和交流，对汇编出版工作中的内容选择提出了宝贵的意见，在涉及不同出版社复杂的版权交涉上予以高度配合，从而实现了本书在中国的出版。再有凤凰出版传媒集团积极推动中日建筑资讯交流，将芦原义信先生的著作予以系列化出版，谨在此对以上各方深表谢意。让我们回归原点，思考未来，我想这正是今天汇编出版芦原先生跨越人生数十年所提出的对建筑、对人生的感悟和见解的意义所在。

伊藤增辉

2019 年 7 月

目　录

下 卷　人生体验记

关于城市与建筑的研究

上卷

城市，是所有人的城市，
所有的设计都是为了人而做的。

第一部分

城市篇

变形虫城市理论——中心的丧失

大约 30 年前我首次走访意大利，当站在被石构建筑围合的广场中，亲身体验这一空间时，我感受到了一股莫名的心动。人虽身处室外，却感觉犹如置身于一个没有天花板或屋顶的巨大室内空间中。那是一个与日本人所熟悉的室外空间截然不同的、更加弥漫着人性意图的人为的外部空间。自那以来，相对于"自然"这类扩散型空间，我将由界线所围合的收敛型空间作为"外部空间"分开来思考。这些基于人为意识所营造的"外部空间"成了设计或装饰的对象。我想这其中便存在着外部空间论、设计方法论的成立意义。

我在之前的著作《外部空间的构成》（彰国社）、《街道的美学》

（岩波书店）中，讲述了洛克菲勒中心的下沉式庭园的充实与精彩之处、华盛顿广场作为空间的高度开放性。最近再次走访了这些地方，仍能感受到 30 年前思考内容的正确性。

几年前，我有机会拜访了奥斯卡·尼迈耶在里约热内卢的事务所，并和他进行了一番交谈。在俯瞰一片蔚蓝的科帕卡巴纳海的工作室中，几位年轻的职员正在工作着。老先生块头比我想象中要小一些，乍看还有点难于交往，却神采奕奕地讲起了自己的作品——一个左右延展出长达 80 米外挑的音乐厅的设计。走访过了昌迪加尔、巴西利亚等地，对这类远超人性尺度的巨大空间、建筑间距与建筑高度的比（D/H）甚至达到了 10 以上的设计，实际上我是很抱疑问的。柯布西耶或尼迈耶的建筑逐渐接近这种象征性的纪念碑形象，建筑自身则形成格式塔心理学中所认为的"图"，围绕建筑的周围空间成了"底"，此时邻接建筑彼此之间的空间是无法成为"图"的。换句话说，对柯布西耶或尼迈耶的建筑来说，我想可以认为由于建筑的象征性过于强烈，令其周围的外部空间无法成为格式塔质而被认知。这类建筑不但需要广阔的用地，还必须能从远处放眼欣赏这一唯我独尊的漂亮形象。不过我想时代在逐渐变化中，与其单让一个建筑突显，不如将两个或数个建筑以建筑群的形式加以组织，让这些建筑彼此之间所形成的空间成为具备格式塔质的充实空间，我一直认为这是构筑外部空间的可行手法。将其扩展到街区规模上，我想便是一连串的建筑群，肩负着这个国家的文化和传统并传承到下一个时代。时代在不断地变化，以 20 世纪初的功能主义为代表的现代建筑已失去了原有的简洁性。在我们这个时代，建筑创作在混沌中低迷不振，当下甚至出现了后现代主义的建筑，今后建筑将朝哪个方向发展，无人能给出明确的答案。我想柯布西耶和尼迈耶的时代终将悄然逝去，时代将从追求超大跨度、悬挑等的科技时代向以人性化为中心的后科技时代移行。同样地，在外部空间的构筑上，通过分割过大空间，将其营造成多个人性化尺度的空间，并将它们加以连接和延续来加深建筑与人类的对话。在那里，不仅有大自然的树木、石头、水池、小溪、瀑布等，还必定会放置上人们精心制作的雕塑、陶瓷等艺术品。

意大利人强烈追求外部空间的格式塔质，我对他们这种对建筑和空间的思维方式有着浓厚的兴趣。通过将这种思维方式导入日本的建筑和外部空间的设计中，我想可以营造出更加美好的城市空间。

然而，面对日本混杂而独特的城市空间，我的脑海中却常常难以涌现出对其加以反省或重新评价的新思维。每当从国外旅行回来，对平时看惯了的日本的城市和街道有一段时间会感觉相当别扭。其中之一便是缺乏在欧洲城市中常见的明确的市中心，无论走到哪儿，看到的都是近乎一样的混杂，城市缺乏性格或样貌，只是像蚕食桑叶般无意识地平铺开去，营造的是漫无目的的城市空间。这些都是在欧洲城市中看不到的现象。

打个比方，日本的首都东京有超过1 200万的居民，却没有一个明确的城市规划方针或长期规划目标，只是将就着居住到今天。上班族在拥挤的列车上憋上1小时甚至更长的时间，想着终于到家了，可回到的却只是再平淡不过的小房子。从居住环境、街道和城市结构来看，无论哪一方面都远低于西欧国家的水平，这是众所周知的事实。尽管如此，日本的工业技术水平却非常高，具备高科技和高品位的工业产品被源源不断地生产并出口到世界各地。生活在低水准居住环境中的人们，却能制造出这些高精产品，对外国人来说实在是无法理解。莫非日本的城市结构有什么秘密？没准还有人会感觉这是一种威胁呢。

日本的城市虽然经历了地震和战争等磨难，但是城市环境并没有因用地建楼得到根本改善，而是将城市置身于自发的形成中发展至今，估计今后也不大可能会出台能让人眼前一亮的本质性措施，只是就这样发展下去罢了。

这又是为什么呢？难道是因为唯独日本人有着不同于其他国家人们的居住或城市理念吗？

我想可以举出的是自我在城市空间中的消灭，个体在大的空间整体中被溶解而均质化的这一日本所独有的特性。在对空间的把握上，我们并非通过点与线，而是从面的领域来把握，如在住址的标记中可以明确看到的那样，日本是从大的领域开始，最后以个人的姓名结束，表示个人存在的信息出现在末尾。而西欧的住址标记则是体现了个人的尊严与存在。从分类手法上也能看到，名—姓—门牌—道路—城市名—国家名这样的顺序，就算再不方便，也得把个人名字放到前面来，而绝不会让个人埋没到城市空间中去。在日本，"个人"则是被吸收到巨大城市空间的背景这一"底"中去了，其存在便如同味噌汤中被磨碎溶解了的黄豆一样，没有样态表情，只剩下混合状态下的一丝口感和风味。日本的城市便是这样，缺乏中心性，在不断地蔓延。

与此相比，在西欧的城市中，通常教堂和市政府面向广场布置，如同果物的种子一样成了城市的核心。罗兰·巴特曾说："对应了西欧形而上学哲学论中的'一切中心都是真理的场所'的内容，我们的城市中心总是'充实'的。前往中心的行为，便是与社会'真理'的接触。这是充分参与到'现实'中来的行为。"西欧的基督教思想认为城市具有中心性，这一看法正是由此而来。与此相对，罗兰·巴特对东京则提出了相反的说法："这座城市确实具备中心，但其中心是空虚的。"确实东京有皇城这一中心，他同时指出：皇城实际上是座"禁城，是一个与城市的其他部分不相干的区域，在绿化遮掩下通过城壕防御起来，如字意所示，是一个不会被任何外人看到的地方"。巴特通过敏锐的观察与分析提出了"空虚"的说法，直指日本城市的罕见特性，令我们惊讶不已。

以西欧的基督教思想为代表的观点，认为社会具备中心性，从这点来看，我们身处变形虫般的没有骨骼的柔软社会结构中，浑然一体、无视自我地生活着。在这种状态下，日本的城市由于无条理而带来的混乱状况，令我觉得或许它正是容忍了不同于西欧那种具备中心性城市的形象与结构的结果。如果没有以这种日本典型的互补互助思想为基础的空间理念、城市中的无视自我和丧失中心，前面提到的超过 1 200 万的市民集中居住在这么一个平摊开来的狭小地域显然是不可能的。不过最近西欧的合理主义、个人主张等理念，也开始在日本的城市环境思想中得到体现，比如出现了日照权利、城市公害等问题。如果迄今为止的这种彼此自制、互补互助的方式不再继续，那么必然面对西欧那种以法律和理论为基础的解决方式。现在日本城市的混乱现象，都是基于土地所有制形式和地块经细分后形状变得不规整的结果。且不论过去世代相传的木构建筑时代，就看看今天我们的建造风景：奇形怪状的地块上将混凝土筑造成一堆堆迷宫般的永久性建筑，对此我们又该如何来看待呢？在日本的城市本质中，落后的土地所有制度依然根深蒂固，缺乏合理的解决手段。只要这一制度不改变，我想唯一的解决方式就是放任无秩序的变形虫般密集型城市的形成。

另外，最近每当事故发生，社会便开始强烈地追究相应的管理责任。比如儿童在泳池里溺水或是掉入水沟，必然会追究到相关设施的管理责任；火灾发生后对因不符合消防标准而造成的损害，理所当然地也会追究到相应的管理责任。最近还制定了被称为"新抗震"的新结构标准。目前的城市建筑只需要满足了城市规划法、建筑基准法、防灾标准、结构标准、消防法的要求，便可以推卸其管理责任吗？每次灾害过后都会对结构、排烟、避难等条例和标准进行修改，这样既存的建筑便都成了理论上不合格的东西，这时的管理责任又该是怎样的呢？

在意大利，历经三四百年的建筑，今天依然完好地被用作市政厅或住宅楼。在这类情形下，又该如何看待"新抗震""防灾基准法"等后来的规范要求呢？日本人过去说失火是要子孙后代来共同担责的，所以对火灾千万小心。同样，想着不要和别人发生争执，所以从自身角度来贯彻管理责任，不给别人添麻烦。可是到了今天这个时代，却成了躺在床上抽烟也好，本人的过失也好，并非去追问原因，而是一味地追究造成结果的责任。我在文章开头讲到，在这个超过 1 200 万人超密集挤居的变形虫般的大城市中，如果只想着把责任拼命地推卸给别人，大家在这个城市中能安全地生活吗？打个比方，如果东京的所有市民都站出来要求完整的日照权利，那将会成什么样子呢？从江户时代起各地区便是职住不分，同时无法获得充分日照的住宅不计其数，现在也还有很多。按要求充分日照这一条件来说，京都那些美丽的町屋也都不合格了。在城市生活中，并非只有日照就够了。而实际上是通过综合其他方面，在总体价值观基础上，形成了今天这种密集型的变形虫城市。

　　日本传统的木构建筑，具备了轻快、透明、非对称性等现代建筑的特性，与西欧古典的石造建筑多具备的厚重、非透明、左右对称、正面性、中心性等特性形成对比。从这些特性中，可以发现在均质化的过程中逐渐丧失中心性的倾向。日本的城市不是适度简洁，而是适度混杂，在某种意味上必须将其理解为民主的、平均的、现代的形态。如果不是这样，日本的城市应该早就崩溃了。如今依然是在乍看无序的城市现象中，通过无视自我的原理衍生了下来。在这里，对我们城市的未来进行充分思考，并选定其发展进程，我想是非常有必要的事情。至于具体是对土地所有制度加以改革，将勒·柯布西耶所提倡的"阳光、空间、绿化"的高层住宅以充足的建筑间距罗列而成现代城市，还是如果土地制度无法变更，至少在这些有着丰饶人性的密集型城市中，努力让它们变得更加和谐、适应未来的时代，对此我们必须慎重地加以判别和决断。在遵循日本传统无视自我原理的同时，必须仔细读取现有城市的文脉，修改与新时代不相适应的内容，通过保护历史环境、创造新城市景观的方法，来创造日本独特的城市空间，我想舍其别无他法，这也是我最近所思。

（1983 年 4 月）

城市随想

二战结束后，面对夷为一片荒凉废墟的东京，作为建筑师，我们在梦想中描绘着重建这座宏伟城市的蓝图，对未来的期盼令我们暗地里兴奋不已。可是，现实并非那样浪漫，在曾经的用地上，旧态依然地开始建起了一栋栋狭小的独户住宅。宏大的规划方案夭折了，东京逐渐又遍布起了战后建成的杂乱无章的建筑群。近年来，由于交通的集中和混乱，城市问题迅速成为人们的关注对象，虽说迟到了些，却也出现了来自不同方面的议论。不管我们是否意识到，战后城市的大革命在悄然进行。在这里，我想就其中的几点加以讲述。

第一是道路功能的革命。过去，在机动车交通还不太发达的时代，商铺、住宅沿街道布置，对形成所谓"沿街型"的街道具有意义。可是随着作为穿行交通手段的汽车如同暴力团一样在街道上粗暴穿越，道路越是造得宽大气派，这种粗暴性便有可能越发来得强烈。比如战前便闻名于世的巴黎香榭丽舍大道、纽约的百老汇大街、东京的银座大街等，由于政府方面不加考虑地实行了穿行交通，不仅令步行者难以安心地过马路，也一扫昔日那种漫步街道的悠然雅趣。在香榭丽舍大道、银座大街中，汽车交通这一外部秩序在不知不觉中侵入商店街的内部秩序，引发了内外秩序的混乱，从这个角度来思考，事情也就不难理解了。铁道的沿线商铺从来就没有兴盛过，沿线用地不下功夫是难以经营的。西欧各国在新城市中心的规划上，尽可能地让建筑不面向道路，就像海葵草的内收形一样，建筑空间向内部敞开，将道路规划到建筑物的外围。这方面最好的例子莫过于鹿特丹的中心区规划，高层住宅与道路呈直角，商店街面向建筑内侧的广场，形成舒适的街道。

　　另一个问题是部分道路还引进了轨道交通，铺设了连接两个地点间的铁道，随着这一轨道网在城市中扩展，戴绿袖章的安全员再怎么挥舞小旗，也难以阻止险情的发生。列车必须到站才停，在车站之外的地方停车是危险的，而且汽车停车困难。同时对于那些面向道路的商店，街道如同建筑的走廊一样成了人们步行穿越的空间。就这样由于道路的专用化，如没有将汽车专用道与步行专用道通过各自独立的系统加以不间断的连接，必然会危险丛生。不能停车的道路，意味着该道路仅作为穿行交通，与沿道路的建筑并没有任何关系。因此最好能将道路规划在建筑外围。目前在日本推广的城市用地立体化利用方式是营造道路的上盖住宅，这是汽车交通尚未发达的 19 世纪时的西欧技术，如今后将其作为城市发展方向加以全面利用，将会导致内外秩序的大混乱，对此不得不说是时代的错误。

　　第二是对"城市美"思维的革命。在巴黎或柏林，其建筑高度和外墙面线基本划一，这点在讨论"城市美"时必定会被提出来加以议论。可是由于这种沿道建筑与前面所提到的向内汇聚的海葵草型正好相反，建筑呈外放的栗子型布局，而围合起来的栗子内部，是对城市空间毫无用处的光庭般的空间，这便造成了用地的浪费，不少用房的采光通风均不理想，体量看上去不错，实际上却是极不实用的东西。比如像东京丸之内大厦这样的建筑，外表挺气派的，但在建筑的中心部分设置了灰暗的光庭，这个光庭对城市空间来说是毫无用处的。如果采用近来西欧各国的设计方式，则会将丸之内大厦切为两半上下重叠起来，将光庭变为前庭，作为花坛、停车场等加以利用。这需要放宽对现行建筑法规中建筑高度 31 米的限制，转用控制容积率的方式。也就是说，将光庭这种无用的空间外放，作为积极的城市空间发挥作用，这就如同将平放的烟盒立起来，让建筑呈现薄且高的效果。随着结构技术的进步，日本虽说起步晚，但以建设部为中心也开始了对这种超高层建筑手法的研究。为了缓和城市交通，我想应该导入纽约、伦敦所实行的上述控制容积率的方式。这样的话，很明显地也就颠覆了上面提到的巴黎、柏林型的只考虑外观"城市美"的思维。巴黎和柏林由于道路布局井然有序，所以沿道路建筑能整齐排列，如果在东京这个如同古版江户地图般杂乱的用地区域，沿着弯曲的道路布局建筑的话，不但没有"城市美"，简直是一无是处了。二战前理想的做法是像丸之内大厦那样，在一块用地上建一栋建筑，所谓的"一个街区，一座建筑"（one block one building），而非像京桥或日本桥地区背后那些一块用地上建好几栋楼的做法。然而在这种道路布局下，建筑的端部突出，难于再做外挑，无法形成西欧的广场或街道中常见的端部内收空间。在西欧的街道上，除了建筑与道路之外，这种凹型空间随处可见，人们在那里驻足谈话，喝茶赏花等，是很惬意的地方。可是如在丸之内大厦这样狭小规模的用地上建上一栋的话，很明显它很难形成海葵草般的内向型城市空间。有一种说法是大概 500 米见方的地块可以形成一个海葵草型的、具备内在秩序的街区，也就是说按每 500 米左右的间距布上道路就可以了。抛开在其中规划道路分割地块、然后沿道路摆上小楼的做法，而是将其规划为一个建筑群组，在其中根据需要，如同连廊一样连接上各种步行道和车行道。目前美国在实施中的城市中心区再开发规划就是秉承这样的理念。通过这个再开发计划，我们可以知道它不同于以往的"城市美"概念。住宅、写字楼这类建筑根据功能需要建成高层建筑，商店、电影院等则建成较矮的建筑，彼此间保留足够的建筑间距。不同建筑依功能类别的不同来发挥它们各自的作用，而并不需要外墙面或建筑高度地整齐划一。相比19世纪，今天的城市内容更加丰富，因而像部队整列般的布局实际上也已经不太可能了。

第三是由钢筋混凝土住宅带来的居住立体化的革命。二战前虽已出现了同润会公寓那样的上下层居住的住宅形式，但真正的住宅街区建筑还是战后的产物。可是通过纸隔扇分割出来的8.2平方米、10.9平方米、14.56平方米等大小不等的房间，这种适合于过去家庭制度的传统日式建筑户型，是否可以应用到钢筋混凝土住宅上？最近的小孩子们都想要有自己的房间。虽说写信、记日记这些给大人看到也无所谓，但有条件的话还是想要一个即使是家人也不会随便进来的、类似章鱼壶那样属于自己的狭小私密空间。这可不是笑话啊，作为一家之主，从职场疲惫地回到家中，就想静下来在餐桌前看会儿晚报，于是摊开报纸遮上脸，但仍不得不"嗯嗯"地应着搭话。失恋心烦的女儿只能躲到厕所中，在只有自己的空间中尽情哭泣。这些都体现了日本传统家庭观念的崩溃和西欧个人主义思想的确立。另一方面，尽管在居住上已经演变为我们的祖先所没有经历过的西欧住宅楼形式，但在其中展现的却是旧态依然的生活意识。本来上下层住户由于共用楼梯、走廊、水管、煤气管、排污管等而产生共同连带感，大家应共同承担公共部分的管理责任，可实际上也导致时常不经意地对邻居私生活之类本来不应接触内容的过多关注。今后的年轻人如不树立起西欧个人主义的意识，在人群聚集的城市居住环境中是无法生存下去的。另外也期待住宅公团这种以不特定多数人群为对象的住区建设单位能在技术与人性的和谐上予以更多研究。

在其他很多国家，大量关于城市内容的书籍成为一般公众读物，对此我很欣赏，对比之下我想到目前为止在日本这样的书籍还不多见。其中常常让我感慨的有和辻哲郎[1]的《风土》和《伦理学》（下卷），其中很多关于城市生活的基本思想，都值得我们去熟读和思考。城市本来是应人类需要而诞生的，可是近年城市却逐渐变得令人类束手无策。在这种状况下，一个被称作"人性派城市规划"的学派正以美国为中心发展起来。

话说回来，城市的问题并非起因于今天的交通混乱，而是任何时代都存在的、不为一时流行或冲动所左右的本质性问题。期待通过多方面的研究和积累，营造出真正舒适的居住环境，我想这是我们必须努力的地方。在这一意义上，也衷心期待各个领域关于城市的书籍能够不断地被出版。

（1962 年 7 月）

---

1. 和辻哲郎：1889—1960，日本著名作家、哲学家、文化史学家。代表作有《古寺巡礼》《风土》等。

高密度社会的生活

1. 实现没有摩擦的生活

对门和左邻右舍，抬头看去哪里都是人、车和房子。在东京这样拥挤的大都会中，要是没有交通事故、人与人之间互不发生争执的话简直会让人觉得不可思议。在高密度社会中，究竟如何才能使人们彼此之间没有摩擦地和谐生活呢？难道就没有这方面的解决办法吗？我想对此加以思考。

日本缺乏天然的地下资源，一亿人挤在构成国土的主要四小岛上，通过从国外购入原材料发展制造业来获取附加价值，最终发展成国民生产总值（Gross National Product，简称 GNP）世界第二的国家。在住宅方面尽管也没有什么了不起的城市规划或住宅政策，面对远距离上下班与住宅用地短缺的情况，凭着不屈的精神和呕心沥血的努力工作，终于造就了今天的住宅规模。不过与此同时，产业发展上由于耐久消费品的过剩生产导致库存上升、劳务费高涨，再加上环境公害等社会问题的爆发，报纸新闻上关于社会发展"进入拐点"的报道不断增加。同样的在住宅方面，虽然有了"这回真到了该发展住宅产业的时候"的呼声，但由于缺乏新开发土地，发展并不顺畅。如将既有的住宅用地进行立体化开发，又可能产生日照权的问题。令我深感现在我们正逐渐直面的，是一个个人再怎么努力也无济于事的严重的政治问题。

在人车拥堵的大城市中，人们的精神压力也更大。在这种激变的环境中，随着机动车的普及，谁也不能断言某时某地不会身处交通事故中。有的刚刚还是幸福的一家人，转眼间却成了交通事故的受害者，掉进悲哀的深渊；也有相反的，把别人家卷进事故，自己作为肇事者同样坠入伤心绝地。虽然现在舆论通常站在受害者一方，可是说不定什么时候自己也会转而成了肇事者一方，人们在开车时都不得不带上这种不安感。这种场合受害者和肇事者都是一般的市民，事实上只是一瞬间的判断或方向盘操作，便有可能从受害者变为肇事者，或由肇事者变为受害者。

2. "以牙还牙"可行不通

我认为再过些年，当过了支持受害者的时期，像美国那样，更多考虑肇事者一方的时代必将到来。通过追究个人责任，或是坦承责任等来解决事故的方式固然重要，不管愿不愿意，未来将通过第三者的裁定、保险赔偿等最为客观的方式来予以解决。诚意、人情的说法必定会变成合同、法律这些用词。在高密度的社会，那种"以牙还牙"的思维将难以存续下去。或许对日本人来说并不拿手，但如果不采用盎格鲁－撒克逊部族那种以合同和法律为基础的思维，是无法生存下去的，我对此深有预感。

3. "小男孩"性格的日本民族

山本七平的著作《日本人与犹太人》，我也是热心的读者之一。读完此书后就会感觉到日本民族像是个毫不费力便培养出来的聪明小男孩。虽说这显然是与犹太人进行对比的基础上的提法，同一民族"将心比心"在一切都能互相理解时当然不会有问题，可当出现了公害问题、日照权、交通事故等带有复杂利害对立关系的事件时，仅凭"将心比心"是解决不了问题的。最终还需要先确立具体的规定、合同、法律，并在此基础上客观地加以解决。

　　据说在西欧，连结婚也是一种合同关系。随着日本双职工夫妻的增多，其财产所有权也变得复杂化，过去那种暗默中就着喜好的方式过日子的做法事实上已经日益困难。这让我想起来有一次，时间已记不得了，当我说自己每月都把工资全交给了妻子时，我的美国友人相当吃惊，反过来问我说："你和你夫人到底是怎样的一个合同关系啊？"这话又倒过来让我大吃了一惊。

4. 解决日照权和交通地狱

　　为了吸收第三产业劳动力，城市人口急剧增长，城市建设不得不借助土地的有效利用和城市立体化手法来应对。然而，像现在这样每栋住宅楼都各顾各的布局来开发建设，事实上除日照权问题之外，还会遇到城市形态的问题。日照权问题仅靠当事人双方是难以解决的。如何处理背阴处一方的应有权益？如何应对今后迅速增长的城市人口？归根到底大城市还是存在着必须立体化发展的宿命。

　　在这里，我想提出一个方案，首先利用东京中心区的国有土地建设高层的国营住宅楼，将其作为一个样板，建成后让邻接地区的居民都搬迁进去，接下来再把这个地区整体予以高层化。这个办法的妙处在于不采用通常的公开募集居住者的方式，而设定仅限邻接地区居民入住的条件。以这种方式强力地、持续地开发下去，既消除了日照权的问题，又实现了土地的高度利用。将由于高层化而空出来的用地营造成庭园般的外部空间。至少，可以在东京的中心区域建造先进国家中常见的高层住宅群。

　　眼下，我希望政府不要把日照权问题推给当事人双方，也不应该在

偏远的地点建设庞大的住宅区而造成区域间昼夜人口差距和上下班公共
交通拥挤的问题，而应该大胆放开地在中心区建设高层住宅群。

（1970 年 12 月）

绿色与建筑——从领域角度看外部空间

　　直至二战前，东京中心区的规划还是如同丸之内的办公区那样，采
用建筑高度和墙面线都工整对齐的所谓"一个街区，一座建筑"的城市
形态，它被认为是环境开发的理想型。这种场合下，城市空间只有街道
和建筑。即使偶然有些开放空间，也大多是为了通风采光的中庭式"光
庭"，这类空间对城市的外部空间并没有任何贡献。之后，导入通过控
制容积率来代替建筑高度限制的新控规方式，日本才真正开始将营造城
市开放空间、开发建筑的周边环境等作为外部空间的构成内容加以认真
的考虑。

　　那么，建筑周围的外部空间，究竟具备怎样的意义？从领域的角度
来看，它又是属于怎样的空间秩序呢？这里我想谈谈自己日常对这些问
题的思考。建筑周围的外部空间，即便被铺上草坪或植上树木，它依然
不同于纯粹庭园的空间秩序，对这点我是坚信不疑的。

　　几年前，我曾住在悉尼玫瑰湾的海边住宅区。这一带建的基本都是
平房，最多也就是两层的独户住宅。各家的玄关与道路之间有前庭，草
坪经过精心修剪，随处绽放着红、黄等各色花朵。这个前庭，与其说是

为了这栋住宅的居住者，不如说是为了过路行人更恰当。这么说的依据是，这个前庭从住宅里面是几乎看不到的，而从道路上却能很好地欣赏到，它为美化周边的环境做出了贡献。据说街区内还举办沿道路前庭的"选美"比赛，对精心维护的美丽庭院予以嘉奖。

与此相反，这种前庭空间在日本的住宅区中则极为罕见，有着大开口部的木造住宅为了确保私密性与安全，多数都会在道路与用地之间筑起围墙，把庭院设置在围墙的内部。

那么，前者的前庭，与日本住宅的庭院，从空间领域的角度来看有什么不同呢？

虽然前者和后者都是庭院，同为土地所有者所有，但在意识上，前者并非属于住宅这个私有的内在空间秩序，而是属于公共的外部秩序。也就是说，将这个前庭作为局部从属于道路的外部秩序来看更为妥当，与此相对，日本住宅的庭院则被看作个人私有的内部秩序的一部分，因而通过围墙与公共的外部秩序之间设定了界限，可以说这种自我完结型的构成方式并没有对充实环境做出贡献。

同样的说法也可以用在东京中心区的公共建筑周围的外部空间上。

最近在大手町竣工的三井物产大厦的外部空间，是由波士顿的佐佐木·多森景观设计事务所设计的，建筑周边通过环植树木、结合低矮的连续瀑布等，精彩地演绎出了美丽的外部空间。一个偶然机会见到了负责该项目设计的设计所副所长，他认为这个空间是"朝外开放"的，可我却认为它是"向内展开"的。后来仔细想想，觉得两种意见都没错。当站在三井物产大厦一层的门厅处看外面的庭园时，通过沿道路种植的树木和与其平行的连续瀑布，展现出由门厅内部向外拓展的空间，越过作为界线的树木，借景了远处皇城的自然景观。反之，如果站在皇城一侧想看这个庭园时，却只能看到其外周的树木，必须转到里边才能看到美丽的瀑布景观。这让我联想到被围墙环绕的龙安寺石庭，还有大德寺孤蓬庵忘荃茶室中那透过矮窗看到的庭园风景，终于理解了前面说的"朝外开放"的语意。

我想他一定是将这个外部空间设计成置于建筑内部而朝外开放的形式。我作为旁观者，置身于用地外的道路上，由于植树起到了围墙的效果，故将其理解为向内展开。我认为龙安寺、大德寺的庭园都是了不起的庭园，可是却难以将它们归为外部空间。因为它们遵循的是内在秩序，而非外部秩序。期待公共建筑周边的空间都能营造成为遵循外部秩序的空间。

（1977 年 3 月）

城市空间中的雕刻

按日本的传统，人们回到家，在玄关脱鞋后进入室内。家里面被认为属于比道路那些外部空间更"上位"的空间秩序，因此内部空间通过摆设艺术品来加以丰富。日式传统建筑中的"壁龛"便是这方面的代表。"壁龛"是比座席的榻榻米地面更为"上位"的空间，在其中装饰了四季不同的挂轴和插花。相比之下，像道路这种属于外部秩序的空间，是权力者管辖的地方，对普通大众来说是无所谓的空间。在这样的思维下，西欧常见的将广场、公园、街道、河川、桥梁等城市景观加以艺术化运用的做法，在日本传统上很罕见。也就是说，为了拉开内外的空间层次，祖先在"壁龛"装饰了挂轴和插花，因而当然也就不会去修整室外空间并布置雕塑了。在罗马或巴黎，街头上充满了艺术，无论是仰视建筑，走过石桥，还是站在广场或街道上，都能感受到周围和谐存在着的石雕铜像。这都应归结于文艺复兴时期之后，在城市规划上一贯运用造景手法的成果。

然而在美国或日本的城市中，此类造景手法却运用得并不多，进入20世纪后开始采用容积率地区制的城市规划手法。针对某一块用地，基于所在地区的系数来确定其建筑面积，即控制建筑容积率。比如东京的丸之内地区属于第八种容积率地区，即规定了总建筑面积可以达到用地面积的8倍——也就是约3 300平方米（1 000坪）的用地面积可以建设约264 000平方米（8 000坪）的建筑面积，而没必要再对建筑高度和建筑密度做具体的规定，这是一种新的思维。过去在日本，通常都像丸之内大厦那样，习惯把建筑满铺在用地的道路红线范围内，像丸之内这样的商业区规定其建筑高度为31米。按相同的容积率，如果将丸之内大厦建成两倍高度时，便可以空出一半的用地来。如果高度做成3倍，则可以腾出用地的2/3，同时建筑面积不变，具有不增加城市交通负荷的优点。这样便能通过有效地利用空地，来创造出城市中富有魅力的开放空间。美国那些初期的超高层建筑，比如帝国大厦或克莱斯勒大厦等，由于当时还没有这种控制容积率的思想，建筑铺满了用地，当然也看不到将道路与建筑之间的空地营造为城市中富于魅力的开放空间的创意了。

纽约的洛克菲勒中心将建筑以外的用地加以有效利用，设计了下沉式庭园（Lower Plaza，低庭），正面设置了普罗佩提乌斯的铜像（图1），下沉式庭园在冬天作为滑冰场，在夏季作为餐厅，在建筑用地内营造出充满魅力的城市开放空间，它追随了二战前的城市规划思想。此后，在纽约第六大街沿线根据新的容积率地区制的思想，建成了新洛克菲勒中心建筑群，并且在外部空间设置了下沉式庭园、现代雕塑等（图2、图3）。

图1 洛克菲勒中心的下沉式庭园和普罗佩提乌斯的铜像

图2 大通曼哈顿银行前的雕塑

图 3　时代生活大厦前的雕塑

　　过去，除了道路与建筑用地，日本很少有城市空间，即便想设置雕塑来营造魅力的外部空间也没有合适的场所。城市空间大概只有被树木环绕、从周围环境中孤立出来的公园，或停满了汽车的站前广场等，显然缺乏适合设置雕塑的开放空间。

　　然而，从这种容积率地区制的城市规划思想出发，充实建筑的外部空间成为当务之急。进入 20 世纪，汽车的出现和普及夺取了道路的主导权，造成了本来为人所用的道路，却将人赶到道路边上的矛盾状况。

因而最近又涌现出人类对道路复权的呼声，开始出现了步行者优先的道路。比如在星期天、节假日为步行者开放的"步行者天国"，或被称作步行街，通常只对步行者开放的街道等，像美国明尼阿波利斯的尼可拉多商业街，还有日本的旭川购物公园、横滨伊势佐木町商业街等都是这方面的代表案例，另外在日本还出现了基于"人车共存"这一来自荷兰的班乌纳夫思想的社区道路。

正如前面提到的，或许由于"内部"被理解为比"外部"空间"上位"的秩序，在日本出现了大量适合"内部"空间的艺术，其中不但有闻名世界的与生活相关的美术工艺品，也有像隔扇画这类的传统建筑绘画。可是不管怎么说，在西欧的石造建筑中常见的室外雕塑却很少。而且由于在日本传统的干栏式住宅中，有着进屋脱鞋、在室内以坐为主的生活习惯，尤其注重室内空间，所以虽然有佛像这类宗教性的东西，却很少看到作为艺术表现的室外雕塑。

我想随着现代城市规划的发展，雕塑家也迎来了难得的发展机会。今天，城市居民们开始强烈地追求城市的舒适性与文化性。这项工作不仅涉及雕塑家，如今室外空间如同室内一样备受重视，人们不但追求漂亮的铺地，在休息长凳、照明、标识牌、钟楼等内容上也追求有品位的设计，过去那种平淡的招牌、铃兰花灯、单薄的塑料广告牌等都已不符合这个时代的要求。时代已经从室内设计向外部空间设计转变，日本也将迎来真正的室外雕塑时代，希望雕塑家、设计师、建筑师能够通力合作，共同创造出美好的城市环境。

（1983 年 8 月）

创造之道

　　已经是 30 多年前的事了，当时我在哈佛大学学习。那时日本正处于二战后的贫穷时代，到了美国，我对所见所闻都甚为吃惊。比如在纽约首次看到帝国大厦时，便惊讶于那高耸的楼顶穿入云中，忽隐忽现；当时日本还没有电视广播，所以也是第一次在美国看到了电视画面；在研究生院的食堂，早餐供应的牛奶随便喝，还有大量的鸡蛋和火腿，记得当时对我们这帮营养失衡的留学生来说，真是让人吃惊不已。

　　在研究生院的设计课上，反复强调的是要有"创造性与独创性"（Be creative, be original！），教育我们决不能模仿别人的东西。因为之前在日本的大学教育中压根没有听过这类话，所以对此很有感触。原来，建筑师必须凭自己的能力，通过自己的创意思维来设计建筑，在懵懂中我感觉明白了其中的若干道理。

　　二战后经过了将近 40 年，日本的经济和技术达到了相当高的水平，和我留学那会儿相比，真有隔世之感。过去是靠第一时间调研国外的文献来推动日本发展先进技术，如今单凭这么做已远远不够。时代要求大家开发独立的新技术，进而为世界做出贡献。

　　东京有东京塔，比巴黎的埃菲尔铁塔高 13 米（图 4、图 5）。它的建设时代是日本赶超西欧的时代，因而希望比埃菲尔铁塔造得更高。然而仔细想想，埃菲尔铁塔是法国大革命胜利 100 周年的纪念塔，为何要和它相像，又为何要造得比它高呢，将这么一个塔造在东京的中心位置真是难以理解。我想这样的塔一定不会建在伦敦、柏林或者罗马。过去当日本在经济、技术上还是落后国家时，这个类似埃菲尔铁塔的东西在法国人看来也就是有点搞笑罢了，但在今天这个与西欧发生贸易摩擦的时代，这个塔对法国人来说便成了碍眼的东西，而且容许这种做法的日本被认为存在缺乏文化修养的问题。如果在 20 世纪七八十年代的今天，要求建一个高度超过 300 米的电波塔的话，一定是和今天的东京塔完全不同的构成和形态，我想至少不会去模仿埃菲尔铁塔吧。日本在今天也开始担负起了基于日本风土和传统的独立的技术开发，如果日本人都能意识到这一点，我想也是能够实现的。

图 4 东京塔

图 5 埃菲尔铁塔

这里，我再次忆起"创造性与独创性"这句在哈佛大学学到的话并作为鞭策自己的名言。

（1983 年 4 月）

城市与绿

　　数年前我曾在水城威尼斯住过将近半个月。那里有着留芳建筑史的美丽石造建筑群和运河，让人不禁回想起凯瑟琳·赫本与罗萨诺·布拉兹主演的电影《旅情》中的那些罗曼蒂克情节，实在是一座非常浪漫的城市。可是在待过一段时间之后，忽然意识到身边竟然连一点绿化都没有。对受过"人生处处是青山"这类教育的日本人来说，令我如同缺氧的金鱼一样，有种喘不过气来的感觉。当跨过的里雅斯特进入南斯拉夫[1]，面对满眼绿色的自然风景，那时的兴奋心情至今依然难以忘怀。对我们来说，城市中的绿化是如此的不可缺少。

　　然而，在文艺复兴之后的西欧城市中，由于重视景观上的建筑造型，我想"绿化"这一问题不会被轻易接受。以前曾漫步巴黎街头，当站在巴黎圣母院或马德莱娜教堂前，能感受到这些石造建筑由于具备正面性（frontality）和左右对称性（symmetry）而显得威风凛凛。如果在这些建筑前植树绿化会成什么样子呢？估计便如同在闻名美术史的泰西名画的展示前摆上盆栽一样，我想巴黎市民们一定是难以接受的。

　　巴黎市内不但很少有电线杆、电线、广告物等遮挡建筑的东西，连沿道的绿化树种也加以规定，植树要求整齐对称，并不时加以裁剪以防遮挡视线。对重要建筑物的正面尤其重视，极力避免造成遮挡。比如，在巴黎圣母院前面没有植树，转到建筑的后面，在人们不常去的一些地方才能看到树木。

1.南斯拉夫：1992年南斯拉夫解体。同年，未独立的塞尔维亚、黑山等两个加盟国组成南斯拉夫联盟共和国。

另外在欧洲，越往南走夏季的气候变得越发干燥，给树木的栽培也带来困难，例如在意大利的广场上连一棵树也没有。著名的锡耶纳坎波广场呈扇形展开，铺着石板地面，还有威尼斯的圣马可广场、罗马的卡比多里奥广场，也都是有着漂亮的铺地纹样，就是不见一棵树。同样的在西班牙，或者漂浮在爱琴海上的希腊群岛，多数街道上都没有种植树木。虽说干燥地带的自然地貌多呈浊黑险峻，难以栽植，但与人类所创造出的人造美——比如建筑的轮廓线和铺地等这些最能体现人类存在印记的内容在视觉上的对立，才是舍弃栽种绿树的真正原因。因此不管是在北欧还是西欧，基于自然条件的限制，还有清晰展示建筑轮廓线的要求，令导入城市绿化变得不易。

反之在日本，城市绿化被极其自然地接纳了下来。树木不停地生长，其形态也在不断地变化中。落叶树从长出新绿到落叶的一系列自然生长变化中，其后面的建筑轮廓也随着季节变化而忽隐忽现。同时树木在生长，其形态随风摇动并无定形。这种城市绿化的存在说不定与日本的城市生生不息、充满了变化也有一定关系呢。我想正是这些绿化，将日本原本缺乏统一性的建筑表层予以遮挡，对模糊其中的空间起到了极大的作用。

就这样，仅从绿化这一件事情上来看，便可以发现不同的国家有着不同的思维。在日本，也并非把树种下去就可以了。在思考日本城市美化时，尽管不同的国家有着不同的历史、传统和市民意识，并非朝夕能改的内容，但我还是想说已经到了该认真思考城市环境的时候。

（1984 年 5 月）

日本城市的魅力与问题
——（日本国立教育会馆）文化功劳者表彰大会纪念演讲

今天，以"日本城市的魅力与问题"为题，我想就我个人日常所思考的一些问题展开讲述。

首先谈谈日本的首都东京存在的各种城市问题。

我想第一个问题就是交通拥堵。我现在住在涩谷区，一段时间以来我都在观察首都高速3号线，发现虽然不同的时间点和工作日情况有所不同，不过总的来说汇向市中心方向的货车非常多，有时货车的比例甚至达到了70%左右，而且，其中多数还是大型货车。

当发生交通堵塞时，人坐在车里可以感受到高速道路震动得很厉害。就算是钢筋混凝土结构，每天承受如此频繁的震动，有一天也会到达其承受力的极限，更不用说发生地震了，以至于每次坐在车里总不禁会想就是通常情况下万一有什么事故可就麻烦了。比如，每当去羽田机场或是成田机场乘机时，我总是纠结于究竟需要提前多长时间出发的问题。

现在大量的货车涌向市中心。稍加分析便知道，这是城市的环线道路建设不够完善的缘故。欧洲中世纪的城市，由于历史原因多沿城市外周筑有城墙，所以现在多数都形成了环城大道（Ringstrasse）或林荫大道等环线道路，不知日本因何缘故，多数是直线道路，车辆就这样长驱直入，而没有完善的环线道路。

就拿东京的8号环线来说，由于规划用地上的一些住户拒绝搬迁，至今没有完工。以前和美国的城市规划专家一起对此视察时，他们都觉得这太罕见了，在美国是不可想象的事情。因为此而造成的拥堵，假如令东京人每人每天浪费5分钟的话，1200万人口加起来就是一个巨大的数字。在日本似乎舆论总易站在弱者的一方，但在城市规划上，我想必须仔细考虑这些问题。由于这种种的原因，以外环线为首，包括 8 环、7 环以及其他环线都没能最终完工，那些大型货车便只能涌进中心区来了。

因此造成的最大问题之一是影响东京上班族的上下班时间。东京上班族单程通勤时间平均为 1 小时 2 分钟，来回就是 2 小时 4 分钟，更长的甚至有达到 3 小时左右的。试想一天工作 8 小时之外，还要花上 3 小时在交通上，这问题是很严重的。

常常开玩笑地说：东京大学的老师如果上午在学校上课，为了晚上参加学生的婚礼而返回在八王子的家换身礼服，来回便需要 3 个小时，这一天他能用在研究上的时间便只剩下 1 个小时左右。而京都大学的老师，如果做同样的事情，则 15 分钟便可以搞定，还剩下 4 ~ 5 个小时可以用在研究上。能用在研究上的时间差别如此悬殊，怪不得诺贝尔奖全被京都大学拿走了。

我和猪濑博先生（1991 年文化勋章获得者）一样，都是住在靠近市中心一带，所以才能获得这个荣誉奖项啊！一想到这心里深感庆幸。

虽说这是城市规划的问题，但在今天这个时代，充足的时间已成为取得创造性和技术革新成果的极其重要的条件。

最近出现的另一个城市现象是女性的社会参与性提高了。在过去日本城市中，大抵都是木构住宅，家里超过 3 小时没人便有点担心起来了。不会有小偷吧？不会失火吧？所以在二战前那个时代女性连长时间的外出都做不到。然而时代发展到今天，女性的社会参与已经非常活跃，甚至在劳动时间上比男性更长。这时的问题是日本的城市规划无法适应这样的要求。由于一直是"总有人在家"的城市形态，因而现在出现了各种各样的矛盾。

一方面是收快递、报纸的问题。就拿我家来说，如果我妻子也和我一起有一周以上不在家的话，邮箱便会被塞满报纸。

记得我在纽约生活期间，报纸基本上都是在上下班的路上买。那是40多年前的事了，扔下5美分，对方便递过来一份《纽约时报》。为了便于放进衣服口袋里，报纸都很薄，只有周日版加了很多求职广告、娱乐资讯等成了一大叠，而平日的都相当轻薄，可以放进衣服口袋里。然而在日本，每天的报纸都充斥着大量的广告，另外还加塞了不少广告插页，这些过手一扔就是垃圾，这已成了目前东京的另一个大问题。如果取消了送报纸，我想一定会发生很大的变化，之后又会引发其他方面的社会问题。

另一方面是垃圾处理的问题。如果家里没人，就无法处理那些生活中产生的垃圾。

因此最近也出现了对邻里单位的重构，将住区单元内一个个分散的住家以邻里单元的形式建立起关系，我想这也是很重要的问题。

比如现行的消防法规禁止城市中的明火焚烧行为。如果以每50家为一个单元，每个单元找一个地方设置一个焚烧炉，在周围摆上长凳，各家把不要的废纸都拿到这里来烧掉，过程中甚至可以伴着悦耳的音乐喝上美味的红酒，就像饭前小酌般的小活动，最后把燃烧后的灰垢也处理干净，我想要能实现，在垃圾问题上准能帮上东京政府一个大忙。这个集体的地方由我们这些上了年纪的人进行轮值，各家的快递、报纸收取都集中到这么一个地方上来，我想新建一些这样的系统不是挺好吗？

还有一件目前很成问题的事情，便是各家门前的维护管理。它属于城市规划中从整体出发还是只考虑局部的问题。虽说但凡收拾住宅都是自内向外，能否对自家门前的地方稍下点功夫呢？常开玩笑说：我们男人做事情总是匆匆忙忙，早上边看电视边吃早餐，吃完赶紧奔向车站，对自家房子在公共道路是个什么样子都记不太清楚。晚上回到家时，又是一闪便进了屋，所以不少人甚至不记得自己家是否面对着道路。对房子前面立着的混凝土砌块围墙上还缠绕着铁丝网，该在哪个位置放垃圾，或者地面堆满了落叶等细节，不少一家之主还真不知道。

另外刚才也提到了女性的社会参与问题，如果这些情况连持家的女主人也无法把握，那就很成问题了。

通过对我家附近的仔细观察，我发现有的房子门口收拾得非常整洁，但旁边那家可能很脏，再过去又可能是挺干净的一家。造成这样的原因我想大概是不同家的女主人花在门口空地打理上的精力不同。这方面我想可以通过邻里组织的工作来共同搞好，同时有必要提高个人对自家房子以怎样的面貌面向公共道路问题的关注。

这种做法在德国尤其普遍，不但对自家花园，人们对邻家花园的收拾也非常在意，住进小区的日本人常常会受到指责。比如收拾得不干净呀、星期天你丈夫怎么一点儿也不打扫呀。我在悉尼居住期间也有在意邻家花园的习惯。

由此我想，不管采用小区组织还是政府主导手段，最好能将城市规划的建设自外向内从整体的角度进行考虑。从最开始提到的交通规划开始，如同土地使用规划一样，整体上向内推进建设。然而这么做还必须先解决一个重要的问题。

现在，日本最主要的问题是土地私有权制度，它阻碍了行政手段的强力执行，即使是为了公共利益也难以实现。因此在城市建设上，必须非常注重个人自内往外的参与和行政上同时自外向内的推进。

作为建筑师，我在这里也谈谈建筑的事情，决定建筑空间的要素有三个，即地板、墙和天花板。当我们在设计建筑空间时，地面怎么铺，墙怎么砌，天花板做成什么形式等，需要通过多方面的综合思考来决定。对于地板与墙的关系，稍作研究便会发现很有意思的事情。

在日本人们有一进家便要脱鞋的习惯。日本人常被问及"脱鞋这事有那么重要吗"的问题。实际上最近在国外，日本人为何一回家便脱鞋的问题越来越受到人们关注。

细问之下，原来是受日本的影响，最近也有老外学起了进门脱鞋，在以前可没有这样的习惯。

以前曾和法国友人莫勒襄女士讨论过这个问题，据她所说：日本人入住巴黎的酒店，回到房间关上门，随手扣上锁链，便不假思索地把鞋给脱了。而法国人是绝对不会这样做的。于是我便好奇地问她，那法国人是怎么做的呢？她说先是在不锁门的情况下翻起床罩看看底下有没有藏着人，然后打开衣柜同样看看里面有没有人。确定房间里没有外人后再把门锁上，然后才是脱鞋。言下之意是说脱鞋行为必须在一番决策行为之后。

这番话勾起了我的回忆。在二战结束后不久的 1952 年，那时日本还没有电视，处于很贫穷的时代，我前往美国的哈佛大学留学。那时的哈佛还是男校，不收女生。旁边有所名为拉德克利夫学院的女校，不时有女生过来我们宿舍玩。

当时有个不成文的规定是：如果房间里来了女生，必须把房门打开约 30 厘米，而且如果来了日本女生，千万不能让她们脱鞋。如果关了门脱了鞋，房间里便形成了完全私密的内部空间秩序，万一出什么事就必须担责了。从这里也可以看到，脱鞋这一行为实在是有着非常深远的意味。当然了现在已经有所改变了，也不知道是否出于日本经济发展的影响。总之想起来也挺有意思的。

大家都知道，日本在夏季高温多湿，一直穿鞋子会有脚痒的问题，这是题外话了。我想要说的是由于日本气候高温多湿，故能栽种出可以用来作为梁、柱的笔直木材。因此也促进了日本传统的梁柱结构的木造住宅的普及。

众所周知，这类传统的木造住宅为干栏式，地面被架高，没有墙，所以风从南往北穿堂而过。由于几乎没有墙壁，通过隔扇和透光的格子门窗来分割空间，所以架高了的地面成为空间构成的重要因素而被做得非常精致，内部空间也被视为比外部空间"上位"的空间秩序。简单来说，和家里的垃圾是由里向外扫出去是同样的道理。从中也可以看到日本人非常重视地板的国民性。

然而在欧洲，尤其是到了南欧，像希腊、意大利南部一带，气候非常干燥，夏天尤其高温干燥，因而无法产出日本那种能成为梁、柱的笔直木材。所以那边的房子普遍是砖石结构，用石头或砖块来砌造。

这种房子，如果也像日本的木构住宅一样把墙去掉做成大开口，便难以支撑上面石头的重量。因此开口部只能做成纵长的条窗或入口，并用厚重的隔墙来分隔空间。

另外，砖石结构的房子室内和室外并没有太大的区分。屋里屋外都一样穿着鞋子生活。鲍勒诺夫和马丁·海德格尔这两位哲学家都说过：通过非常厚的墙壁营造出家中庇护性的空间，只有置身其中才能感受到自身的存在。一语道出了存在主义的思维。

意大利的锡耶纳旁边有座名为圣吉米尼亚诺的小城，走访那里给我留下了很深的印象。这是一座城郭城市，从城门进城，在城的中心区有一个小广场。站在其中，看到的景色真是有意思。这个广场的整个地面都铺上了漂亮的石板，一直延伸到周围建筑物的墙根下，这些建筑的外墙也都是厚重的石墙。整个广场一棵树也没有，只有广场自身。我站在其中茫然遐想，竟仿佛分不清自己是身处室内还是室外，感觉那里的内外空间是可逆转的，或者说理解了住宅的室内和室外是极其均质的空间。所以，在意大利，如果从家里向外扫地，垃圾便被扫到了广场这类公共区域中。然而广场对大家来说是非常重要的空间，怎能乱扔垃圾呢，本应当把那里的垃圾带回家扔的。可见他们的空间感觉和我们是完全不同的。

还有让我大为吃惊的是，他们在生活中一直穿着鞋子，直到睡觉时才把鞋子脱下来。关于这点有诸多说法，一种是在中世纪的城郭城市，穿着鞋子是为了应对敌人的随时到来。在刘易斯·芒福德的《城市文化》一书中有不少这方面的记述。在城郭城市，当夜晚来临，不要说人了，就连牲口也全都被赶进城里来，在吱呀－咔嗒声中城门被关紧锁上。因此也可以说城市居民的居所只有城内或城外之分。

与此相比，当时像日本的农村还属于所谓"散村"的居住形态，即农家都是三三两两分散开来的。因此对城市人的居所只有城里城外之分这一概念是根本无法理解的。在中世纪欧洲的城郭城市，为了防备随时可能到来的敌人，在城市的外周筑起了坚固的城墙，于是便采用了以城墙为界向城市内部收敛的造城手法。

这种手法被认为是促成欧洲的城市规划在总体上获得高度完善的一个重要因素。翻翻历史我们便可以发现非常有趣的内容。比如夜里关上城门，人畜全都集中到城里来，于是便带来了很多问题。

第一是"脏"，存在排泄物的处理问题。人们总得找个地方扔垃圾，尤其是石板地面是毫无吸收能力的，所以不穿着鞋子生活便会有诸多不便。

当时对传染病流行的研究出现了两种学说，一种是波恩大学的马克斯·冯·佩滕科弗教授强烈主张的，认为由于下水道不完善而导致了霍乱和黑死病的流行。这种观点不难理解，地面铺了石板，晚上关上城门，在这样一个封闭的城市空间中，人畜一起生活，这显然存在很多问题。因此出现了需要修建完善下水道的强烈主张。

然而另一种出自英国的约翰·斯诺的学说却对它从正面予以否定。他提出了完善饮用水，即上水道设施才是防治传染病的关键。为了证明自己学说（下水道学说）的正确性，佩滕科弗教授甚至喝下了霍乱菌，拿自己的身体进行活体实验。结果不知什么原因，或许是基于他那强韧的精神毅力吧，尽管喝下了霍乱菌，却只是出现了拉肚子的症状，并没有发病。后来研究表明似乎上水道的说法比较靠谱，佩滕科弗教授在他83岁生日的前一天开枪自杀了，这些都是来自史学家鲭田丰之著书中的记载。再后来下水道学说逐渐消亡，上水道学说逐渐被人们接受。

在欧洲，冲水便器和下水道得以迅速普及，然而在日本情况却正相反，采用的是约翰·斯诺的上水道理论。

在日本农民将人类的排泄物称为"金肥"，意思是非常宝贵的东西。

由于"散村"的居住形态，农家彼此分散居住，各户之间隔着吸收性良好的土地，从生态层面来看其处理过程也相当理想。这与欧洲城市是完全不同的构成，问题只是当他们回到家，须先脱了鞋才能进屋。自然日本也没有像欧洲那样迅速普及下水道而是发展运用了上水道理论。基于这些原因，在日本，虽然下水道推广得比较晚，但上水道却得到了很好的普及。日本全国无论哪里的自来水都能饮用。这样的国家实在是很罕见的。

在巴黎能直接饮用的是依云（evian）矿泉水，自来水可喝不得。以前去过德国，那边的自来水也是不能喝的。在日本，如果告诉你兑酒的水是自来水，冲厕的水也是同样的自来水，外国人可能会大吃一惊。或许这么说显得有些奢侈，不过在日本就是这样。反过来在普及下水道方面却是落后了，目前以建设部为首、包括东京政府对这个问题依然感到很棘手。

原来脱鞋文化还与城市规划有很深的渊源，此外脱鞋这一行为，也和各种文化有着深厚的关系。由于日本人受"地板文化"的影响，自然而然地视线总是向下。文娱艺术也几乎都是向下的艺术。

其结果之一就是建材的尺寸非常小。日制通常以 1.70 米为单位，之前我乘坐新干线时，看到一个身材高大的外国人，或许是篮球或排球选手吧，在上车时头"嘭"地一下碰到车门上了。列车入口的高度只有 1.84 米。这种尺度的建材，用在像列车这样的公共场所上，我想在国外可能是不可思议的事情，而在日本却没人觉得这样有什么不妥。因为穿过门洞的时候，大家都是低头而过。尤其是茶室，从高只有约 60 厘米的门洞钻进去，并不需要高大的门。可是之前在美国听一位建筑师说过，美国的房子，如果吊顶高度不够高就成便宜货了。连待在天花板高度不够高的房间中的人都被看成没出息。而在日本天花板的高低似乎并不成为问题。

酒店也同样，国外大部分酒店的吊顶都很高，日本的酒店却普遍比较低。这一方面是由于日本城市规划上建筑限高的原因，比如建筑要造12层，就必须把限制高度12等分作为层高，如果想把天花板做高一点，可能就只能建10层了，另外我想可能也还有经济上的原因吧，总之天花板高度稍低一点在日本并不是问题。

当我们走进哥特式教堂，因为是砖石结构所以上部开了细条窗，光线从上面的花窗玻璃中透射下来，令人感受到向上的气氛。而日本的茶道、榻榻米文化则处处让人感受到向下的氛围。

都说罗丹的雕塑《思想者》，是站着的人的坐像，与其相对的，日本的中宫寺或广隆寺中所敬奉的半跏思惟像则是坐着的人的立像。其出发点的区别在于是立着还是坐着。关于这方面的内容，山折哲雄先生甚至出了一本《坐的文化论》的论著予以专论，可见"坐"这件事，或脱鞋的行为，对日本的文化有很深的影响。像三味线、古琴、水墨画，这些传统艺术都是坐着进行的，也可以说没有了榻榻米的地面便失去了传统的行为氛围。

可是，最近日本也逐渐走向国际化和现代化，年轻女性的腿大多修长纤细，绝不像是过着盘腿生活的人。我想一定都是适应了坐在椅子上或睡在床上生活的结果吧。即便这样也还是保持着回家便脱鞋的习惯。

在国外，去驻外日本外交官的家里做客时，只见大家都穿着鞋子，然而这些人一回到东京居住，便又都成了脱鞋派。我想这样的行为模式已经不是湿度什么的原因，而是作为某种属于日本人特有的文化扎根体内。因此，在空间三要素地板、墙和天花板中，要说日本人属于"地板文化"群，与其相对的，我觉得欧洲人则属于"墙体文化"。

体现这种文化属性的代表性例子是城市中的住址标记系统。在日本，写地址时是按着东京、涩谷、某某町、几番地的顺序，属于区域体系的构成方式。相对的，欧洲则是按房号、街道的顺序，大体上是线形的系统。我想这可以说是"墙"和"地板"文化在住址标记系统中的应用，这些系统都受到了"地板文化"或"墙体文化"的影响。

前些时候，美国的建筑师来到日本，参观完东京后我问他们印象最深的是什么，几乎所有人都说是电线杆或电线。这可真令人吃惊，日本人当然也有意识到这点的，比如有人会说，"遛狗时有电线杆很方便哦"。大家并不觉得这些东西对城市景观会有什么妨碍。向到过国外不少地方的人一打听，都说欧洲城市是绝没有电线杆的，要有的话对城市景观会是很大的妨碍。再就是几乎见不到晾晒的衣物。

漫步欧洲那些浪漫的街道，只见建筑的窗台上全都摆满了漂亮的盆花，从外面可以很好地欣赏到，进了室内便看不见了。要是有个十天八天的出差，首先担心的便是那些花。德国人认为在街道景观中花卉起到很重要的作用。因此，当在欧洲生活的日本人不经意地把洗好的衣物晾晒在窗口上时，30分钟内就会有警察找上门来……对日本人来说，挂个衣服有什么不可以的啊，简直太不可思议了。

欧洲人非常尊重左右对称性、正面性或者有象征性的东西，将其作为由内在秩序向外部秩序过渡的界线，而日本人则感觉是避开这些要素，留下几分暧昧。

　　当我们思考究竟何为城市时，从繁华的街道社区到个人寂静而私密的房间，即从公共到私密，基于阶段性的秩序，将其间连续形成的空间统合为城市。尤其是在大城市的中心区，具有节奏快、喧闹，以及匿名性等特点。特别是在东京，一出家门，对"在哪里—谁—在干什么"等一切信息毫无知觉。纽约也同样，我在那里第一次感受到身处这种匿名性环境中的束手无策，万一死了也就一了百了啊，有时就这么躺在床上胡思乱想。可是随着思考的深入，便会觉得这是多么成熟的思想啊。而且，匿名性在培养独创性和创造性上也发挥着一定作用。从高速、杂乱和喧哗吵闹的环境中逐渐归于平静，最终回到家中。那里有非常寂静的书房，或充满了孤独诗情的空间。这个过程也很重要，可见只取其中任何一环都难以构成城市的生活。

　　在城市，尤其是在大城市中，人口集中，以去农业化为发展方向，因此搞农业是不太可能的。常说发展信息化和第三产业，其中便存在着"分工"的重要问题。

　　拿农业来说，从播种到收获都可以由同一人来完成，具有全方位的统一性，可以说是有价值有意义的工作。然而在城市，通常都需要采用分工的形式。粮食的运进、搬出，都需要分工，无法实现一人包办一切的统一性，也就意味着人们在没有搞清楚"为什么而活着""通过什么为社会做贡献"的前提下，在乱糟糟的环境中茫然地生活着。因此，在今后的创造性时代中，尤其是在面对日益激烈的国际竞争、不能一味追随人后的时代中，扩充住宅，或者说回到家能够拥有一方安静的空间对我们来说尤为必要。

　　正如上面提到的，当论及空间、时间的重要性时出现了"小空间"

的问题。小空间不同于狭小空间，它是一个非常小而全的空间。打个比方，要是我们能缩小身体，然后钻进桌子上的苹果里会怎样呢？加斯东·巴什拉讲道：那里面一定是非常美妙而甘甜的世界。

在思考事物时容易由小及大，却难以由大及小。我们建筑师的工作也是如此，通过绘制 1 ∶ 500、1 ∶ 1 000 比例的图纸，来思考大尺度的建筑内容。而小孩子则多喜欢钻到桌子下面或藏身柜子里，这种情形被解释为胎内回归、约拿情结[1]。

对此我也有亲身体验。我们那个年代在国外留学，通常租住的都是很便宜的地方，比如被称作"garret"或"attic"的屋顶阁楼，房租便宜，吊顶是斜面的。通常我们认为吊顶都该是平的，但在阁楼里是斜的，间隔地有些挑窗。在这样的房间里，躺在床上便能体会到一种回归母亲胎内般的安心感。据说在这样的环境下容易激发创意灵感。我想对动物来说，置身于某个空间中具有非常重要的意义。

因此从大空间回归到真正能够安静下来、富于诗意的小空间，在开发创意思维方面很重要。

之前读过《方丈记》一书。在京都南部有个叫日野的地方，那里有个法界寺，寺里有座阿弥陀堂，里头便是传说中鸭长明晚年住过、留下了方丈石的地方。那环境在今天的人来看是无法居住的。据说在遭受了相当严酷的虐待后他不得不住进了那里。在鸟取县的三德山，有座名为

1.约拿情结：美国著名心理学家马斯洛提出的一个心理学名词。它所代表的是一种机遇面前的自我逃避和退后畏缩的心理，这种情绪状态导致我们不敢去做自己能做好的事，甚至逃避发掘自己的潜力。在日常生活中，约拿情结可能表现为缺少上进心，或称"伪愚"。

三佛寺投入堂的天台宗寺庙，是一座非常大的木构建筑，建在山道尽头的断崖上，传说是被神仙掷过去嵌在悬崖上面的。这栋建筑现在已被指定为国宝，那里面居然还住着出家人，实地到那里看过后，觉得对现代人来说简直是不可思议的环境。正像当年芭蕉走过了奥之细道、鸭长明居住在那种非人的环境下，显然自古人们便思及远离人烟的这类小空间。

今天，日本的国际化已有了相当的发展，最近我也觉得自己必须具备一些自发性的思维，开始想得越来越多，比如如何构筑一个小巧安逸的空间，其中之一是造了露天浴池。我住在东京内相当方便的地方，在院子里用天然石堆出浴池，从浴室引过来热水泡澡。眼下日本的出行交通还不太方便，温泉胜地去一趟也不容易，我便使用日本各地温泉的入浴剂，今天是去奥飞弹温泉的心情，就把这个温泉的粉剂倒进去。从北海道的登别温泉到九州的别府温泉，想去哪儿便去哪儿，任何地方的温泉都只需一秒钟便可以实现。然后泡在池里，看着树梢间的月亮，这一秒便到的露天浴池还真是惬意啊。

此外，还造了一个小空间——一间桑拿小屋。之前去芬兰时被邀去蒸了桑拿。问怎么个蒸法，说是先在 100°C 的桑拿房中蒸过，然后跳进冷水里。我听后觉得旅途中万一发生心脏停搏可就麻烦了。对方回答说绝对没有问题，一起来吧。尝试过后果然效果不错。结果从芬兰运回来了桑拿炉，并造了间真材实料的圆木屋作为桑拿房。每个周末都蒸一下，也希望能从中获得一些创造性的思维灵感，可惜至今依然没有多少收获。

下面来聊聊东京的问题。东京的土地所有权制度建设，不是朝向线性体系，而是朝向区域体系。这种土地所有权制度，令城市规划困难重重。比如遗产继承时，土地可以按任何形状进行分割。就如同在继承毕加索的一幅名画时，把画剪开，大哥拿走上半截，二姐拿走下半截的做法，这明显是行不通的，然而对于土地，分割买卖却成了自然而然的事情。从城市规划的角度出发，我认为现在已到了必须制定禁止土地细分化相关法例的时候了，现在由于土地所有制的妨碍，事实上一些城市功能已经无法正常运作了。

最近听说由于世界经济不景气，国外很多建筑师都来到日本，希望参与到各种项目中去。

其中出名的某啤酒公司的总部大楼，是由法国建筑师设计的。大楼顶部装饰了一些黄色的泡沫造型，这要是换了在巴黎，恐怕会受到建筑法规的制约而放弃，而在日本却能得以实现。自那之后国外的建筑师都想到日本来一展身手。然而在东京，想要搞成像巴黎的里沃利街一样，对建筑的形状、高度、开窗等都采取统一的作法，按现在日本的土地所有制度来说便无法实现。

有条新闻提到京都酒店要建成高 30 米还是 60 米的问题，遭到了佛教界的大力反对，这也是可以理解的事情。只是从土地所有权制度的角度来说，为何一定要压低建筑高度呢？

到了华盛顿，便可以看到所谓屋檐线统一（cornice conformity）和窗位对齐（fenestration）的景观，这都是基于最初制定的法规要求。日本由于没有这方面法例，到建成之后才说"必须低一些"，进而出现"侵害权利"之类的问题。50 年前战争刚结束的时候，真的是一栋住宅都没有。而如今建筑物把东京都塞满了，现在才说"要整齐"，明显是不可能的了。

如今恐怕我们也只能去顺应这种不统一的美学而别无他法了。

根据现状来谈东京的美学。晾衣服是没办法的事情，路边的电线杆也只能这样布局吧。像巴黎那样的城市，电线采用地埋方式，21世纪迎来了信息文化的时代，铺设新的线网也不是件易事。在日本，无论是电线、电线杆，还是挖路、建设，大家都持无所谓的态度。表面上看城市乱糟糟的似乎很不好，实质上却已经实现了相当程度的城市化。

今天，当我们站在皇宫前，如果前面的道路是直线的话，对面的帝国酒店，本来看不见的地方就会被看到。日比谷公园也不再是矩形而是梯形了。还有文部省的建筑也值得一提，麻省理工学院教授、城市规划专家凯文·林奇先生提出了"记忆地图"的理论，即通过记忆绘制地图，按这一理论，从赤坂向新桥方向一路走过去，可以绘出一道笔直的道路。可到了文部省的这个教育会馆的位置道路便拐了一下，因此，从新桥方向看来，正面可以看到霞之关的超高层大厦。本来以为看不到的内容，由于道路的折拐而得以看到，从这可以看出日本文化中存在着某种嫌恶直线的特性。在日本高速道路也一定是要建成曲线型。可在欧洲或美国，大多是笔直的，他们喜欢直线的文化。而日本则是嫌恶直线，嫌恶正面性，在茶道中也讲究以不尽善的形式来体现美。不久前我在法国就被问过"什么是以不尽善的形式来体现美"，"试着坐下来，试着把鞋脱了"，我也只能做出诸如此类的回答。

因此，今后日本的城市规划，按欧洲型的规整方式恐怕是做不到了。到了如今的地步，我觉得只能是该怎么来就怎么来，不好的地方加以改善，好的地方给予提高，也就是所谓的变形虫型之外别无他选了。

我写过一本论述东京城市规划和景观的书，书名为《隐藏的秩序》。

欧洲人觉得"日本是经济发达国家",可来到东京实地一看,"这是个什么地方啊！城市杂沓混乱,到处都是晾晒的衣服,还有电线杆"。我却要反驳说："别开玩笑了,赶紧读读这本书,如同书上所写的,日本的城市有着'隐藏的秩序',电报、书信、电话畅通,自来水也能喝呢。"一通话便能说服人。

我想日本的城市发展现状与目前在日本广为流行的模糊理论,或由数学家曼德博提出的分形几何学思想,有着密切的关系。根据分形理论,"自然界在乍看无秩序中存在着包含乱数系列的秩序结构",利用电脑的图形技术产生出来的分形图形,"并非是一开始便存在于脑海中的内容,而是通过提供不同的变量而产生的"。按照这样的理论,我想像日本城市规划这类基于局部思维的内容中或许也包含着新的分形理论。事实上,东京从局部来说是做得不错的,只是缺乏整体性,正如同分形理论一样,是基于不同的变量而生长起来的城市。这种软体动物般的存在形式,在面向 21 世纪发展时,说不定反而具备了适应各种变化的能力。

居住在这样的城市中,今后怎样才能开发创造性,激发出世界一流的创意来呢？或许露天泡澡和桑拿也是不错的方式,抱着这样的想法,我努力工作到今天。

（1991 年 12 月）

城市空间的演出——反射与透过

我们通过反射光来观察建筑的外观。说没有一栋建筑是按照夜景来设计的也毫不为过。

一般来说，那些著名的哥特式、文艺复兴式、巴洛克式建筑，在晚上看时，都失去了它们在白天的魅力，最多也只是建筑的轮廓线还有点看头。由砖或石材所建造的砖石结构体适合在白天的反射光下来看，晚上由于砖石结构的墙体不透光，看上去便成了一块巨石。

建筑作为夜景的一部分真正得到设计，应该说是从建筑获得了透光性、室内的光线作为透射光取得可视性之后才开始的。从石块般的砖石结构中获得解放，具备多个玻璃面的现代建筑，在昼光下外墙成了格式塔心理学中所说的"图"，在夜晚时外墙消失在黑暗中，窗玻璃的部分由于室内光线而浮现出来成了"图"，令"图"与"底"的互逆成为可能。由于存在这种可逆关系，现代建筑中玻璃具有极其重要的意义。它带来了中世纪石造建筑所无法展现的崭新的视觉体验（图6）。

图6　纽约的夜景

夜景中的窗户，当将它们置于无限远的位置时，便如同满天繁星。星星也如同建筑的窗一样在黑暗中闪烁发亮，透过星空这个"底"构成"图"，也令我们感受到它们的存在。如果说当人们仰望星空时，能感受到星星中存在着某种生命或幻觉，这里面也许有着夜景中星星与窗的关系。

日本传统的木造建筑与只能开小窗户的砖石结构不同，它们的开口部分都比较大，室外的光线得以大量地进入室内。那些镶嵌在开口部上的采光隔扇，富于特色，可以说是日式建筑的真髓。透过纯白的隔扇纸投射进来的阳光，在室内营造出一种难以形容的静寂、安详的空间。隔扇上的格子构件经过仔细设计和精心配置，如同彼埃·蒙德里安那高度紧凑的构图。可以说正是这些采光隔扇利用透射光营造出了"图"的形态。

可是到了夜晚，没有了外来的投射光，在室内照明的反射下，这个采光隔扇又呈现怎样的视觉效果呢？原来阳春日下映照着庭园中花木枝影的美丽隔扇，只剩下单纯的一面白纸。白天投射光下看不到的表面那些粗糙纹理，这时也如同演员的厚妆一样令人不快，格子与纸面的对比也转眼间被弱化，大大削弱了作为"图"的效果。

反射光与透射光的控制，是展示城市空间的一个重要课题。平面玻璃从无色透明到带上颜色，现在我们已经获得了控制反射光与透射光的技术，它为我们带来崭新的视觉效果，在展示城市空间上正迎来新的时代。

在日本发展起来的利用透射光的空间展示，与为了表现具有厚重纹理、适合远看的建筑而在欧洲发展起来的利用反射光的展示方式，为我们带来了分别从"外部"和"内部"对空间加以表现的手段，期待通过融合新的玻璃技术，为我们的城市空间展示带来新的样貌。

（1987 年 11 月）

河流与街道

"河水潺潺，川流不绝，一去不再。淀水上的浮沫，此消彼结，未曾稍有留停。世上之人与居，无常亦是如此。"时隔好久再读鸭长明的《方丈记》。在今天这个高度发达和便利的社会中，鸭长明所经历的那种隐居生活还有可能吗？为了对这一内容进一步深入了解，我去了趟八重洲的购书中心，只见书架上不但有《徒然草》《方丈记》《源氏物语》《平家物语》等，还罗列着不少有关兼好法师、鸭长明等的论著，这也体现出人们对古典文学的浓厚兴趣。

川流不息的河水，首先展现出的是"水往低处流"的自然哲理，同时正如前面的文学作品所描述的，展现出我们的人生哲理。我想，二战后日本在看待和处理城市河流方面，有些过于强调功能性了。

走访欧洲的城市时，常能看到河流在城市中缓缓流过。沿着河边散步，一会儿欣赏潺潺的河水，一会儿踱上美丽的石桥。众所周知，巴黎的塞纳河（图7）是与巴黎市民生活不可分割的景观，河上架的那几座

图7 塞纳河

桥无论哪座都赫赫有名，甚至米拉波桥的景观还被写成了法国歌谣。另外，给我印象尤为深刻的是在走访匈牙利的布达佩斯时所看到的多瑙河，它将城市从中央分开，潺潺流过，那景致真是美得让人无法忘怀。那时我强烈地意识到河流与街道有着不可分割的关系。可以说：如果城市中流淌着美丽的河流，那么这个城市的建设已经成功了一半。

可是日本城市中的河流，总让我感觉其表里与外国的河流恰好完全相反似的。最明显的例子莫过于京都四条大桥的景观了。当站在这座桥上看河岸时，只见一家家餐馆的背面紧密相邻，或许从餐馆内部来看，越过鸭川河眺望东山一带的景色是至上的，然而从桥上看过去的景观就如同兔子小屋的罗列。从长崎名桥眼镜桥上面看到的景观也是如此。沿河岸边上排开的住家随处挂着晾晒的衣服，先不说眼镜桥，就河边的这种表里相反的风景也实在是太让人扫兴了。

如果让我们回到昭和时代，想想城市中的河流对文化发展有这么大的贡献，便会于心不安起来了。在昭和三十年（1955）前后那个优先发展产业的"赶超"时代，不少水面和河流被填埋了。在建于江户时代的江户日本桥上架设了高速公路，旨在缓和交通拥堵。二战前在隅田川河边那些有三味线歌人表演的餐馆中所看到的河岸景观，现在则成了直立的混凝土堤防，由此可见昭和时代实在是个功能优先的时代。

尽管从江户时代以来，直到二战前日本建设了许多用水设施和水渠河道，比如有辰巳用水河道、西川用水河道、上鸭社家的用水设施、京都斜道的疏水渠、熊本的绿川地区等，但是到了我们的时代却开始破坏水岸的环境，并一直延续到今天。

鉴于此，在这里我想做一个提案，就是建议在日本的首都东京建一条"昭和运河"。即以这次新建的新宿副城市中心的市政厅为运河的起点，一路穿过新宿御苑和现在东京的政府办公区，最后经银座一直到达东京湾。沿途将设置意大利码头、法国码头、德国码头等，运河边上聚集各国美食，街灯倒映在水面上，不管喜欢与否都能感受到浪漫的气息。此外，按现规划预定在初台地区的原工业试验所旧址上建设第二国立剧场，但现在从新宿过去的交通很不方便。因此可以将这条运河延伸到初台的新歌剧院，这样从新宿副城市中心便可以乘着威尼斯小艇去歌剧院了。观赏完演出，回程仍乘坐小船，可以一路陶醉在刚刚结束的音乐会的余韵中，饱尝人生之欢乐。

为了建设运河，则必须迁走居住在那里的居民。一个方案是利用国铁用地或国有土地建设高品质的高层住宅，用于安置拆迁的居民。现在首都东京的当务之急是城市基础设施的建设。如果不考虑土地的充分利用，只是按经济原则来收购用地的话，只会招致地价的高涨，城市基础设施的建设将会不断滞后。我们这代人已经很怀疑能否在有生之年见到八环路的贯通了。在这么一个时代中，必须克服重重困难，我想前面的提案就作为一个梦想供大家参考吧。

（1987 年 4 月）

开发"变形虫城市"的提案

我的父亲出生在京都的农村，而我出生在东京四谷地区西念寺附近，是几乎一生都生活在东京的纯粹的东京人。因为长期生活在东京，故对东京的不满不断积累，不时便想去外地走走，可是离开一些时间后又不由自主地萌生了回去的欲望。东京实在是一座奇妙的城市。

通常来说，东京与其他的地方城市相比，人们上下班时间绝对是要长一些的。要是单程1个多小时，来回需要花上3小时的话，估计一天里的自由时间就会减少1~2小时了。尽管如此，东京人依然是工作、娱乐两不误，在巨大的信息漩涡中洄游，追求某种自我的个性。常说的睡城（bed town），指的就是因住得远，家里成了只是睡觉的地方。住址标记采用的是不明确的区域系统，日本不像欧美那样用简明的道路网体系，导致这些地方很难辨识。据说这种住址标记方式在世界上也就韩国和日本采用。因此在日本无法像西欧城市那样，简单地按图索骥就能找到某个地址的人家。另外，二战后流行起了被称为餐厨一起（dinning kitchen）的住宅空间格局。这种格局或许具有减轻家务劳动强度、缩短主妇的步行距离等优点，但若想在家中招待客人的话，那形象档次实在是不尽人意。还有就是由于世界第一的高地价，造成住宅面积狭小，想买东西却苦于没有地方摆放。无论是玄关的鞋柜还是寝室里的衣柜都塞满了东西，靠墙处则摆满家电，根本没有空间可以用来像欧美的人家一样，装饰一些绘画或雕刻等艺术品。但即便这样，人们还是愿意住在东京。

东京有很多繁华的中心街区，可以随心情挑选去处。如新宿的歌舞伎町、涩谷PARCO商场附近的西班牙坡道一带、原宿、六本木、银座、神田、浅草等，数不胜数。对比日本的其他主要城市，像大阪的南北两大商圈、京都的河原町四条一带、札幌的薄野等，各自虽也都有一些中心区，但没有像东京这样多到可以选择的程度。在其他城市中，都说对那些有一定社会地位的人，不消片刻便能打听到他们的所在，只有东京是一旦出了家门，便消失得无影无踪。东京比其他城市要复杂得多，就像大量的蚁虫蜗居在东京这个巨大的壶罐中，生活在其中的人们都具有匿名性。

在这样一座城市中，最近出现了一些与土地相关的争论。譬如木造平房区域中现代化的高层建筑拔地而起；由于用地形状不规整导致建筑朝向纷乱，最终形成无秩序的城市空间；规划拓宽道路却碰上了打持久战的钉子户，结果造成土地投机的横行；还有针对部分明治、大正时期知名建筑的拆除计划，各地发起保护运动，话题真可谓丰富多彩，令人眼花缭乱。

这里，我将东京称为如同没有骨骼的软体动物那样的"变形虫城市"。暂不说它是好还是坏，这样的城市具有被毁被烧后又能重生的顽强的生命力。或许它存在于日本人的意识根基的某个时段中。在西欧，像希腊雅典帕特农神庙的建筑本身存在了2 000多年，与此相对，日本伊势神宫的祭年交替形式所延续的是它的精神与形式，而建筑本身则是一变再变。《徒然草》《方丈记》中所描写的无常感，便是将人世看作临时的居所，是诸行无常的东西。

即使在城市规划上难以大有作为，东京也必然存在着西欧城市所没有的某种"隐藏的秩序"，否则超过1 000万的居民是无法安居其中的。

我认为，在东京这类"变形虫城市"中，如果不限制私有权，必要时以强权手段加以强制执行，将无法实现大规模的开发。以扩充现有的城市道路和交通体系为工作重心，不要不加考虑地出售国有或公有土地，应认真研读城市细部的文脉，并通过绿化、营造人工湖、建设连接公园的绿道网络等，将其加以扩充发展，这才是城市建设的关键所在。

（1988 年）

为了生存

过去曾在电视节目中听诺贝尔奖得主弗里德曼博士讲道：他的一年中，有半年是躲到人迹稀少的山庄中集中精神开展创作活动，另外半年则在纽约、芝加哥等地做演讲和开展商务性工作。在我所认识的美国大学教授中，有几位也是只在学校讲半学年的课，余下半年则住到山庄里过一回安静的生活。能够如此自如地做到每半年有序地交替公私时间的日本人我还真没遇见过。但是，对于居住在东京或大阪这样大城市的人们，我想这种公私的时间交替还是很有必要的。

因此我私下进行了一些小尝试。每年两次，即在春天的黄金周和八月第一周的暑假期间，各抽出一周时间住到山里，给自己创造一个平时获得不到的、集中性的私人时间，进行有计划的读书和思考活动。虽然只有一周时间，却发现对这一过程充满了期待与兴奋，试行下来感觉效果确实很好。

居住在东京这样的巨大城市中，作为市民，我们被城市中的巨大能量漩涡辗压。街道上拥挤混杂的人群、分秒必争横冲直撞的大量机动车、低音喇叭发出的震耳欲聋的声音等，都在过度地侵蚀着我们的神经。城市的魅力本来在于：人口的集中增加了人与人之间邂逅的可能性，有着便利、速度感和匿名性等特征。可是由于工业化、城市化以异常的速度迅猛发展，而城市建设滞后，导致我们在公私时间的交替上，必须通过个人的努力来完成各种事务才勉强得以实现。

太阳东升迎来早晨，万物开始了活动，白天人们在公共空间中繁忙工作。当夕阳西沉，人们从白天的公共空间中解放出来，回到了安静的私密性空间。可以是家人间的惬意小聚，或在客厅聆听美妙的音乐，又或在书房中埋头思考。我们虽无法做到像弗里德曼博士那样，以半年为周期进行公私时间的交替，至少也希望能顺畅地完成昼夜即一天一次的时间交替。公共空间的建设可以委托给国家或地方政府来负责，私密性空间却无论如何只能由我们自己来解决。因此有必要在住宅建设、居住的创意等方面下功夫。

也是基于这样的思想，我在自己的家里设置了两个私密性的空间。一个是建在似乎只有猫额头般狭小庭院中的圆木桑拿小屋，另一个是阁楼里的小书房。这个桑拿小屋，缘起20多年前我第一次走访芬兰，当时对在白夜湖畔体验过的桑拿中意不已，因而特地从赫尔辛基订购了桑拿炉并千里迢迢地运过来，在日本造起了地道的芬兰式桑拿房。阁楼中的小书房则是在三角形的屋顶下、吊顶又斜又低、大约只有 3.6 平方米的小空间。在里面，眼镜、原稿纸、书等伸手可及，需要的东西都可以毫不费力地拿到。我太喜欢这个小空间了，一进到里面便会自然而然地冷静下来，工作起来得心应手。

就这样，生活在大城市中的我，每天为实现一天中有序的公私时间交替而努力，最近由于杂事颇多，连这一点执行起来都有困难，想到这里，此时此刻我的心情唯有遗憾。

（1984 年 6 月）

城市的风景——关于街道

拉上绳子，圈出的地方马上成了一个不可侵犯的圣域，在日本人们可以像这样从概念上来理解场所的存在。对一个约法三章而成立的空间，实际上除了看见的、听见的之外还有看不见的、听不见的内容。相比之下，在欧洲人们生活在由重力结构的厚墙庇护的空间中，看见的东西便是看见了，听见的东西便是听见了。

日本人虽然对墙壁并没有什么要求，但是对地板却有高度的洁癖。从空间秩序来看，由于住宅的室内是比外部更为"上位"的空间，不脱鞋就进房间的事情是无法想象的。然而在欧美，道路几乎就是直接连着住宅的地板，所以自然而然穿着鞋就这么走进去了。和辻哲郎先生曾说道："如果有了欧美那样的内外同质的思想精神，城市将会更加美好。"

难道就没有日本独特的改善城市的方法吗？

我认为答案是有的。一种是采用由内向外的扩展式的思维方式。通常我们对作为内部空间的自家都会保持的十分干净整洁。如果将这种意识加以扩展，将俗称"自家门前"这个区域，即从家门到道路部分也当作自己家的领域来考虑，就会意识到把垃圾扫进这个范围，或是在上面随地吐痰都是不对的行为，从而萌发出保持清洁的意识。将这种思维一点点持续扩展，以一个小的空间单位不断地把空间内部化为自己的空间。

比如，将标有商店标识的地砖铺设在商店前的地面上，咖啡店采用纸杯造型、手袋店采用手袋的画等，这样如果店前的地面上有了痰迹，大家一定会觉得很不舒服，赶紧清扫。同样的，沿街的树木，可以让沿道的居民挑选树种，给予照料。如果有了这棵树是自家树的意识，便不会有捣乱、对着树撒尿等不文明的行为了。这种意识从自己的家开始，逐渐扩展到自己所在的城市，有爱护之心，才能在细微之处为美化城市做出贡献。

仔细观察祖先们所建造的城市，仔细理解城市的文脉，便能发现其中有着不少值得借鉴的地方，文脉主义就是在新的时代中，将原来好的地方予以发扬，将已不适应时代要求的内容予以改善。这是一项具体的工作，估计在我们有生之年内还来得及完成。最近，东京也开始在街头设置雕塑，安装漂亮的路牌，摆放舒适的休息凳，更换照明等，并制定了色彩协议、建筑协议等城市景观的管理条例。

其中有一项名为"绿化基金"的活动，号召每人都来捐 500 或 1 000 日元，为某个地方的绿化工作添砖出力，于是市民纷纷参与，积极贡献。通过一定的形式来激发民众的积极性，在行政上有着重要的意义。如能激起人们自发的欲望，而不是通过纳税，则行政与市民的意识和行动将不断走到一起。

银座大道、丸之内地区和表参道这些地方都没有电线杆，仙台市也规划建设了无电线杆的街道。我去实地看过，确实是既美观又舒畅。在自己所生活的地区，我们也想着如能去掉那些电线杆和室外广告牌该有多好啊，于是发起了相应的推行运动，然而实际却是困难重重。这种事情，必须是当市民们觉得"确实该这么做"时，行政上马上开展行动，事情才能办成。当市民们都觉得这些其实无所谓时，事情便难办了。在欧美，当有些百货公司挂出有碍城市景观的巨幅广告时，会遭到主妇们的抵制，而不在那里买东西。看到离谱的广告便会有"可别买那种商品"的想法，美学意识深入人心。

图 8（a）是出现在格式塔心理学中的埃德加·鲁宾的《杯图》。当把白色部分看成两个人侧影相对时，黑色部分成为背景。当不经意中发现图中的黑色部分是杯子时，原来脸孔相对的白色部分则成了背景。认为是脸孔时白色的部分是"图"，黑色的部分是"底"；认为是杯子时，黑色部分是"图"，白色的部分则成了"底"。这就是"图底互逆"的关系。

这一原理也可以应用在建筑与城市空间上。通常，建筑物是"图"，其周边被当作了背景。如将建筑围合出来的空间当作"图"来设计，城市中便诞生出了令人舒适的围合空间，这些空间作为城市中的"凹空间"，意外地很有趣味。

同样这也可以应用到"水与周边物的关系"上来。在尼斯、科帕卡巴纳、伊帕内马这些地处海边、以风景秀丽著称的地方，都是依向内侧弯曲的地形形成港湾型景观。山崎正和先生在《意识中的图》这篇文章中提到：在混沌中思索一种形象并加以体现，通常情况下被体现出来的对象是陆地，一旦将水当作"图"时，便会发现美妙的形状。

著名的"日本三景"也应验了这一理论。"松岛"是散开在海面上的众多小岛，"严岛"有水中的鸟居，"天桥立"是从半岛向外伸展出来的水面沙洲。可见当水面上出现某些东西时，便容易形成一定的造型。由于围合的结果产生了"图"与"底"的互逆，白色沙滩部分被体现了出来，从中创造出一个美丽的环境。在城市建设中，因思考事物的方式不同而出现的对某一方面的重视，通过意识加以体现，便能不断地创造城市的美。

在造型上界线是重要的要素。尤其是海面、湖面与陆地接壤的界线，作为景观的决定要素有着重要的意义。

北海道有被称作"夫妇山"的景观，并联的两座山倒映在湖面上，呈现出图8（b）的形状。如同上唇形状的山映照在湖面上，便呈现出上下嘴唇的造型，在宁静的水面上出现了美丽的合影。

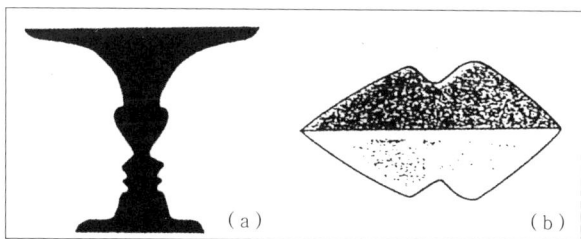

图8　杯图与倒影

在芬兰，不少地方可以看到针叶树也像这样倒映在湖面上。天空与水面在出现白夜的瞬间成为一个白色的世界。这时发生的"图"与"底"之间的逆转现象，真是绝妙无比。这种手法也可以运用到对景观的分析上。

未来将进入"地方的时代"，随着地区文化的备受重视，涌现出人们对美化自然的诸多研讨，也带来在工作和规划思维上的改变，比如对架设室外广告等更慎重地考虑，取消电线杆，加强绿化等，令城市变得更加整洁。

我常常提到"街道医生型城市规划"的理论。比如有点小感冒的人跑去大医院看病，结果排队就要等半天，如果去附近的街道诊所，估计一会儿就结束了。在城市规划上也同样，不要像去大医院看病那样，做一些要等上一二百年才可能实现的大规划，而应该从小范围的规划开始，在仔细研究所在地文脉的基础上不断加以修改完善，我想采用这种方式也能让城市得到充分发展。

　　设计银座的索尼大楼时，在用地内腾出些小空地，选取铃兰、郁金香等花草栽种其中，并通过绿化基金的募集资金方式来加以维护管理，成了地价高昂的银座地区中非常宝贵的开放公共空间，也有评价说这是把横向平铺的银座叠了起来，受到社会各方的广泛关注。其实并没什么特别，就是基于"壁龛"的思想，将"家里"的概念扩展到"家门外"的思维。

　　既然已经有了成功案例，我想行政上如能加以仔细考虑，采用像这样逐渐改善城市的方法，必定能完成很多的事情。

（1987 年 4 月）

京都的城市美学

　　数年前我走访了德国，登上蒂宾根大学城（图 9）的山丘，俯瞰眼下伸展开来的城市风景，只见住宅是清一色的红瓦坡顶，砖石结构的外墙统一粉刷成白色调，而其中最为显眼的莫过于教堂高耸的尖塔。这样的景观并非蒂宾根城所独有，海德堡也是这样，事实上欧洲有一定历史的城市基本上都是这样。过去曾几次游览意大利的中世纪城市，发现那里的住宅几乎都是清一色的瓦屋顶，城市的个性主要通过面向广场的教会高耸的尖塔和壮观的市政厅来体现。

　　回头看日本的首都东京，自江户时代的那场大火之后，又经历了关东大地震和第二次世界大战，逐渐变成了今天这样混沌的现代城市。作为市民象征的市政厅在二战后的短短几十年间已进行了两次改建。那些原本可以与欧洲教会相匹敌的神社、佛阁，却被巨大的城市能量埋没，以至于几乎无法确认它们的存在。

图9 蒂宾根大学城鸟瞰

而作为二战中没有遭受战火洗礼的城市，京都与金泽这两座保存完好的古都则成了日本的宝贵遗产。京都独特的城市景观，不仅仅是作为一个城市的景观，还是全日本乃至世界的文化遗产。我想举国一致对京都予以特别的财政补助是当然且必要的。作为回报，在城市开发上加以必要的限制，以便能将它完好地留传给子孙后代。在欧洲，历史城市多基于严格保护传统景观的原则，实行在旧城外围建设新城的政策来维持新旧城区之间的和谐发展。我认为应将京都的传统地区指定为保护地区，禁止建设高层建筑，把新的开发都安置到保护地区之外。如果因此无法通过发展现代产业来获益时，国家应该毫不吝啬地给予财政援助。

我曾经分析过京都的"大文字送神火"祭典活动的内容。从海拔54

米的贺茂大桥来看如意山前面的大文字山斜面（海拔466米），两者间的水平距离大约为3 000米，从视点到文字中心一带之间的视线与视点水平面呈约5度10分的仰角，其高差约为271米。要是这中间出现中层或高层建筑遮挡了视线，这项世纪性的活动便完全失去了意义。每年的8月16日晚上8点，"大文字送神火"活动在大文字山率先点火，随后是妙法、船形、左大文字、鸟居形，共五座山按顺序逐个点燃神火（图10）。

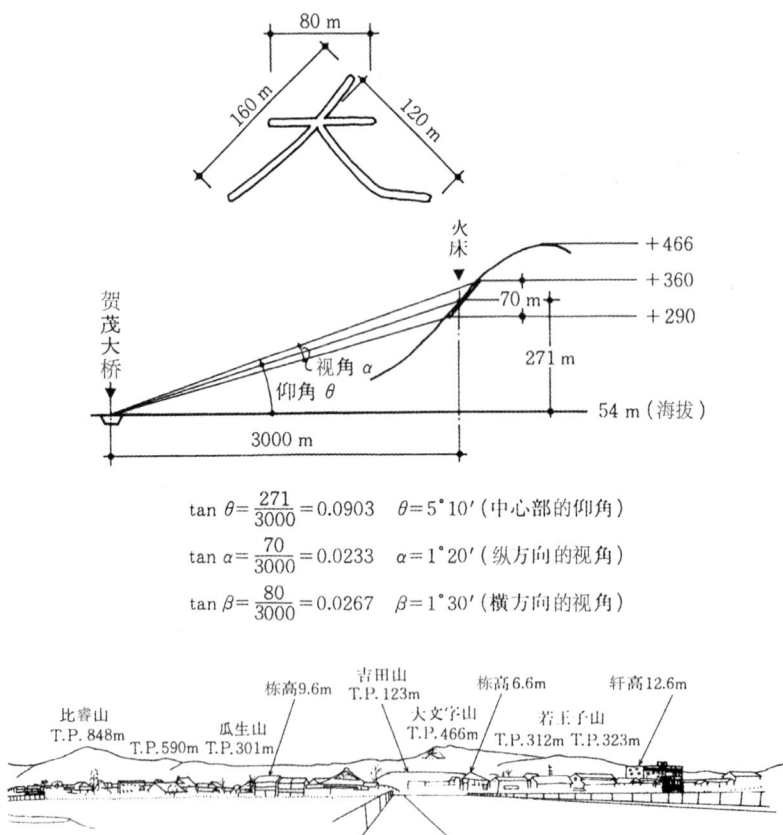

$$\tan\theta=\frac{271}{3000}=0.0903 \quad \theta=5°10'（中心部的仰角）$$

$$\tan\alpha=\frac{70}{3000}=0.0233 \quad \alpha=1°20'（纵方向的视角）$$

$$\tan\beta=\frac{80}{3000}=0.0267 \quad \beta=1°30'（横方向的视角）$$

图10　"大文字送神火"的视觉分析（资料来源：京都市城市开发局"景观对策研讨资料"）

　　构成神火形态的字形、船或鸟居的造型富于宗教象征性，各自带有隐喻和意义。这些造型并非只是简单的圆形或者三角形，比如鸟居形对日本人来说就带有深奥的宗教意义，通过点火这样一种充满根源性、神秘性的方式，在夜空中演绎出象征性的造型。在神火燃尽熄灭的瞬间，夜幕重回，精灵也重返世界。观看活动的市民们在一瞬间都把视线集中到神火上，不得不说这实在是展示城市魅力的精彩方式。像京都这样，做到活用周围群山环抱的地形，运用包括位置、视距、仰角、视角等要素的做法，令人感受到这一祭典行为不愧是历史悠久的传承，我们绝对负有传承给下一代的责任。还有数年就要进入 21 世纪了，日本也将迎来更加国际化的时代，因此我想我们应该更加珍惜京都的城市历史文化与景观。

（1992 年 6 月）

建筑的局部思维与整体思维

　　几年前我首次走访了埃及开罗并参观了金字塔。吉萨的库夫王金字塔建于约公元前 2 500 年，即距今约 4 500 年前的第四王朝时代。其底边长 230 米，建成时的高度为 146 米，角度为 51 度 50 分 35 秒，虽然每个面都是一个等腰三角形，然而当站到其正前方来看时，这些斜躺着的等腰三角形竟都呈现出正三角形的比例，这应该是当初基于计算的设计意图。东西南北的方位也非常明确，210 段的巨石保持着正确的角度，完全水平地叠加上去，这样精湛的技术出现在 4 500 年前，真是令人难以置信。

对于造物，我认为有两种完全相反的思维方式。一种是整体思维，首先定下整体的形态，基于这一形态来逐步完成各个部分的建造过程。另一种是局部思维，将各个必要的部分单独构思后加以汇总的方式，这种方式并非从头到尾都按照预定好的形态来展开。当然了，还有处于这两者之间的思维方式。从这个角度来说，金字塔是前者，来自整体思维的出色实例（图11、图12）。

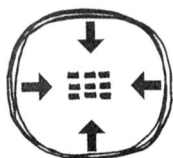

Create from the whole

图11　整体思维

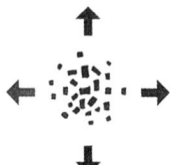

Create from parts

图12　局部思维

在整体思维下，构筑出的形体具备统一性，通常自远处眺望时会带给我们尤其深刻的感觉，越是靠近对形体的整体把握越难，观者所获得的感动程度也会逐渐减弱。而当采用局部的思维方式时，由于注重局部的功能要素，而非整体形态的统一，因而从远处看时通常呈现左右非对称、统一性较弱的形态，然而在近看时，每一局部都清晰完整，常常可以获得意外的感动。

我想基于整体思维的思想、适合远眺的出色建筑的代表实例是耸立在希腊雅典卫城山丘上的帕特农神庙。帕特农神庙无疑是西欧建筑的原点、留芳建筑史的著名建筑。数十年前，当我在东京大学建筑系学习时，第一节制图课便是临摹希腊的柱式，还记得那时我仔细地临摹了多立克、爱奥尼亚、科林斯等式样的柱头。在大约30年前的夏天，我首次到雅典旅行，并登上了仰慕已久的雅典卫城的山丘。只见帕特农神庙在地中海的灿烂阳光下巍然屹立。柱子是凸肚（entasis）式样的，两端的柱子向内侧偏移以矫正视觉错觉，水平方向的结构构件通过加高中央部而避免看上去中间下陷等，运用了当时所有的技术与智慧。对不论是费劲地登上山丘一路走近，还是已站到建筑正面的人们，同样展现出那种带着规整比例的形态美感。这是基于整体思维的形态，"原来这就是形成欧洲建筑源流的正面性与左右对称性啊"。当时，我站在这栋建筑前，瞪大了眼睛在惊讶中顿悟。

可是，无论是金字塔还是帕特农神庙，当走到触手可及的近距离时，便无法把握它们的整体形态，只看到眼前一堆粗糙石材的杂乱表情，那些在整体形态中所看到的正面性、左右对称性、象征性和纪念意义通通消失殆尽。"这正是典型的基于整体思维的建筑啊。"然而深思中我又有了疑问：难道它们只是适合远眺的建筑吗？之后在德国建筑史家 F. 鲍姆加特的著作中读到"希腊建筑的内部空间在造型上并没有发挥多大的作用"时，同感油然而生。

回过头来看日本的传统木构建筑。通常都是小规模、左右非对称、因被周围的树木遮挡而难以一窥全貌。走近时才能发现其中的木质纹理、精密搭接、端口处理等设计上的用心之处。这是一种如同被层层包裹起来、发自内部视点的不规整美，而非那种远眺所看到的规整美，是一种眯起眼睛近看，用手触摸表面质感，切实感受木材、榻榻米这些天然素材所散发出的自然气息的美学。当然了，那些受中国文化影响、建于 2 000 年前、按左右对称布局营造的大型佛教建筑现在也还保存着，比如奈良的法隆寺，它是日本最古老的木构建筑，除金堂和五重塔之外，整体上可以说是色彩鲜艳的左右对称建筑。然而要说日本传统建筑的真髓，还得是贯穿江户 400 年历史的木构数寄屋（指借用了茶室风格的住宅）建筑，其中的代表作是京都的桂离宫和修学院离宫。据传桂离宫是按古书院、中书院、新御殿的顺序逐次扩建的。实际现在看上去，不仅丝毫没有感觉到扩建所带来的违和感，我想反而由于扩建而增添了建筑的立体感，使得整体更加和谐了。这么说的理由是：首先，在用地周边围起了用竹子、穗杆编成的围墙，并种植了很多树木，以防桂河的洪水流入，这实际上是防卫上不得已的措施，这样的布局令我们无法像金字塔或帕特农神庙那样，通过从远处眺望来把握其整体结构。其次，桂离宫整体上不但没有左右对称、正面性这些要素，我甚至感觉它是故意在回避这些要素。茶道上讲究"以不得不之形为美"，我想这一谚语在这里也得到了应用。进入室内，打开古书院前那直达天花板下的采光隔扇，便能越过眼前竹子搭成的"观月台"看到前方的庭园，那实在是一幅绝色佳景。在桂离宫中，触目所及的搭手、钉盖等部件都是国宝级的艺术品。在端部、搭接、木纹等的设计上都极其讲究。这俨然和金字塔、帕特农神庙这些整体构思的建筑完全相反，而是基于局部思维的建筑。相对于帕特农神庙的以远眺为美，桂离宫则是以近看为美。

　　造成这种区别的最主要原因是气候的不同。开罗和雅典都是地处夏季高温干燥的地区，地面为岩石或沙砾，绿树很少，在强烈的阳光下所有的一切都鲜明确凿；而日本的夏季则是高温多湿，树木得以充分地生长，在繁茂绿植的掩映下，建筑的形态和空间界限都变得暧昧。因此可以说不希望有树木遮挡的建筑，外观多强调左右对称性，这类建筑多尊崇外部秩序。而在绿植环绕下依然引人注目的建筑，多是在各处局部上尊崇内部秩序的建筑。

　　除了局部思维与整体思维，或者说适合近看的建筑与远眺的建筑的设计思想之外，还有加法与减法的造型手法。建筑的空间秩序大体上可以分为两类，一类是在空间内部规整了秩序后，以离心方式为重点向外扩展空间的建筑，换句话说就是采用加法将空间一路附加上去而形成的建筑；另一类是先明确决定外轮廓，由外轮廓向内，以向心方式为重点来营造空间的建筑，也就是采用减法在所定的大框架内一路分隔空间。这是基于上述的"整体"与"局部"的关系，由"局部"开始还是由"整体"出发，这两种不同的思考方式也对应了建筑的形式与内容，两者之中强调哪个，与空间的营造结果有着密切的关系。

芬兰建筑师阿尔瓦·阿尔托的作品属于局部思维的代表。而整体思维的代表则有建筑巨匠柯布西耶所设计的马赛公寓、联合公寓等。对于后者所采用的建筑空间营造方式，稍夸张点来描述，是在仔细研究外观的形体比例、规整性等要素的同时把建筑形态确定下来，再将必要的功能内容加进建筑形态中的手法。

对这点我有两次体验。一次是在 1954 年，在我结束了美国留学后首次走访巴黎时。之前我在马赛·布劳耶[1]设计事务所工作时认识了一位来自南美的友人，当时他正巧在柯布西耶的事务所工作。于是让他带我去事务所看看。那天恰好柯布西耶不在，他带我去参观了他的办公室，只见桌子上散乱地放着不少应该是他自己画的草图，画的似乎都是一些建筑的基础型。那些图看上去就像一堆形象速写，"在还未确定设计什么类型的建筑前，为何能够接连地画出这么多建筑形态来呢？"我当时便有一种不可思议的感觉。估计是像雕塑家那样，想到什么就画什么吧。另一次体验是在那之后，我去马赛参观柯布西耶设计的联合公寓这栋集

---

1. 马赛·布劳耶：1902—1981，1924 年毕业于包豪斯并留校任教，于 1928 年在柏林开设设计事务所，开展住宅、商业设施等的项目设计。后移居美国并在哈佛研究生院任教，1941 年再次独立于纽约开设事务所，因后期作品充满曲线美和雕塑感而被尊为野兽派的先驱。1968 年获美国建筑师协会金质奖章。作品被评价为"将混凝土加以柔软的表现"，代表作品有巴黎世界文化遗产总部（1953）等。

合住宅时。当时的那种感受与惊讶至今依然难忘。在远处看时建筑整体规整和谐、脚柱强有力地支撑起上部结构并形成了下部架空的开放空间、素混凝土的材质感、带有厚重线脚的窗框结构以及强烈的色彩等，仿佛眼前这些造型内容都来自于他办公桌上的那些草图。可是一进到建筑内部，却发现门、楼梯等处的细部设计非常粗糙。已故的前川国男先生曾讲过：柯布西耶很关注建筑的构思与设计，但很少去现场。看来果真是这样。

在参观其中的一个住宅单元时更让我大吃一惊。这个住宅单元开间宽 4.19 米，进深竟然达到了接近开间宽度的 5 倍，这么细长的平面形状简直就像去掉了内庭或天井走廊的京都民居一样，从建筑设计的原理来看，显然这很难满足人类舒适生活的要求。不过另一方面，在采用双走廊形式的同时，令各住户都能获得两面与外界相接的总体构成却实在精彩。这栋建筑在设计上正是采用了从整体构思出发，再在设定的框架中分别装进不同必要"内容"的方法，如同将建筑作为巨大的雕塑来处置。之后在我走访印度昌迪加尔时，也对那里分散的规划布局、建筑物彼此间留着宽大的建筑间距感到吃惊不已。在柯布西耶的思维中，恐怕印度当时艰苦的生活环境与他毫无关系，他唯一想做的只是将自己办公桌上的那些形象草图扩大几百倍，造出巨大雕塑般的建筑。外观上采用统一形式的建筑群，通过彼此间拉开建筑间距并以几何学的形式进行规划，这难道不是从外形轮廓出发、向内递减来营造建筑的典型例子吗？

建筑与雕塑不同，本质上要求具备适合人居生活的内部空间。多数建筑的宿命便被理解为通过深入分析内部功能的要求，并将其"内容"在外观上表现出来。几乎没有内部功能的建筑，比如像纪念碑或塔等，内部多为巨大的单一空间，缺乏细部设计通常并不会影响到建筑的功能使用，教堂之类的宗教建筑大空间也是如此，因此在设计上最初的形象草图可以起到重要作用。可是，对住宅或医院这类内部空间需要满足人居要求的建筑来说，这种设计手法并不适合。

翻开阿尔瓦·阿尔托设计的建筑的平面图，便可以看到其中有左右非对称的教堂、外观凹凸不平的剧场等，总体上很少有柯布西耶在设计中所注重的那些模数、比例、统一性的要素，似乎只是将必要的内容一块块堆砌到一起。然而当实际上将这些建筑建于芬兰的针叶林中时，外观上便展现出之前在看图纸时无法想象的那种与自然的和谐、建筑的功能内容等，深切地感受到设计者充满人文性格的一面。他的初期杰作是建在芬兰帕伊米奥的结核病疗养院，这个作品作为现代建筑的先驱，在当时受到全世界的高度瞩目。我之所以将阿尔托的建筑作为建筑设计中使用加法手法的例子，原因便在于此。另外，在树木的遮掩下，建筑轮廓线若隐若现，这也增添了阿尔托建筑的魅力。建筑与绿植的这种关系就如同日本桂离宫、修学院离宫的建筑，如果没有了那些树木，建筑也就不成立了，两者之间是密切的依存关系。柯布西耶的建筑则是孤立的，昌迪加尔的建筑有着宽阔的建筑间距，必须从远处来眺望。

通过加法来营造的建筑，是从"局部"出发在外部逐步形成秩序，与此相对，通过减法营造的建筑，是从"整体"出发在内部逐步形成秩序。

我想在这里对"局部"与"整体"的关系再做进一步的考察。

在思考这类层级秩序时，我想引入亚瑟·库斯勒所提倡的子整体（holon）理论，holon 是希腊语 holos（全部）与 proton（质子）、neutron（中子）这些代表局部粒子的词尾"on"的合成词。这里我想介绍一段库斯勒颇为有趣的讲话：在瑞士有比奥斯和美柯斯两家钟表店，各自用 1 000 个部件组装手表。美柯斯是将一个个不同部件组装起来完成一块表，而比奥斯则把一块表分为 10 个单元块，以每组 10 个部件先组装出 10 个单元块，这样重复 10 趟，最后再将每 10 个单元块组装为一块钟表。如果工作中间被打断或掉了部件，美柯斯便必须从头来做。而比奥斯不仅没必要从头来做，哪怕最后阶段出现问题，最多也只是重复前面的 9 次组装工序就可以了。幸运的话可能一道工序也不用重复。钟表的部件有 1 000 个，如果平均每 100 次出现一次意外，则美柯斯要花比奥斯 4 000 倍的时间，比奥斯 1 年可以完成的工作，美柯斯要花 11 年。"在从单纯系列向复杂系列进化时，如果有一个安定的中间形，就会比没有时发展得更迅速。"库斯勒还说道，"层级性所具备的首要性质在于针对其中一个部分的'局部'与'整体'这种用词上的相对性与不明确性。我们之所以把它看漏了，是因为这一性质是明摆着的。通常所说的'局部'，是断续不全的东西，意味着单凭自身无法获得正当存在。相对的'整体'则是一种自我完结的东西，是没必要做更多说明的内容。然而，这种绝对意义上的'局部'和'整体'，实际上是不存在的。在生物的世界中，在社会组织中，我们所看到的都是逐步复杂化的、建立在一系列标尺上的中间结构，即'亚整体'，既体现整体、也体现局部的性质。"库斯勒将这种"亚整体"命名为"子整体"（holon）。

这种思想也适用于建筑和城市的形成。比如一栋住宅，对居住者来说是一个完整的"整体"，对由好几栋住宅聚合而成的小区来说，只是其中的"局部"。可是它不仅仅是作为"局部"，也是库斯勒的理论中所提到的安定的"中间形"，也是当单纯的住宅向复杂的城市进化时必要的"子整体"。这种"子整体"必定具备某种普遍性，得以关联到其"上位"的"子整体"，即在局部中存在着像遗传基因一样、可以贯穿整体的共通要素。这就如同在木材断面或石头碎片中，存在着可以推测整体的要素一样，当建筑聚合在一起形成城市空间时，每个建筑都包含着某种共通的性质。如果其中混进了含有完全异质要素的建筑，便难以形成理想的、更高一级的社区。前面提到的通过加法来构筑建筑的方式，也不是单纯的加法运算，而是基于"隐藏的秩序"中共通要素的选择。在日本建筑和城市的构成上，或许原本便存在着这种"子整体"的思想，holon 也存在于阿尔瓦·阿尔托的加法建筑中。与此相比，我认为由减法形成的建筑，在其自身作为整体的强烈作用下，缺乏"子整体"的思想。

基于这种思想可以发现：日本的城市规划和建筑设计，与生物有机体的进化具有共通的地方。比如依照内容优先、功能优先，生死轮回不断反复，虽然缺乏形态上的完整性或艺术性，却具备了冗长性（redundancy）。可以说，在这种杂然无序中也同样存在着无形的"隐藏秩序"。无论是针对一栋建筑，还是一个街区，我认为应该更加强化对"子整体"的意识。这样面对欧洲人，才能将乍看毫无秩序的日本建筑和城市空间的存在理由，通过库斯勒的理论加以说明，这是我想提出来供大家参考的建议。

我常常问学生们："你们参观过帕特农神庙吗？"通过他们的反应态度来测试他们属于"酸性""碱性"还是"中性"。我将受感动的人归为"酸性"，喊着"等一下，什么意思"的人归为"碱性"。据说看过帕特农神庙后最为感动的建筑师是柯布西耶。我把这种受感动的反应称作"酸性"反应。据传柯布西耶在还没登雅典卫城之前，远眺着帕特农神庙的远景便吟诵出了"建筑便是光""建筑是均衡比例（proportion）"的语句。他的至高杰作"度假小屋"，建筑构成上只有一个方盒子的单间，这时内部空间的形态直接作为外观表现出来，成为他所提倡的空间理论的理想状态。教堂这类带有大型室内空间的建筑，比如柯布西耶的朗香教堂，或者由丹下健三设计的东京代代木体育馆均可称作出自整体思维的建筑中的世界巅峰之作。从整体形态来思考时，最好能有某种暗示其形态的基础型。譬如历史建筑，自然植物或动物，几何图形及其叠加、重复等。即需要某种基础型作为所构思形态的提示，而且要能做到"酸性"反应，还必须具备天赋才能。

像吉田五十八、堀口舍己这些日本木构数寄屋建筑的权威，如果看到帕特农神庙会有怎样的反应呢？估计他们都会持否定态度说"啊，不是这样的"，即出现"碱性"的反应。日本建筑师常常亲下工地，对各类建材加以比选和调整设计尺度。像柯布西耶这样世界级建筑大师的作品，更加触发了并没有实地看过建筑的人们对大师优秀建筑理论和整体思维美学的憧憬。不过，常常亲临现场、采用局部思维的建筑师，却多数只能成为这个国家的本土建筑师。在芬兰，阿尔托是和音乐家西贝柳斯齐名的伟大艺术家，可是在世界上他并没有柯布西耶那般的名气。采用局部思维时，为了提高在某个部分上的完成度，需要通过动手用脑来不断地提高自身的技术水平。相对于天赋的才能，他们更需要的是"努力、再努力"。

在这里，我想对年轻学生们说的是：对"你看过帕特农神庙吗？""看过金字塔吗？"的问题，如果你的态度反应是"酸性"——说明你是天才；如果是"碱性"——则你需要努力和钻研，结果只有两者之一。这个结果将决定你的未来。年轻建筑师应当时时思考自我的素质，不要被他人所设计的那些奇形怪状的后现代建筑所迷惑，走自己的路。因为没有比缺乏天赋的后现代作品更贫弱的东西了。

（1991 年 1 月）

探索秩序

　　这次，作为适合"度假法"（全称：综合度假区开发法）的首个项目，凤凰喜凯亚度假村（图 13）在碧海绿松环抱的宫崎县一叶海岸竣工了，对此，我由衷地感到高兴。

图 13　凤凰喜凯亚度假村

　　通过第一劝业银行的推荐，我认识了凤凰度假公司的佐藤栋良社长，而这一大型开发项目始于对佐藤社长的梦想和浪漫情怀的深厚感铭。项目接手之后我马上来到宫崎勘查用地。现场给我的第一印象是一道迄今为止在日本从未见过的壮观的自然风景，道路、既有的凤凰酒店都和谐融入其中。在碧蓝大海和绿色松林中，纯白色的凤凰酒店亭亭玉立，没有室外广告牌之类的纷杂，自然与建筑交相辉映。在酒店附近的松林中，设置了一流的高尔夫球场。我深深感受到与自然的和谐共生，正是凤凰的开发模式。

　　那天晚上，我在面向太平洋的酒店客房中住下。第二天早上醒来，一睁眼便看到了从大海的水平线上冉冉升起的太阳，房间的一面洒满火红的朝霞。放眼望去，海面到陆地的东西轴线如同射向岸边的箭一般，呈现出强烈的向心性。"将它作为基准来进行设计不是很好吗？"刹那间我仿佛听到了天意。

　　因此有了这样的创意：设置与东西轴线呈直角的一道700多米长的大通廊，将各个设施予以连接。这道南北向延伸的通廊以大弧度曲线，将西侧入口道路环绕起来。在中心位置的东西轴线上建造高层酒店，面海客房的墙面设计成45度错位的形式。这样不仅使观赏到的东北侧与东南侧的海景大不相同，也能完善应对海风的影响。从海上看过来，这栋高层建筑像一面巨墙，整体感觉是一座正方形的摩天大楼。如从北侧或南侧的端部仰望，则如同一个正方形的建筑被对角切为两半，有着刀锋般的细长体型。转到西侧，透过玻璃中庭向上看到的则是建筑背海的一面，巨大的体量上排列着整齐的窗洞，令建筑看上去更加立体挺拔。这座从各个方向看去有着不同立面表情的43层酒店无疑成了整个设施的视觉中心（图14、图15）。它随时间、方位的不同而呈现出极其不同的形象。弧形的大通廊，连接了可以容纳5 000人的国际会议中心，屋顶有可以开闭的水上乐园、教堂、商店等设施，每个独立设施都被作为整体中的局部予以规划。这个大通廊的创意，来自之前我们在京都国际会议中心方案设计投标时提出的"城市通廊"的理念，之后一直记得这个点子，前面在更埴市（长野县北部）综合文化设施的项目中得到了小规模的应用，这次是真正在城市设计的尺度上获得了实现，对建筑师来说，我想没有比这样的结果更令人高兴的了。

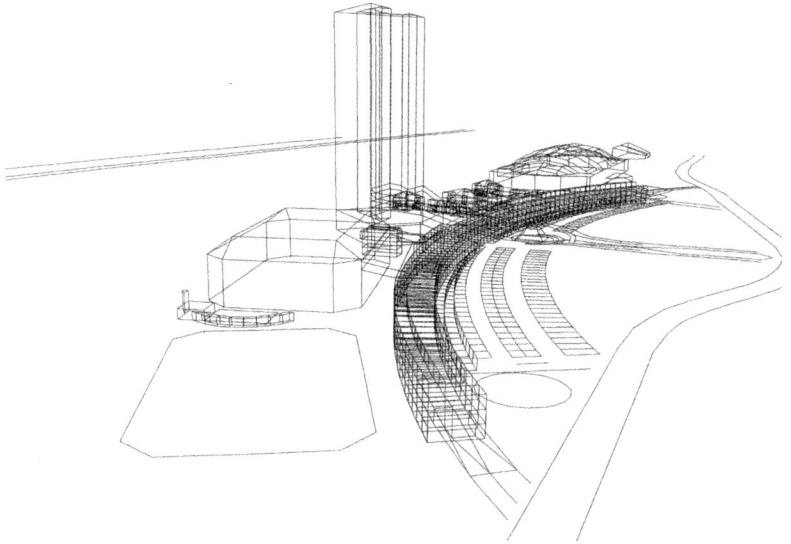

图14 中心地区（自北侧鸟瞰）

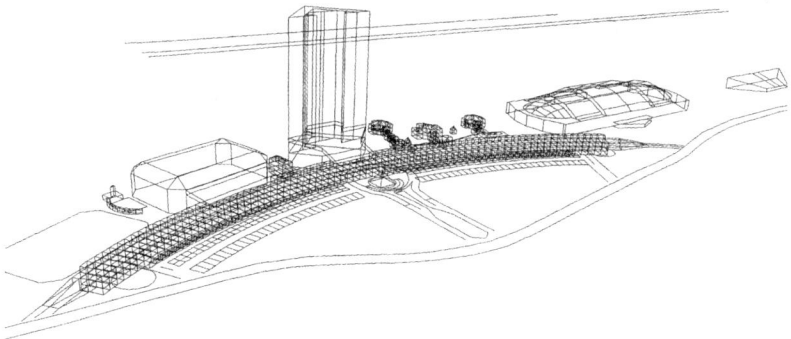

图15 中心地区（自西北鸟瞰）

我很多年前便开始探索连接建筑与建筑之间、类似"隐藏的秩序"这类内在关系，利用这个大通廊，将各种不同造型和功能的建筑，通过共同的基因连接起来。期待在未来应对多功能扩建时，也能在不扰乱整体的有机秩序中，演绎出和谐的街区美学。这个项目得以获得如此完美的实现，还必须感谢以宫崎县知事松形佑尧为首的、凤凰度假公司佐藤栋良社长和众多相关人员的热情与支持，尤其要向负责从施工图设计到工程建设各阶段工作的各建设单位的高超技术水平致敬。此外，我想如果没有以清水建设为中心的施工企业联合体的通力合作，便没有今天这一设计的顺利实现。

衷心希望能有更多的人到访此地，充分享受这个置身于美丽大自然中的度假村。

（1995 年 1 月）

街道的美学

意大利是我最喜欢的国家之一。那里传统厚重的石造建筑和街道，充满了艺术气息，强烈地影响了全球的建筑师。当今世界上人气正旺的美国建筑师罗伯特·文丘里、迈克尔·格雷夫斯等的创作源点均被认为来自于意大利建筑。

在意大利，由于建筑的传统样式过于强烈，因而无法像美国和日本那样，简单地诞生出后现代主义建筑。即使在 20 世纪 30 年代，由朱塞普·特拉尼等人所提倡的理性主义建筑试图有所超越，然而到了 20 世纪 70 年代，新理性主义建筑则被认为是某种形式主义的要素，相对于追求便利性、功能性、结构统一性等，更多的是在形态上追求以合理性为中心的建筑思想。[1]

不管是与意大利的建筑思想导师保罗·波托盖斯会面交流也好，还是实际目睹意大利厚重的历史性城市空间也好，都能感受到意大利的理性主义建筑运动带着与传统对决的宿命，与其说是一种建筑思潮，不如说是包含着社会运动要素的一场变革。

美国的理性主义者，人气建筑师彼得·艾森曼、理查德·迈耶等人提倡的是带有个人主义性质的理性主义。与其相对，意大利的理性主义则受到传统的强烈制约，两种理性主义之间有相当大的区别。因此，在意大利提倡推动这类建筑变革运动，可以说必须与沉重的意大利建筑传统与艺术性展开壮烈的对决。不像日本那样可以无所顾忌地追求现代主义，毫无阻力地引进后现代主义思想。

像芬兰那样，在自然条件充足、有着美丽森林和湖泊的北欧国家，整洁稳重的现代建筑得以落地生根，从阿尔瓦·阿尔托的作品中可以看到的那种温暖的人性与精美的细部（描写），在工业化时代的今天依然给我们带来手工制作般美的体验。譬如在美国麻省理工学院学生宿舍贝克大楼上毫不做作的曲线，在今天看来，这些现代建筑不但不做作，而且还能让人从中体会到难能可贵的反工业化精神，充满了人文主义情怀，可以称其是反现代主义的现代建筑。

对于柯布西耶与阿尔瓦·阿尔托，我个人总是将他们作为对立的两个极端上的现代主义者来看待。现代建筑的发展如今陷入了迷途，尽管柯布

1.理性主义建筑：以意大利的阿尔多·罗西等为代表的理性主义建筑思想，与现代主义建筑的理论不同在于：相对于城市或建筑的功能要求，主要追求的是明快的造型统一性。

西耶对全球建筑界的影响巨大，其理论乍看具有普遍性，实际上却是极具个性、缺乏共通性，所以对此的反省呼声也相当强烈。同时，他所推崇的素混凝土这种看似永久性的材料，实际上其耐久性之差甚至可以用"惨不忍睹"来形容，那种突然变质的性质，与现代建筑的风化理论不可思议地高度一致。

现代主义建筑的原理中，包含着忠实于功能和结构的思想。即使有着相应的时代背景，在今天的世界上，由于其单调、朴素及缺乏历史性，反而令人有种分量不足的感觉。如今全球都在探索现代建筑之后的建筑形式，然而事实上迄今还没有出现可以被大多数人认可的形式。

借助罗伯特·文丘里的著作《建筑的复杂性与矛盾性》（*Complexity and Contradiction in Architecture*），建筑师们得以安心跨越现代建筑的规则，开始使用过去的建筑词汇。比如十年前还感觉有点不好意思使用的希腊柱头，现在已能但用不妨了。

然而在国际层面上，大家绝不希望世界上的建筑变得一团糟。我们迎来了今天这个高度工业化的社会，得以调动各种高水平的技术，我觉得在未来的去工业化时代，建筑应该重新扎根地域，展现明确的自我个性。

这种自我个性，体现在世界不同区域的地区性上，既有人文风土的不同，也有自然气候的不同。在去工业化的时代，恐怕仍无法完全克服世界性的风土气候问题，也无法简单地克服扎根于某个地域中的地域性、传统和历史。与其坚持搞过去建筑师们曾经信奉过的国际样式建筑，我想不如回过头来重新思考北欧那种融合自然的现代建筑、扎根历史的意大利理性主义建筑、日本那些地域特征鲜明的建筑对我们的必要性。

在这里，我想提倡一种面向高度工业化时代的新地域主义（Neo Regionalism）方式。它是扎根所在地域的风土与历史、富于人性及个性的建筑。希望全世界在信息交流的同时，也能维持各自地域性和个性的要素。这并没有任何孤立或分离的意思，而是在高度工业化时代中的一种新的、以地域为中心的思路，是以人为本、以人性为中心的建筑思想。

时代在不断变化，以 20 世纪初期功能主义为代表的现代建筑，已经失去了原先的明快特征，我们这个时代的建筑正处于混沌和低迷之中，应该朝哪个方向发展，没有人能给出确切的答案。我个人认为：柯布西耶或尼迈耶的时代正在悄然而去。时代终将由追求超大跨度、悬挑的科技时代向以人为本的后科技（新地域主义）时代过渡。

因此，在城市与外部空间的构筑上，通过分割过大空间，将其营造成多个人性化尺度的空间，并将它们加以连接和延续来加深建筑与人类的对话。在那里，不仅有大自然的树木、石头、水池、小溪、瀑布等，还必定会放置上人们精心制作的雕塑、陶瓷等艺术品。

意大利人强烈追求街道、外部空间的格式塔质，我对他们这种造物的思维方式有着浓厚的兴趣。通过将这种思想融合到日本的自然风景和绿化中，创造出更加人性化的城市景观，是历史赋予我们这一代的重任，如何才能自豪地将这些内容传递到下一个时代，已经到了我们必须仔细思考的时候。

（1985 年 3 月）

城市建设从学校建筑开始

横滨市很早便开始推行多种形式的城市建设，其成果近年才开始显现。与此同时，在开展对既有景观的改造工作中，对学校建筑与周边环境融合的城市建设课题，虽然已进行了诸多尝试，但仍存在不少问题，很大程度上还需寄希望于今后。

通常学校建筑不但占地广，而且与邻接地块或道路的接壤部分大，是城市景观中的主要构成部分。由于校舍特有的宽广高大墙面对邻地的影响大，容易左右周边景观效果，所以建筑的楼栋布局、立面设计尤为重要。这也说明了学校建筑与城市建设有着密切的关系。不管学校地处住宅区、商业区，还是其他用途区域中，虽然与周边景观的协调方式多种多样，但有一个共通的要求，必须具备高度的公共性。

吉田中学就是这方面的一个好例子，将沿镰仓街道的公交车站向用地侧退后设置，在步道上扩展出一个凹形空间，在其中加以绿化，营造出沿道的绿色空间。这样做对学校方面几乎没有影响，却对构建城市景观做出了很大的贡献。

老松中学是我在横滨设计的首个学校项目。因为必须严格按照学校的设计规范来设计，记忆中那次设计工作可谓障碍重重。这所学校地处野毛山的一角，下了坡道向西一直走到头便是学校的正门。用地标高在东西方向上有较大的高差，穿过教学楼入口旁的架空通廊，便是开敞的广场，在其中就着高差的地形设置了室外剧场，阶梯形观众席也兼作走上大操场的梯级。设计中利用架空通廊将校内与周边环境的外部空间融为一体。由于改建前的校舍与野毛山的绿化景观已很好地融合在一起，故在如何在改建中既不破坏原先和谐的环境，又能创造出新的空间上颇费苦心（图16、图17）。

图16　老松中学

图17　从老松中学的架空通廊看广场

同样，北方小学经过了漫长的岁月，原有的建筑与横滨山手町的街道城市景观融合在一起。改建的意义在于延续这种和谐氛围的同时，创造出新的外部空间。在设计上将两栋教学楼的外部空间设计为广场，地面铺上地砖，在广场入口处的中央部设置钟塔。从这里往南延伸出操场，将泳池设置在用地的南端作为操场区的收尾。由于除北面之外，其余三面都与道路相连，沿道路部分的设计在景观上甚为重要。然而基于学校建筑设计规范的标准设计要求，学校在沿道路周边必须设置栅栏等隔离物，因此在设计上很费心思。最终通过采用尽量加宽绿化带，在其间设置栅栏的方法，使得栅栏在视觉上不那么显眼。设置在用地南端的泳池，由于采用地面设置形式，同时需要配套设置视线挡板、遮阳板等，因而形成了具有相当高度的体量，这在景观上存在一定问题，能否通过设计进行改善还不确定。构思中的作法是以"水的风景"为理念，这么说或许有些夸张，将泳池水面的标高压低至接近地面，有可能的话尽量压在稍低于地面的位置，这样水面便能映照出周围的城市风景，令过往人们心情舒畅。另外，现在泳池周边的设计或许也到了该考虑修改的时期了。

另一个经验来自刚刚设计完成的大岛中学。这个项目和前面讲到的两个项目场地条件相差很大。这所学校地处新本牧地区的规划用地统合区的东南端，局部还跨到了统合区外。设计上首先需要面对的课题包括：如何与新本牧地区取得城市规划上的统一性，如何体现地区总体规划上的设计理念，如何实现与现有住宅区的一体化街区建设等。此外，为了取得与该地区今后逐步建成的其他公共设施之间的协调关系，设计上还必须严格遵循城市建设中对该地区的总体形象设计。

下面，我们继续以学校建筑为例，来探讨在城市建设中，营造与学校建筑和谐一致的外部空间的几个要素。

首先是照明设计。近年来，学校的部分设施作为所在地区的公共设施，在夜间开放给公众利用的事例不断增多，学校已经不是仅供白天使用的设施。因此，作为城市景观的构成要素之一，学校在外部空间上的照明设计备受关注。为了弥补与周边相接的单调性，沿道设置凹形空间并加以恰当的照明设计，已逐渐成为设计中的重要环节。通过这种方式还可以加强学校与周边地区的交流。

第二是校内和周边的绿化设计。儿时印象中成排的大树、郁葱茂盛的绿化，在长大成人后多变成了难忘的回忆。在少年时代的记忆中，绿化与水面常常被叠映起来，是因为它们与人性根源有着密切的关系。绿化形式多种多样，必须根据学校的特性加以设计。比如采用在操场中央种植大树、针对教学楼多个入口的形式在分散的设施入口前植树绿化等方式。还可以在从校门到各设施入口之间的沿道路种植连排的落叶花木，营造出春天开花、夏天郁绿、秋天红叶、冬天透过树梢洒下温暖阳光的"四季之道"。

另外在水景的设计上最好也能下点功夫。比如，在教学楼和操场之间设置像开港广场（横滨）那样可以感受到水边风景的空间，建筑之间的空地可以作为广场，在其局部设置景观水池等。通过积极地引进水景，让学校周边的空间变得充满活力与生机。

如今，学校建筑在量的建设上已经告一段落，今后需要的是独具特色的设计。学校是与周边有着密切关系的社区重要构成部分，因此学校建筑的设计应反映出所在街区的个性，现在必须这么考虑。理想的做法是以教育委员会和建设局为中心，事前针对每个校区的主题充分研究，充分发挥学校建筑在城市建设中的要素作用。对此我们也充满了期待。

（1985 年 10 月）

今后的东京何去何从

今天正逐渐受到世界瞩目的东京，在某种意义上可以说是一座颇有意思的城市，然而也存在很多问题。在论述东京的建筑与城市时，总离不开空间与时间的问题。

首先是时间，对东京来说是一个长期难以解决的问题。过去日本为了赶超发达国家，本着比别人早起 5 分钟，比别人晚睡 5 分钟的干劲儿拼命工作，终于取得了一定的成就。那种每天都累得喘不过气来，回到家躺倒便睡，第二天又得早起出门上班的日子，我想应该快过去了。今后将逐渐步入创造性的时代。一天中如果时间毫无宽松，恐怕生活将难以持续下去。回到家如果能好好地休息，听着抒情的音乐，品尝上等的红酒，脑子里才能闪出创意的火花。从时间这一角度来思考东京的问题，可以发现东京人每天的可自由支配时间，要比其他城市的人至少少了一到一个半小时。

其最大的原因是难以实现"职住近接"（职场靠近住处）的城市布局，再加上交通拥堵。上下班时间越来越长，往返平均需要两个多小时，有的甚至达到 3 小时左右。开车的话，则苦于像八环路、外环这些城市环线道路还没有完全开通，实际上也好不了多少。欧洲的中世纪城市多为城郭城市，城市的外周环绕着城墙，通过城门进出，几乎每座城市都有发达的环线道路，很少需要穿越市中心。我通过观察涩谷的高速道路，发现大量的车都是直奔市中心的皇宫方向。我统计了一下，发现虽然基于不同的时间点和工作日情况有所不同，通行的车辆中平均约有 70% 是大型货车，重重的辗压下连道路也在不断地嘎达、嘎达振动着。我想即使混凝土也会有到达疲劳极限的时候，不要有一天突然像旧金山的高速道路那样，轰隆一声坍塌了可就麻烦了。在堵车时想起这些，便不由得沉不住气。在欧美的城市，高速道路上通常是以客车为主，而日本却是以货车为主，而且由于外环线没有建成，所以形成了贯穿市中心的道路系统。

虽说随着地铁的普及，交通已经变得越来越方便了。可要是上了年纪，出门即使平地走路没问题，上下楼梯还是很麻烦，尤其是带着行李时，最终还是选择乘车方便。比如我去机场的时候可以选乘轻轨，可是一路上下换乘很是麻烦；乘车呢，不管是去羽田机场也好，成田机场也好，对路上究竟该预留多少时间心里总是没谱。对比国外的高速道路，比如洛杉矶去机场的高速，单向约 5 车道的道路，就算一个车道上出了事故，靠余下的车道通常也能顺畅通车，而日本的高速道路通常只有 2 车道，一出事故便动不了了。由于担心万一迟到误机，保险起见就只能再提前 1 小时出门吧。这样一天中就又少了 1 小时的可自由支配时间，生活在这样的国度实在是不努力不行啊。

对欧洲的城市历史稍加了解便可以发现：在欧洲，利用河流的航运非常发达。比如在荷兰鹿特丹西部的欧罗波特港口地区，通过运河连接众多河道，大量的货运都通过水路运输。欧洲的河道既长且水流缓慢，很适于发展水路交通。换个角度看，河流在城市中缓缓流淌而过，也别有一番风情。对比起来，日本的河流都非常短，多是从山上下来的急流，碰到下雨或下雪时水量变化很大，因此行政上对河流的态度，不是"亲水"而是"治水"，建设部所推行的也是沿河建设护岸工作，有的为了建设堤防把河流的自然状态搞得一塌糊涂，有的干脆将河流堵截，还有一心想着从缩小河流的面宽上争取土地用于别的目的上，因此护岸几乎都建成了垂直堤防。

过去三味线歌人经常在芳町一带表演，据说他们之间有种起于江户时代的游戏风习，就是在河边将钱包好沉入河底，现在即使想玩，看到眼前毫无生趣的混凝土堤防，兴致也没了。据史书记载，著名的小堀远州的桂离宫建在桂河流域上，也曾遭遇过河川泛滥的灾害，通过在用地前面围起竹编的围墙来抗洪，当河流泛滥、洪水涌到时，一开始也有部分水穿过围墙，但随着随流而来的树叶、泥土等在围墙前堆积起来堵住了缝隙，水也就渐渐地涌不进来了。加上建筑本身是干栏式的高架结构，因此桂离宫虽然留下了两度水灾的痕迹，但建筑整体直到今天依然无恙。

在防灾上，相对于建设部河川局本着完美主义的思想，希望百分之百地确保居民安全，桂离宫的思想则是稍微进点水也可以，只要不遭受严重的水灾，当然也有当时技术上难以解决的问题。类似最近出现的模糊理论、混沌理论，就是一种包含了不可预测因素的思维方式。如能将这种思维方式也应用到现代的河川工程技术上，那么东京河流的周边环境或许会得到很大的改善，在这方面近来已出现了类似的应用学说。

无论如何，缺乏可自由支配时间成了东京的大问题。然而其空间问题更为严重。首先从居住空间和前面提到的"职住近接"的角度来看，城市空间被分割得非常细小零碎，难以实施综合性的规划。

上周我恰好去了趟柏林和巴黎，顺带对这两个城市做了一些考察。从柏林的勃兰登堡门稍走一段就到市中心，我发现这一带的建筑多是一层为商铺，上面的二至七层、有的甚至高达九层全都是住宅，实现了上班就是下个楼这样的"职住近接"环境。

近年，东京的城市中心空洞化日益严重。我想部分原因是不景气吧，在银座一带、丸之内周边，夜间人口少得几近为零，成了城市规划上的困难区域。特别是实行了周末休息两天的制度后，在过去被喻为"花金"的星期五，男性也都早早地回家了。比如在丸之内商务区上班，按工作时间 8 小时算，只占每天 24 小时中的 1/3。由于周六、周日、假日都休息，所以 1 年中的上班时间约占全年时间的 1/3。加上晚上人们都回家了，周边的餐厅如果支付高房租，却只能做午餐的生意显然是不合算的。夜间人口太少成了影响周边商业发展的因素。如果像纽约的中央公园周边那样，东京日比谷公园的周边也都建成高层住宅的话，就会有相当可观的夜间人口，晚上夫妻俩还可以去银座边上吃法国菜呢。一听这话大家都大为惊讶，"别瞎想了，大家都住得那么远啊。"这和欧洲城市的基本思想差别太大了。

不久前和银座一家服装老店的老板聊天，说到现在大家都移居到洗足、田园调布这些地方了。他们的先辈一两代人都住在银座那种"上住底商"的二层小楼中，那时的夜间人口可真多。早前读了资生堂前社长冈内先生的随笔集，提到在他年轻时银座有 5 家公共浴室，可惜现在只剩下 1 间了。说那时从银座自家房子的 2 层往下看那些洗完澡回家的新桥的小姐们，真是一道惬意的风景。当年银座也存在着生活的社区。

还有一个问题，到了西欧各国，可以看到车站基本上都有很大的穹顶，光线从上面倾洒而下。而在日本，不管是东京站也好，京都站、上野站也好，为了实现土地的高度利用，采用了在车站上部发展上盖物业的方式，导入了百货公司、酒店等设施，为了争取更多的建筑面积，将各类室内空间的吊顶高度都压得很低，并且到处挂满了"大减价"之类的广告，看着琳琅满目，而实际空间上感觉局促不已，有时看半天也不知道该上哪儿去乘坐新干线，甚至出现"车站在百货公司里"的错觉。

大概十多年前，那时巴黎正准备建设列·阿莱（Les Halles）地下商业中心，提出希望参观东京站的地下街的请求。不久相关人员来到东京，恰好由我给他们当向导，参观的时候法国人说："这和我们的理念完全不同啊。"于是打道回府了。为了实现土地的高度利用要求，东京站在上部设计了百货公司，在地下又造了地下街。而列·阿莱则考虑到车站上部建房会影响巴黎的景观，所以计划把所有设施都规划到地下。

最近东京市中心的百货公司很不景气，如果住在八王子附近，上下班在路上要花上一两个小时，即使商场就在车站上面，也难有什么购物欲望了。工业化越是发达百货公司的生意便越难做，这已成世界的共识了。实际上八王子周边的超市或者专门店也能买到不错的东西，没必要在市中心买了大件东西，带着乘地铁跑楼梯上上下下的。最近的商业业态越来越多元化，像在超市买日用品、到专门店买某类东西。郊外出现了不少销售CD、书籍的大型商店，在提供生活方便的同时，也改变了人们的购物形态。总之，现在城市商业发展已进入了变革时期，在东京站周边，沿用传统的思维，还想向上空开发商业地产的做法实在需要三思了。

举个例子，东京都厅迁移到新宿，中心区空出了一块好地。规划建设一个由美国建筑师设计的、可容纳 5 000 人的国际会议中心，现在正在施工中。从土地利用的角度来看诚然不错。然而试想一下，如果在那里真的召开 5 000 人的国际大会，或是举行天皇、皇后的会见活动，则一定会在出入闸口的地方造成交通拥堵，从而影响到旁边东京站的交通，给前往乘坐新干线的人带来困扰。由于东京的政府功能都迁到新宿副城市中心，这就大大减少了在原址周边的酒店中举办宴会活动的机会，考虑到这点，都知事为了维持该地区的活性化而决定在那里建设会议中心，这本身是一件大好事。前些时候我去了趟巴黎，一路都在想：如果在原址将地面做成穹顶，将交通广场的功能整体移到地下，光线由地面的采光穹顶直照地下，在里头有条不紊地组织东海道新干线、上越新干线、东北新干线、羽田机场的轻轨，还有成田机场的特快列车等去往各处的不同交通，成为东京市民 24 小时都可以自由利用的交通枢纽不是更好吗？现在规划的国际会议中心，具体用途还不太清楚，假设每年用于举办 10 次国际会议，则一年中活动之外的 350 天或许就空着了。从城市规划的总体角度来看，那样做究竟是不是一个好的规划呢？

再有，根据日本财政部的会计法，据说通过出售新桥的原调度车场用地来补填国铁公司的赤字，是维护国民利益的积极行为。在这方面，巴黎的对策也相当不同。原来在卢浮宫内办公的法国财政部，自几年前另建大楼搬走后，那地方便一直空着。听说上周六又重新开放了，于是星期天我前往参观，看着入口的队列长龙，只好作罢。在那里我忽然发现由贝聿铭设计的玻璃金字塔已经建成，坐落在巴黎市中心的卢浮宫美术馆前面。沿道走去，可以看到 18 世纪建成的卡尔塞凯旋门。再往前，是立着方尖碑的协和广场。一路连着走下去，穿过杜乐丽花园进入香榭丽舍大道，一直前行便到了建于 19 世纪的爱德华凯旋门，再往前进入拉德芳斯区，最近在区内建了被称为新凯旋门的、有着凯旋门造型的巨大建筑，并在其中举办了一场首脑峰会。据说这一建筑的设计是通过方案竞标方式定下来的，评标过程中，据传时任法国总统的密特朗在一旁喊着"要这个方案"，原来就是这么一个造型。回头仔细想想：从 18 世纪、19 世纪到 20 世纪，这些门形建筑的体量不断增大，连续布局在笔直的轴线上，这些都是基于规划的内容，据说密特朗便是这么通盘考虑的。不是每回到现场转转，简单地投个标便把内容定下来，而是从一开始便充分考虑如何整合利用的问题，这种方式与日本的做法可谓天壤之别，想想还是很令人感慨的。

现在巴黎的大型开发项目，有建造歌剧院、开发音乐产业等。去过了巴黎，回头看新桥的原调度车场用地，感觉作为空地留着其实也不错，我想要是能做成雕刻庭园，或者艺术森林之类该多好啊。

日本的城市规划非常随机，显然和土地所有权问题有关，我们作为农耕民族，一旦有了土地，必定会将其当作宝贵的东西。导致道路与自己土地之间的整合性非常糟糕。比如由于土地边界与道路不成直角而造成多数建筑都不是正对，而是侧偏向道路。在继承遗产时，假设兄弟 4 人每人分一块，可以直着分，也可以斜着切。当在这些分割后的土地上建房子时，房子便有的朝东有的朝西，造型百出。从颜色到造型没有一样是统一的，这种事在其他国家是难以得到许可的。

在上周举办的日德论坛中，与会者就柏林与东京的城市理论进行了探讨。从中感受尤为深刻的是日本集合住宅在阳台晾晒衣服被褥的问题。不少人认为：利用自然能源的阳光来干燥被服有何不妥？可在德国，大家都用天竺葵花把阳台装饰起来，自然晾晒衣服就被认作一宗有碍景观的大罪，一出现阳台晾晒行为，警察马上就会找上门来。碰上出差等外出回来，第一件事便是给阳台上的花浇水。这些花在屋子里是看不到的，也就是说给只能从外面看见的花浇水。我觉得这与日本的思维方式很不一样，所以也参加了一些讨论。仔细想想，相对于德国人在建筑、城市规划上对正面性和左右对称性的重视，日本人却是本着"以不得不之形为美"的茶道精神。

比如，德国人认为不留上"凯撒胡"，便不利于在社会上行走，必须时时注意强调自我的存在。在日本则相反，如果过于强调自我，人们便会说："那人怎么回事？"似乎这种风气也出现在城市规划上。巴黎的道路都是笔直的，比如歌剧院大街的正前方，是查尔斯·加尼叶设计的著名的巴黎歌剧院。另一头正对的是耸立着的马德莱娜教堂。像这样的道路在日本是看不到的。比如顺着皇宫前的道路向日比谷公园的方向走过去，正面可以看到帝国酒店。这是因为道路在半道拐了个弯，如果道路是笔直的话，则无法看到这栋建筑的正面了。如果从四谷方向走过来，由于道路的折角关系，日活剧场前面的建筑看上去像个三角形。估计大家都觉得日比谷公园的形状应该是接近正方形或矩形吧，实际上从新建成的长期信用银行大楼上面俯瞰下去，便知道它并非矩形，而是有着斜折外周的形状。旁边的道路从赤坂朝虎之门方向延伸过来，在新桥附近拐了一下。没有完全直线的道路。

纽约则明确区分东西南北，贯穿南北的叫大街（Avenue），东西向的叫街道（Street），如同坐标轴上的标记一样。只有百老汇大街是斜穿的，所以倾斜布局的建筑只有时代广场上的时代大厦和其他几栋。城市规划在一开始便构筑了东西长、南北短的骨架，建筑都整齐地排列着，而日本则是一开始便有了弯曲的道路，发展成奇妙的城市建筑布局。

这在今天成了相当大的问题，导致日本的城市几乎无法形成城市景观。先是电线杆、电线、电线杆上的变压器、室外广告等，之前带着来自纽约的城规人员考察，走在东京街头，当我问他们"印象最深的是什么？"时，几乎所有人都回答是"电线杆"。像我们走在街上，虽然不能断言说所有人都对电线杆的存在毫无意识，但基于电力供应是日常生活中所必需的，电线杆的存在便成了理所当然的事情。可对欧美人来说，除了葡萄牙等少数一些地方，通常城市中是没有电线杆的。可见他们对遮挡、影响了建筑正面形象的东西是何等的厌恶。

另外在日本，设置在建筑上的商业广告牌通常都比建筑立面外挑，因此挡到了后面的建筑外墙面，大大削弱了建筑的正面性。与此同时，屋顶上还布满了广告塔架。我想这或许和财政部的会计法也有关系，企业的广告费支出有可能被解释为故意降低利润从而减少纳税的手段了。前些时候出差法国的回程，在去往巴黎机场的路上，看到日本企业的广告牌也开始多起来了，非常显眼。若按以往欧洲的常识，像那样架设广告牌来收取费用的做法是不能接受的，然而随着日本经济的发展，近来是只要在自家楼上架设广告牌，便能获得可观的收入，于是这种做法逐渐蔓延开来，值得庆幸的是目前在巴黎的中心区仍未出现。在由巴黎机场驶向市区的沿道路建筑的屋顶上，看到的几乎清一色都是日本企业的广告牌。或许这些建筑的业主们还蛮高兴的吧。我想千万不要最后演变成与巴黎市民之间的文化摩擦，感觉似乎已经到了一个比较敏感的时期了。

在造物上，我认为主要有两种思维方式。一种是局部思维，几个部分的东西通过加法方式逐渐地综合而成一个整体的思维方式。另一种是整体思维，一开始便制订了整体计划，再顺次完成各个局部的制作，最终完成造物的思维方式。这与雕塑同理，既可以是将一块大石或木头加以切削后，把余留下来的部分当成一种造型，也可以将各式各样的零部件组装在一起，不断地以加法形式综合汇聚而成。

按照这种观点，西欧城市可以认为是属于整体思维的产物。中世纪的城郭城市也是从建造城墙开始向内收敛性地形成城市空间。与此相对，在日本的农村地带，则是通过 1 户、2 户、3 户、4 户这样的累积形式而逐渐形成村落以至于城市，采用的是加法的方式。两种方式各有优缺点。整体思维的结果是道路井然，包括交通体系在内的各种功能都基于预先的计划和测算，这是非常理想的。然而一进入到局部，比如对某个部分想再扩大一些，某个部分想做小点、经济些等等要求便难以实现，缺乏应对局部调整的自由度。如果采用局部思维的方式，则各个局部都能根据需要形成充实的内容，然而整体构成上却呈现出相当随机的形态。在日本，本来采用整体思维的形式毫无坏处，然而由于土地私有制的问题，只要其中出现一户不配合就可能导致整体的搁置，结果最终还是只能采用一部分一部分来完成的方式。

然而今天在面向 21 世纪，城市发生变革，或者说城市功能已经有了很大改变的时代，人的意识也在蜕变中，比如像巴黎的里沃利街那样，建筑的屋檐线整齐划一，窗户均匀排列，排布着同样的拱廊，甚至连所有的照明灯具都相同。这样固然不错，然而今天的商业业态与商品内容与 18 世纪、19 世纪那时相比已经发生了剧变，像电脑用品之类的新东西层出不穷。经营着不同的商品，便可能出现吊顶高度不够、地板荷载不足等问题，当希望突出某个部分时，全部统一的思维方式便难以应对。

基于这样的观点，日本的城市在柏林或巴黎人眼中的惊讶程度可想而知。建筑高度可随意调整，布局也相当自由，虽说也受制于土地形状，不过其他部分，比如开窗位置、形状、色彩等一切都可以随人所好。比如著名建筑师彼得·艾森曼便在东京设计了看上去岌岌欲倒的建筑，在浅草的一栋建筑的顶上可以看到显眼的黄色体块，那是由法国设计师斯塔克所设计的，这样的手法在法国估计难以实现。日本高度第一（19 世纪 90 年代建成）的超高层建筑是由纽约那栋带斜顶的花旗集团总部大厦的设计者休·斯塔宾斯所设计的，东京都厅原址由维诺里设计了后现代风格的东京国际会议中心。像这些国外的建筑师们来到日本，由于目前日本的城市规划制度非常宽松，建筑师如同在作坊中创作雕塑作品一样自由自在地进行设计，面向 21 世纪，东京成了很让人羡慕的地方。

同时东京还具备雄厚的经济实力。当前不少国家的经济都处于困难时期，像德国的柏林，虽有推行原东柏林的城市重建规划，却一方面由于经费有限，另一方面受制于严格的建筑法规而踌躇却步。相比之下日本的条件却是非常宽松。不过，政府开发项目多奉行的是"空地主义"——腾出空地建设新设施的思想，比如第二国立剧场就规划到初台地区，因为那里刚巧腾出了原为工业试验所的用地。并且不知哪来的点子，在开发中把剧场用地上多余的容积卖给了旁边的土地所有者，据说这样国家有了收入，便能建设更好的设施。换个国家，像这种政府买卖租借自有土地容积的做法是难以想象的，从中也可以看出日本在城市开发上的灵活度。日本即使有像法国前总统密特朗那种从第一国立剧场、第二国立剧场、第三美术馆这样通盘考虑的计划，实际也难以实现，这样想着，不禁对阳台上晾晒衣服与种植花草的本质区别有了切身的感受。

还有一个是近看和远看的问题。建于 4 500 年前的埃及金字塔，是将四面等腰三角形组合起高达一百多米的巨大石构建筑，如果造在新宿副城市中心应该也是很壮观的建筑。从正面看恰好呈正三角形，按 51 度 50 分 35 秒的倾斜角度，一百多段巨大石级被一级级地精确叠加起来。这简直难以想象，如果中间出了问题就无法成就金字塔了。

另一处非常有魅力的地方是耸立在希腊雅典卫城山丘上的帕特农神庙，虽然是 2 000 多年前的建筑，带着多立克柱头的漂亮柱子依然挺立着。正面还保留着美丽的檐口，横梁为避免直线时的下垂错觉，一开始就被设计为中央凸型的效果。两侧柱子如果都笔直竖起的话会有头重脚轻的错觉，因而做成些微向内倾斜。加上在柱子上雕刻了漂亮的纹样，当爱琴海的阳光照在上面时，其左右对称性和正面性便显露无遗了。

埃及和希腊在夏季都高温干燥，很少下雨。在日本的纪伊半岛，杉、柏这些树木都笔直生长，而在希腊或埃及，即使种得起来也无法成长为能用作梁、柱等的建筑用材，故只能用石材来营造建筑。夏季随着气温上升变得干燥，冬季随着温度下降才有一些湿度。如图 18 所示，以纵轴表示温度，横轴表示湿度，观察不同地区城市的年间气候曲线可以发现：在砖石结构发达的地方（图 18a- 德黑兰、c- 雅典），上半年对应

的是从右向左的上升、下半年是从左向右的下降曲线，显示夏季气候在
一年中最为高温干燥。而日本（图 18b- 东京）则呈现上半年自左往右
的上升曲线、下半年自右向左的下降曲线，显示夏天随着温度上升湿度
也增加，在冬天随着温度下降湿度也下降。因此彼此有着完全不同的理
论。世界上还有窑洞住宅的居住形式，比如在中国西北部分地区。据统
计世界上大约有 5 000 万人居住在窑洞式住宅中，那里面冬暖夏凉。然
而在日本的气候条件下，洞窟却是住不得人的地方，夏天到处湿漉漉容
易染病，而冬天则冻得无法住人。洞穴建筑乍听或许觉得很原始，实际
上也并不一定。西班牙也有此类的洞穴住宅，一进到里面，常常能看到
吊灯之类的华丽装饰和漂亮的餐桌家具等。夏季时虽然外面的气温近乎
40 摄氏度，可里面依然凉快舒适。由于自然洞穴自身的热容量大，在冬
季也能温暖地生活。

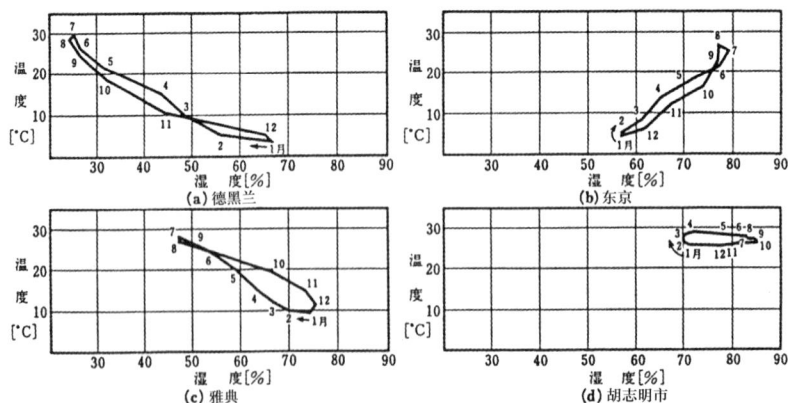

图 18 不同城市的气象图（a- 德黑兰、b- 东京、c- 雅典、d- 胡志明市）

从正面观察时，希腊的帕特农神庙或埃及的金字塔有着明显的正面性和左右对称性，不愧是出色的建造物。可是走到近旁，看到的却是粗糙的石材面。相对地，日本的建筑，例如上面提到的小堀远州的桂离宫，周围树木枝叶繁茂，建筑隐于其后。如同回避着树木的遮拦一样，入口玄关设在建筑的一侧。按着古书院、中书院、新御殿的顺序逐次扩建而成一体化的设施。这种在原有基础上不断延伸扩展最后形成一体的做法，和欧美人提及时大家都相当惊讶。这是由于树木繁茂，又有庭园夹杂其间。如果在第一金字塔的旁边紧接着造第二、第三金字塔，或者对帕特农神庙进行扩建的话，它们便失去了原有的正面性等要素，难以想象会变成什么样子了。欧美人难以理解怎么有一直扩建至新御殿的做法，其实原因在于日本建筑在一开始便有意避开左右对称，保持一种随时可以加以扩展的状态。这种本质上的不同也带来了适合"近看"或"远看"的不同建筑类别。

为了获得远看的效果，需要像爱琴海或埃及那样，通过强烈的日照投射出鲜明的阴阳关系。而在日本，将建筑融进了杂然的树丛中，与环境融为了一体。这对基于明确的二元理论、黑白分明的思维方式的欧美人来说，似乎感觉很不舒服。法国友人莫勒襄女士在日本时，我们曾一起探讨过这个问题。她提到说："日本的插花左右不对称，看起来很不舒服。你们日本人难道没觉得别扭吗？"我回答说："就是要这样不对称才好呢！"这话着实让她大吃一惊，说是最近也渐渐习惯了，不过欧美人本来尊崇整体性的东西，注重远看时的统一感。

已经是20多年前的事了，那次去希腊参观帕特农神庙时，恰好有机会拜访了当地的一位城市规划大师。"听说你去看过帕特农神庙，感觉如何呢？"他问道。我回答说："实在是精湛的建筑，不过就如同我来时从伦敦飞希腊的航班上的空姐，远看样貌很漂亮，走近却感觉并不是很亲切。明天回程是乘坐日本航空，日航的空姐远看不太漂亮，可走近了实在是亲切。"他一听这话马上说："太好了！赶紧邀请我去东京，我要乘日航去。不过当前有个在希腊召开的德洛斯会议[1]，是在船上召开的，请你也一定来参加。"于是我参加了那场在船上召开的为期一周的学术讨论，以英国著名史学家汤因比为首，来自世界各地的学者们汇聚一堂。就这样，两个本来素不相识的人，通过对"远看－近看理论"的讨论而结缘，同时我对对方这种明确的当即判断也深为感铭。

当时讨论起这个问题时，德国人有所感慨地说道："本来觉得日本不管是从政治上、经济上，还是从城市方面都看不出什么眉目来，日本人在说什么也无从理解。然而现在这样面对面一聊，倒觉得他们很有修养和水平。"这难道不是和日本的建筑一样吗？比如桂离宫周边林木茂盛，远看难以看清，走近了，才发现那些国宝级的钉帽、精湛的隔扇拉手、木纹、搭接、端口处理等。日本人也是如此，不熟悉时感觉似乎没什么理论思维，走得近了才发现彼此有着高度的信赖关系，实在是了不起。

---

1. 德洛斯会议：1963 年，全球的代表学者、城市规划师、建筑师等，汇集到希腊的爱琴海上一个名为德洛斯的无人岛上举办的城市发展会议论坛，首次从全球层面就人口暴涨所带来的城市问题进行了深入的探讨，对地球上的人居环境建设提出了高度综合性的理论方案。

我觉得建筑和城市也是如此。至于哪种更好的问题，我想与和辻哲郎先生所著的《风土》中提到的内容有深刻的关系，日本文化很受气候因素中湿度的影响。湿度令环境变得模糊，令事物变得暧昧。在德国，人们必须不断地强调自己的存在。思考中也让我深感这些自然、社会的关系已经同样地出现在城市规划和建筑中。

（1994 年 1 月）

第二部分

建筑篇

个人生活的充实

每天看着电视听着新闻，感觉接下来的 20 世纪 80 年代无论如何也难以实现辉煌的十年，都说估计将是困惑的十年。20 世纪 70 年代于日本，是一个无暇顾及别人的眼光的时代，实现了经济上的飞跃发展。将一个资源穷国变成了充满了玫瑰色梦想的国度，令全体国民开始飘飘然地喝起酒赏起花来了。

然而好景不长，紧接着第一次石油危机（1973）就是第二次石油危机（1979），从 1972 年全球急速地进入了困惑的时代。这是一个强者被化为弱者、富人遭受痛苦、劳动者备受责难的时代。少数人的不幸被重压到多数人的身上，严重拖累了进步和发展的步伐。

人们将意识到：在这艰难的十年间，少数的利己主义者阻碍了多数人的便利和幸福。人们将醒悟并掉过头来，我想随后的 20 世纪 90 年代将成为协调不同意识形态关系的十年。因此，如何度过 20 世纪 80 年代这困惑的十年，将其作为未来进入协调的十年的准备阶段，在此我想谈谈我的看法。

首先想推荐的是秉承"晴耕雨读"原则的读书行为。在经过对西欧自文艺复兴时期以来的学问和文化的学习之后，日本确实得以在二战结束 30 年后赶了上来，然而这一成就并非建立在自身对现代思想和科学技术的创新上，实际上不过是从西方发达国家引进了先进的经验而已。如今，我想该是立足日本的传统和风土创造文化的时候了。抛开迄今那种纷繁忙乱的生活方式，该是安静下来沉着思考问题的时代。与其要求人人都胸怀大志，不如着眼小志，脚踏实地。目光过高便容易摔跟头，这是现代民主主义的深刻教训。避高而趋低——尽管这是一种多么困惑的选择。当务之急是每个人都开始充实自我的生活。在日本这么一个狭小的国度中，首先变阁楼为书房，向地下扩展居住空间。在目前这种大城市的居住环境下，能加以活用的空间只有阁楼和地下了。在可能的条件下扩充出读书的空间来，在其中通过阅读、思考，培养兴趣和充实生活。坚持"晴耕雨读"的原则，等待未来那协调十年的到来，千万不能大意。稳扎稳打（Go Steady）！

（1980 年 1 月）

私密空间

在大城市的喧哗、嘈杂与混沌的环境中，每天头昏脑胀地工作着，有时不禁想：要能在一个安静舒适、完全属于自己的空间里待上一会儿该有多好，哪怕一天里只有那么一次。要想脱离嘈杂纷乱，干脆躲到山里不就行了吗？实际上却也并非如此。私密空间并非存在于旷然孤独的自然，而多存在于像章鱼罐那样狭小而充实的空间中。

我特别喜欢乘坐国际航班时那种机舱环境中的空间体验。夜里从羽田机场起飞，在一连串起航后的机舱服务结束后，熄灭了顶灯，放下座椅靠背，打开阅读灯，顿时感觉整个人从出发前的匆忙中被解放了出来，心中充满了对接下来的旅途的期待，浑然进入了一个充实的私密空间……特快列车的卧铺车也不错，拉上窗帘，把行李收拾好后一头钻进干净的被子里，打开枕边的阅读灯看看书，这种私密空间实在是舒心。

对不用写文章、做研究的人们来说，最好也能拥有诸如平和的起居室或安静的书房这么一个私密空间。然而实际上，通过建筑的手法营造出一个氛围空间并非易事。在这里，我想从自己的经验中归纳出两三个要点供大家参考。

首先是照明。前面讲到的在机舱和卧铺车中的环境都是在熄掉顶灯、打开阅读灯后，才形成了私密空间的氛围。将顶灯全熄等于逸脱了原本照明的常识，变成只照亮眼睛以下、最多也就是到眼睛高度的范围。外国也好日本也好，在新型的酒店中，客房基本上都取消了吊顶照明。或许由于冬夜漫长的缘故，北欧的丹麦、芬兰这些国家对照明器具都很有研究。从灯具的光色、亮度到造型都很是恰到好处，既柔和又简洁。很多时都能感受到"不愧是来自长夜之国的产品"。这些照明器具多半不适合高挂在吊顶下。尽量压低光源高度，这样一开灯，餐桌、边台等局部范围便裹罩在柔和的灯光下，房间中刹那间被蒙上了私密的氛围。如果只考虑晚上的照明效果，可以采用暗色的吊顶颜色，必要时甚至可以做成黑色，营造出幽深的氛围，令空间呈现出意想不到的效果。房间中的照明灯具尽可能多设置一些，通过不同的灯光组合营造出与情景相配的氛围。而对于那些白色天花板的宽敞房间，像日式住宅中那些只在天花板正中安装单一照明设备的"洋间"，则怎么花心思也难以营造出空间的私密氛围来。

第二个要点是窗帘。窗帘最好能比窗面还大，能将周边的墙面都遮掩上，挂上从吊顶一直垂到地面、有着丰富褶皱的落地窗帘，再利用窗帘盒把导轨等隐藏起来，在其后部装上灯具形成间接照明，结合窗帘自身的色彩纹样，便能营造出一个静心欣赏音乐的舒适环境。

在我看来，和室是属于白天的空间。阳光照在纯白的隔扇上，在榻榻米地面上投下了影子。明快的榻榻米、木构件上的纹理、抹土墙面的质感，还有天花板上的漂亮木纹，这一切都是在白天所看到的美感。可是到了晚上，由于房间的照明多只有天花板下的泛光照明，天花板和地面都是那种不明不暗的效果，由于空间中的照度过于平均，无法体现出白天所看到的那种紧凑效果。榻榻米和天花板的色调都过于明亮，难于营造出局部照明所形成的那种私密性的情景氛围。

第三，桌子、台面等家具在选型上，建议最好采用低且大的设计。椅子类家具的面料或皮革可采用黑色、深咖啡色、深蓝等比较沉着的色调，个人觉得以避开花卉模样或淡色为佳。给座椅套上套子似乎是日本独特的习惯，这种做法只是糟蹋了精致的家具。感觉便好像是给漂亮的山本富士子女士戴上眼罩或口罩，复杂之情难以言表。

另外，在营造私密空间时，吊顶不需要造得又平又高，像欧美那种带坡顶的阁楼房间，里面就挺适合静心学习。有到国外留学经验的人相信都有这方面的难忘记忆吧。

再有就是在营造私密空间时，加上那种若隐若现、带着抒情音色的背景音乐也不错。冬天还得有暖气，毕竟冷飕飕的氛围也满足不了作为私密空间的条件。由于私密空间也存在于每个人的心中，所谓"心之所想，形之所现"，如果消灭了先入观念，或许这类空间的建筑条件限制都不成问题。可是对于像我这样，不擅长把控氛围的凡人来说，外部条件还是很重要的。

我不时会和学建筑的学生们议论到下面的问题："为了逃离风吹、雨打、日晒，我们需要建筑，那么如果未来技术进步了，人类能够完全操控自然气候，只要将其设定为适合人居的状态，建筑不就没必要了吗？换个说法，就是由于自然气候的条件不够好，才需要建筑的存在作为补充吧？"

对这个问题，开始大概有一半左右的学生会"是的、是的"表示肯定，"本来人类便应该是赤身裸体，毫不羞耻地在美丽的大自然中昂首阔步的嘛。""那么夜里人类该睡在哪呢，只是在广阔的大自然中随便一躺，还是得找个树下石背的地方好呢？""还是得找个有所遮挡的、最好是像章鱼罐那样的贴身空间吧，尽管没有猛兽毒蛇出没，毕竟有点安心感也是好事吧"。就这样，说着说着心就虚了。似乎最后的结论应该是：必须兼备随时可以躲进去的章鱼罐和彼此交流的公共空间，即既要有内部、也必须有外部的空间。建筑除了起到从自然中保护人类的作用之外，很多时候还成为人类个体区别于社会环境的处所。在这种场合，私密空间相当于章鱼罐，然而单有这个章鱼罐人类却是无法生存的，显然，人类还需要社区、外部空间等公共空间。

（1965 年 1 月）

室内设计的秘诀

在西方国家，尤其是在美国，通常认为夫人擅长社交、端庄美丽、居家典雅、有品位是丈夫得以出人头地的条件。不过在日本这个男权社会，如果夫人过于张扬，家里搞得过于奢华，反而会招来差评。

这大概是由于世人在传统上普遍认为：住家只是临时的住处，内在的精神价值要高于物欲的物质价值。在日本常有建了豪宅后落马的人物新闻曝出。对政治家来说，还是以住着简素的房子为美德。像电影演员、传媒艺人等，多凭借自己的能力住着豪宅，从社会层面上看这对他们似乎也是必要的。

二战后经过了 30 年，日本人才基本理解了住房这个事情。在日本这种地价高昂的国家，是无法像西欧那样，大家都能住上宽敞的房子的，我们所期望的是居住的充实感，有一定的文化性、舒适性和个性，也就是希望住在一个有品位的家中。

　　木构的日式传统住宅大多只注重和室"壁龛"的挂轴和应季的插花，对其他部分的室内设计并没有过多在意，属于简素的"无"的空间。带有连续木纹的柱子和横材、有着漂亮纹理的天花板、富于韵味的抹土墙面等，都是由自然素材所酝酿出的和谐。光线经隔扇门窗透射进室内，令空间更加柔和，俨然成了一个无法加插任何人工装饰或色彩设计的空间。

　　然而二战后，公团住宅、商品公寓等钢筋混凝土的集合住宅急剧增加。其中所采用的混凝土、塑胶墙纸、不燃吊顶材料、面漆等建材，均属非自然素材，而是人造的工业产品。因此带来了诸如窗帘的选择和挂设、地毯的材质与色彩、面漆的喷涂形式、家具选型和摆设等方面的难题。为了充实这样的新空间，就必须学会色彩搭配、照明方式、空间布局等室内设计的基本内容。这就如同学不好插花的原因是无法把花插好一样。

　　说到色彩的搭配，让我想到一件事情。当年我在纽约的马赛·布劳耶设计事务所工作时，我的导师曾经说过："室内最好不要大量使用绿色，非用不可时就导入绿色植物。因为以女性的红唇为首，还有人们穿红衣服时展现出的红色调与绿色互为补色关系，搭配在一起感觉很不舒服。总的来说，用在建筑上的颜色，必须是大体上和其他颜色都能取得协调效果的颜色，原则上以白、灰、肉色、淡色等作为主体颜色，在诸如门、家具、绘画、窗帘、地毯等这些局部着彩。"不过有趣的是绿与红却是中餐馆的主题色。代表了自然绿化的绿色，与体现天空、大海的蓝色一起，都属于"冷静色"，具有令人心平气和的作用。不同亮度的绿色或蓝色，单取其一而通过不同的浓淡组合，可以营造出雅致的空间。在卧室、浴室或卫生间等私密空间中，如将床单、毛巾等日用织品统一为同色，则可以形成个性化的空间。不过这样的色彩设计却通常不适用于公共空间。

正如刚才所提到的，在和室中不太需要在意室内设计的原理。同时，和室总的来说是属于适用于白天的空间，在夜晚则魅力减半。白天透着阳光充满生气的隔扇门窗与自然庭园融为一体的起居空间、漂亮纹理的木构件、展现着自然妙趣的砂壁和抹土墙等，一到晚上迥然不同，没有透光的隔扇纸面显得苍白粗糙，日式庭园漆黑一团，那些本来很美的自然素材由于光线不足，加上只有来自天花板下的泛光照明而黯然失色。西欧那些酒店、住宅的起居室，则大多不在天花板下设置照明器具。在天花板下安装照明器具的做法，多见于办公室和工作室。作为休息处所的住宅，为了利用照明营造出"夜"的氛围，多采用间接照明或局部照明，有意识地回避使用从上而下将室内均匀照亮的泛光照明。

今后室内设计的诀窍之一便是提升空间"夜"的氛围，为此必须首先关注照明设计。

在日本的住宅中，可以通过局部照明使狭小的起居空间更有生气。首先，在餐桌上方采用大型吊挂灯具，通过低吊方式只让被照体餐桌笼罩在光线中，把餐桌部分与其他部分的照度区别开来（图19）。这样一个全家团聚的空间便出现在灯光下。相比之下原来那种在天花板下设置泛光照明，将室内均一照亮的效果是多么的无趣啊。另外在室内各处设置局部照明，尽可能降低光源位置，在窗帘盒背面设置间接照明，对绘画等重要的空间装饰要素加以局部照明……这些都是在演绎"夜"的空间。从上而下的均一照明是白昼的特征，而局部照明则营造出休息的氛围，具有夜晚的特征。

图 19　自家餐桌上方的照明

　　通常室内设计处处体现一个家庭中女主人的修养与品位。在西欧，这方面男方多随女方的意见。因此我想在不久的将来，日本也将进入一个主妇们必须学习室内设计的时代。西欧的太太们，不少精通美术史、建筑样式史、色彩搭配等美学理论，有部分女性还作为设计师活跃在室内设计领域第一线。随着酒店、会议中心、餐厅、写字楼等众多建筑类型的出现，我们将进入一个需要高度室内设计的时代。

　　每当拜访驻国外的外交官、企业职员的家庭，常常可以看到他们在家中弄个小灯笼、小屏风或是浮世绘的挂画为装饰，来营造出一丝日式的空间氛围。然而看过之后总觉得谈得上品位的实在是少，大多只是模仿些皮毛。

　　我想没有一种职业比室内设计师更适合作为女性的职业了。原因有两点，一是工作灵活，一个人也行，几个人便足以展开工作。二是工作地点随意，可以在家里也可以在事务所，工作时间也相对自由。即便为了照顾小孩而中断数年，之后也不难重返职场。再就是，女性特有的对色彩的感性，对织物、家具的兴趣，尤其是对收纳的细心考虑等，都是创造实用而美观空间的设计素质。今后，日本的女性必将作为专业的室内设计师活跃在日本，乃至世界，我衷心期待着这一时代的到来。

（1976 年 9 月）

坡面庭院

世界上利用自然倾斜地形而形成的城市，多以美丽的风景和夜景而闻名。就拿美国太平洋沿岸的洛杉矶和旧金山这两座城市来比较，前者地势平坦，广阔中显得平淡；后者得益于地形起伏而形成了紧凑的城市格局，从丘陵地的高地上放眼望去，景色美不胜收。行驶在坡面上的老式电车被称作"缆车"，那种在晃悠中缓慢移动的浪漫风情，甚至成了《魂系旧金山》的歌中情景，深得人们的青睐。

在日本也一样，如将大阪和神户作比较，估计无论谁都会先想到神户那建在山坡上的山手地区，风景富于变化，闪烁的夜灯引人心动。东京和大阪地势上虽也有些高低起伏，可是比起中国香港、美国夏威夷檀香山那种站在山丘上，越过一排排住宅屋顶远眺蓝色大海的壮观景色，没有那种难得地形的遗憾之情油然而生。

通常来说，住宅应该造在平地上。不过如果用地是倾斜的，没有必要将土地平整后再建房子。用地的倾斜是自然赋予的条件，将这一条件加以利用，营造出富于变化的住宅和庭院不是更聪明吗？有人可能会问道：在坡面上造房子，刮风下雨时难道不危险吗？工程建设费用估计也更高吧？当然并非说在坡地上造房完全没有风险，只是现在的建筑技术已经能够充分地防止这方面的危险，即便工程费稍高一些，可同时也带来了相应的价值与独特之处，最终还可能由于免去了平整土地的费用而反倒便宜了。

最近东京内新的住宅用地已经相当少，住宅用地不断向郊外拓展。好端端的丘陵地开发，却被混凝土或大谷石的挡土墙分割成梯级形，上面再一排排盖上火柴盒似的小住宅。原本自然所赋予的柔和的丘陵棱线，也被一段段的挡土墙断开，实在是枯燥无味。像北欧各国常见的那种利用坡地，就地保存自然的树木、石头，使舒缓的道路穿行于散落住宅间的风景，在日本几乎看不到。

这其实并不限于郊外的住宅用地。在最近流行的度假别墅用地销售上也是如此。即便是在更贴近大自然的山里海边，好卖的还是平坦用地。不过我却强烈地推荐坡面用地。只要把住宅的布局规划好了，即使不是宽阔的用地也不用面对邻家的围墙。在平坦用地上的住宅，常常不得不对着邻居家的隔墙。既然好不容易来到山里，我想就再没必要对着邻家的卫生间窗或后门生活了，让视线越过邻家的屋顶，随心所欲地眺望是多么惬意的事情。如果在户型设计上再下点功夫，可以将住宅的入口设置在坡地高处，一走进去就是设在二层的玄关，而设在下面一层的起居室则面向坡地低处的庭园。这时坡面的庭园可以通过设置一些室外梯级营造出错落有致的空间流线，从而演绎出与大城市住宅区中的庭园完全不同的趣味性和富于变化的环境。

（1972 年 3 月）

五庭之家

我在南欧、希腊的群岛旅行时，那些村落中的纯白色石造住宅与湛蓝色的天空交相辉映，给我留下了深刻的印象。这一带的住宅布局与日本住宅最大的不同在于：住宅的外墙直接抵着道路边，住宅周边与公共道路之间没有缓冲的余地。而多在住宅内部或屋顶上设置带遮檐的小庭院，为生活增添情趣。

像日本这样，相对于人口来说国土狭小而地价高昂的地方，显然一种聪明的做法是：在造房子时把用地全部利用起来，排除房子周围那些没有用处的空间，反之把能利用的空间积极地圈进房子内部来，营造半室外的富于特色的庭院。同样的理由也造就了地中海式的白房子。

这里打个比方，假如有个五口之家，包括一对夫妻、已长大的两个子女，还有一位老人。那么，适合他们居住的或许是这样的一栋住宅（图20）。入口旁设置停车位，从这里的前庭上几级台阶便是玄关。房子由

图20 五庭之家模型

于地坪高于道路面而确保了私密性，家里的生活风景不会被外界窥视到。起居室正面设置大面积的落地玻璃窗，一眼望去是杂木丛生的庭园（图21）。卧室的窗户开得比较小，形成一个安静的空间。浴室里开着低窗，便于边坐着泡澡边欣赏外面的风景。

图 21　起居室前面的杂木林

顺着楼梯上半层进入和室，正对着一方独立的日式小庭，这个房间考虑用作老人的房间。往下半层则到了工作庭院，洗衣机洗过的衣服可以放心地晾晒在这个低处的庭院中，从房子外面也看不到晾晒的衣物；在院子里还可以架设小书房、隔出桑拿间，中间休息时甚至可以光着身子在院子里散步；这个院子还可以用作木工、烧瓷、木雕等兴趣爱好和创作的场所。小书房的地板铺上厚地毯，可以用作主人的工作室，或儿子的音响间。

这栋房子的另一个特色是儿童房可以从背面的辅助入口直接进出，

而用不着穿越家中的主要生活区。辅助入口连着后院，为此也在后院中设置了独立的卫生间。以这样的平面布局的生活方式来培养小孩的独立生活能力。另外这个后院还设有烧烤台，铺上地砖，一直连通厨房，天气好时也可以在室外用餐。年轻人在后院中烧烤聚会，热闹一下也不会影响到和室中老人安静休息。当小孩长大独立出去不在一起住时，也可以在不牺牲私密性的前提下，把房间外租给学生等，或者改为主人的书房或佣人房（图22、图23）。

　　这样，既对应了多样化的生活要求，又如同自家城堡一样把住家和庭院充分利用了起来，家庭成员之间互不干涉，同时还得以实现丰富多彩的生活，这便是我的所想。

（1973年10月）

图22　可以用于烧烤的庭院

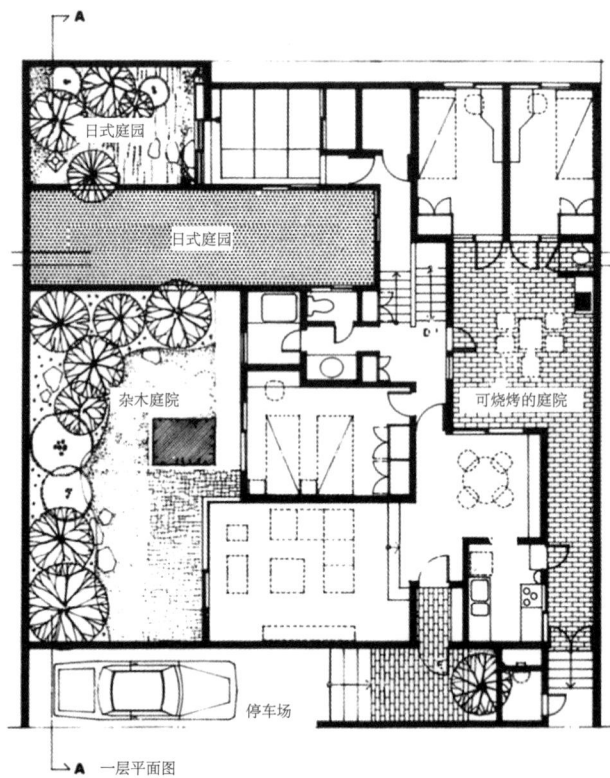

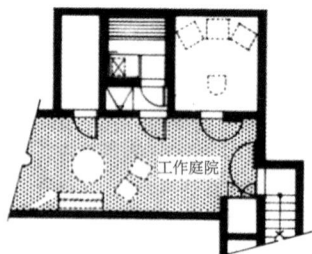

图 23　庭院平面图

建筑的内与外

有位友人在某公司工作，说是前些天被社长叫去谈话，私下向他挑明了希望未来由他来担起公司重任的想法。谈完话的那天下班回家时，他无意间回头仰望公司大楼，"噢，这就是我未来将要肩负起的公司啊"，一股从未有过的责任感油然而生。

建筑的内外界线究竟该设定在哪儿？对日常中一直关注这一问题的我来说上面这段乍听平凡不过的话却是既有趣，又包含着触动人心的东西。这么说的原因是，我的友人原先将目前自己所负责的部门视为"内部"，公司的其他部门视为自己责任范围外的"外部"，当听到社长关于未来的一番话后，马上便把本来理解为"外部"的其他部门内部化了，这样便把公司整体作为"内部"来把握。再有，我的友人作为公司的代表，将公司整体予以内部化加以把握后，将来，说不定还会作为同行业的代表，作为某个联合会的会长之类的，将至今作为"外部"的同行业的其他公司予以内部化。就这样，原来作为"外部"范畴的东西可以不断地在意识中予以内部化，"内部"与"外部"的界线该定在哪里，将"外部"予以内部化的意识行为又能进行到哪个层次等，这些问题，我想对我们来说都是非常重要的问题。

就建筑的内部与外部来说，也存在着同样的问题。比如有位客人入住酒店的客房，对他来说，所入住的这间客房便是"内部"，走廊以及其他房间明显地都是"外部"。可是随着他在酒店大堂、餐厅等各处转了一圈之后，这座被他把握了的酒店整体便被视为"内部"，此时对他来说酒店外面的街道才是"外部"。继续思考下去，如果在这些街道所属的城市，譬如说住惯了东京，便可以将整个东京作为一个"内部"，而将东京之外的大阪、广岛等其他城市作为"外部"。同样地，日本人将日本整体作为"内部"，此时美国、俄罗斯成了"外部"，今后人类进入了宇宙时代，则可以将我们居住的地球作为"内部"，月球就成了"外部"……这种思维简直可以无止境地扩展开去。

对于建筑，我们通常将建筑的外墙设定为区分"内部"与"外部"的界线，即将建筑的内侧理解为"内部"、外侧理解为"外部"。可是随着最近建筑单体规模的巨大化和综合化，出现了"建筑群"的概念，看看最近在城市开发、设计方面的各种案例，便可以发现这一内与外的界线设定已经超越了传统的观念，可以设定在诸多不同的地方。另外也有研究表明：对于这一内与外的领域的设定，西欧人和日本人持有不同的理念。

我们再回到酒店的例子上。像帝国酒店、大仓酒店之类的西式酒店，与从传统日式旅馆发展而成的，比如静冈县热海的某某观光酒店究竟区别在哪呢？可以说它们之间的本质区别就在于"内部"与"外部"界线设定位置的不同。在由传统旅馆演变而来的观光酒店中，抵达之后在入口玄关便有服务生招呼客人脱鞋。通常都认为脱鞋后进入的空间属于内部空间，因而可以说这种酒店的内外界线是设定在玄关脱鞋处。一般对日本人来说，与其在通气不畅的客房内浴室洗澡，不如去可以欣赏风景的公共大浴场。由于一旦脱了鞋子，之后所处的空间便都被认为是"内部"，所以比如在电梯中、铺着地毯的门厅中，都可以穿着浴衣自由走动，反过来觉得西装领带这种正装打扮的人是否搞错场合了。这便是：一旦脱了鞋子，酒店内的各种空间都被归属为"内部"秩序，作为大家庭的一员，当然可以随心所欲了。这种氛围正是和西式酒店的本质区别，尽管它们彼此在外观和内部装饰上并没有什么不同。想象一下也挺有趣的，如果在帝国酒店、大仓酒店的玄关处有服务生招呼客人全都脱了鞋进酒店，大家都穿着浴袍在大堂、餐厅各处自由走动，将会是怎样的光景啊。说不定会形成比热海的观光酒店更为盛大的日式内在秩序呢。

西式酒店入口玄关没有锁，所以客房必须上锁。日式酒店在玄关设锁，故客房基本不用上锁。这样看来，也可以将设锁的位置理解为内外界线所在。换种说法，也就是相对于日式酒店在建筑的内部通过内在秩序取得平衡，西式酒店则是在建筑的内部也穿着鞋到处走动，外部秩序进入了建筑内部，直到进了客房才算进入了内部空间。像西式酒店的大堂、基督教堂等，乍看是建筑的内部空间，实际上是外面街道的外部秩序穿越进入了建筑内部，这和日本人所理解的建筑内部是有区别的。同样的，琵琶湖虽大也是内湖，濑户内海虽被众多岛屿环绕，却依然是外海。

在富士山麓的风景区，我有机会设计了全寄宿制的研究生院的建筑。这里将作为培养未来国际人才的校园，因此希望打造成完全欧式的国际化风格。面对这一设计要求，我将内外的界线设定在宿舍的房门位置上，提出了在建筑内部各处都是着鞋移动的方案。单凭这一点，我相信在空间氛围上已经相当国际化了。起初有设置眺望富士胜景的大浴场的意见，虽然我个人也很喜欢众人一起泡澡的大浴场，不过在这里，我觉得浴室还是应该设置在宿舍房间里，提出了坚决反对设置大浴场的意见。因为如果设置了大浴场，则原本属于外在秩序的设施，将由于内在秩序的掺杂而造成混乱。如果像温泉酒店那样，学生们带着毛巾香皂、穿着拖鞋来回走动，将使食堂、门厅的氛围发生内部化。

　　国外在营造空间氛围上，大致是通过独立个体之间的对立来构筑外部秩序的空间，而日本则是由并列的个体集合来构筑内部秩序的空间。我曾在深夜抵达哥本哈根机场，在有着典型的西欧式外部秩序的机场空间中目睹了不可思议的一幕。那是由于飞机晚点，有个日本人的旅行团，大概有一百多人，大家都脱了鞋子仰躺在长椅上休息，脸上盖着小毛巾。脱鞋的结果是令这个空间发生了内部化，进而他们的说话方式、身体动作也都内部化了。

　　这里，我不是说内部化不好，相反的内部化很好。内部有着外部所没有的亲密感和连带感。我想重要的是必须具备将内外领域的界线设定在哪里的强烈意识。不然的话，一个空间会出现内外秩序的混乱。比如，把将列车的卧铺车当作外在秩序的人与当作内在秩序的人安排在一起，便可能由于他们彼此之间在着装、态度和其他方面的不协调而产生不愉快。

　　在日本，传统上家庭内部秩序井然，以家庭为中心每栋住宅都自成内部秩序。倾力维持内部秩序，换个角度来看也意味着对建筑外部的不感兴趣，街区只是这些小的内部秩序的集合，并没有太多完善城市空间的要求。与此相对，在西欧各国，比如在意大利的广场等都能看到漂亮的铺地，这是在历史中发展起来的，从中也诞生出在家里穿鞋的习惯。因而西欧的生活中贯穿着外部的秩序，和辻哲郎先生在《风土》中讲到，在日本的住宅内部所发生的行为，被替换成了到教会祈祷、在公园里休息、去餐厅用餐、在广场上谈笑的外部行为。

　　日本的城市，是在前述的"内部化"行为的不断发展中成长起来的，但在类似东京的巨大城市中，这种形式已经发展到快无法成立的阶段了。

换句话说，即便日本城市从属于内部秩序，但由于缺乏外部秩序，也已经进入了死胡同。另一方面也可以认为：西欧现有的城市从属于外部秩序，但由于缺乏内部秩序也是快要碰壁了。这个内外秩序该如何重构，我想必要时或许采用两者兼用的方法也是可行的。对缺乏内在秩序经验的海外游客来说，或许对日本城市这种基于内在秩序而造成的生活混乱感到极端的困惑，不过与此同时，通过领略它所带来的能量和人性化一面，也可以将困惑变为欣喜。话虽这么说，但目前日本城市的样态是否合适也难说。建筑的内与外，最终极其紧密地联系到城市的内与外上。

（1970 年 8 月）

创造明日空间的欢欣

每当听到艺术家从事建筑设计，总会不禁感到恐惧。这种行为或许是艺术家作为浪漫主义者的历史留名。然而就算一眼看去，设计图纸设计风格再强、表现力再高，如果最终只停留在"画"的层次，那也是一无可取。这是因为建筑除了图纸的表现力之外，还有其他实际要素。娴熟的画图技巧固然必要，但真正支撑起设计行为的是全面的综合技术能力。

另一方面，技术型建筑师的作品，也会出现缺乏与发展中社会相联系的问题。明治时期以来，日本将建筑学科归进了理工学部，实际上这起到了相当大的作用。这使得抗震结构等方面的技术得到了巨大的发展。

尤其是自关东大地震以来，建筑上的工学性要素得到了显著发展。然而其不利的一面是导致了对人性、社会等要素的轻视。结果日本的建筑师被培养成了工程负责人。可是本来，建筑并非归属于工程技术，而应该归属于人性的范畴。

这种情况不仅限于日本，始于 20 世纪初期的功能主义建筑，不仅追求表面的功能，还对回归人性展开了深入思考。对排除多余的装饰、忠实于结构等现代建筑的核心理论内容的发展起到了积极的推动作用。

创造这样的新空间，必须将美术家的眼光与技术和工学的眼光相结合，然而实际上既往两者之间似乎有着深刻的隔阂。所以说必须开拓出两者结合的，也就是将这门艺术予以综合的研究领域。比如，迄今为止在对待从建筑的内部空间到家具、照明器具等一系列设计内容的问题上，是否有基于方法论的研究？只是把绘画挂在墙上作为装饰是谈不上建筑设计的，同样，把一整面墙都画上壁画也不可取。就算这壁画上所表现出的造型看上去非常好，也必须确立起建筑上的表现内容。对墙、柱和地面这些构成建筑的空间要素，必须在把握它们各自功能和意义的基础上，来思考它们之间的协调与矛盾关系。同样的一面墙，有时希望将其做成具有一击即破的效果，有时则希望做成静态安稳的效果，又或许想把它做成通透的格子状，以追求光线投射到空间中的效果。希腊建筑上那些带有女性形态的柱子，是将支撑的功能通过支撑形象予以表现的结果。为实现这种效果，建筑必须与图案、制品、绘画、雕刻等所有的造型艺术密切关联起来，而这些全都应该归入建筑范畴，从整体层面进行思考。

由于建筑还与社会系统紧密相关，当艺术家做建筑设计的时候，当然无法脱离社会性的要求。必须抱有社会责任感，了解来自社会系统的制约内容，把握社会的结构。这就需要在工程建造过程中，与技师取得同步调。既然建筑是一门综合的艺术，那么在施工过程中艺术家与技师就必须建立共同的工作组织。因此，有必要通过教育，让艺术家与技师不但在造型上，而且在精神上获得互相理解。

有幸的是，武藏野美术大学在造型学科产业设计系中新设了建筑设计专业。在欧美，建筑专业多属于设计系。在格罗皮乌斯[1]的影响下声名远扬的哈佛大学，建筑专业成为设计学科的主体，耶鲁大学则把建筑专业和城市规划专业放在了美术学科。因此，我希望在上述定位下新设的建筑设计专业，能在紧密联系美术和其他设计专业的同时，探究日本这一尚未开拓的综合领域，从而确立起本校的设计传统。

建筑设计的发展与社会密切相关，因而建筑之外的各种社会层面的外部空间也必须成为我们的关注点。通常认为日本过去的传统住宅源自家庭制度，以充实的内在秩序为中心，而在外部缺乏统一感和秩序。难以看到西欧城市中常见的，基于人类意图的外部空间。街区只是众多小内部秩序的单纯集合，自身并没有发生内部化的行为，因而也就无法看到充实的城市空间。总的来说，自然衍生发展起来的日本城市，内含种种困难，这方面的例子不胜枚举。特别是随着建筑与城市的内容和功能的复杂化，在内部秩序与外部秩序的接点上出现了问题。为了防止混乱和非人性化的发生，在建筑设计时顾及单体之间的关系，进一步考虑与

1. 格罗皮乌斯：1883—1969，德国建筑师、现代主义建筑的代表者之一。与柯布西耶、密斯、赖特共称现代建筑四巨匠，世界闻名的教育机构包豪斯的创立者。所提倡的建筑关于艺术性与科学性，几何形体与工业化生产等理念学说被广为推崇，获得多个国家的荣誉奖项。代表作品有包豪斯校舍、哈佛研究生中心等。著作有《国际建筑》（*International Architecture*，1925 年），《新建筑与包豪斯》（*The New Architecture and the Bauhaus*，1935 年）等。

城市设计的关系，这些都是我们在面向未来生活时必须确立起的内容。中央广场的设计、站前规划、高速道路规划、住宅区规划等，这一切于我们都是紧迫的课题。如今已经到了放下一个个的建筑单体，必须就城市整体展开全盘思考的时候。

可以说，当前日本的城市由于缺乏外部秩序而无法向前发展，与此同时，西欧的既有城市却因欠缺内部秩序而碰壁。使用圆规直尺规划的城市，因缺乏变化、丧失人性而遭到批判。可以说：必须对未来寄希望于外部秩序与内部秩序的方法论结合上。这也是建筑设计今后的着眼点。建筑设计未来将向城市设计的领域扩展，建筑与外部空间的每处接界都应成为我们设计上的关注点。

日本的传统建筑中，不乏采用了优秀外部空间营造手法的案例。在参拜神社途中，鸟居的布局就是其中之一。参拜者中也有不从鸟居下穿过的，这样便等于忽略了设计者在神社中导入的空间序列。要是这样的话，"随着穿过第一鸟居、第二鸟居，参拜者在引导下改变前进方向，在感受空间序列的同时接近目的地的神社大殿"等传统的设计手法的意义便大大减少。看看桂离宫中的空间连续性，视界与人的行动一起，有时得以扩展，有时得以终结，呈现出有机的多样性。不过，像这些都是非公共空间，属于造园技术的范畴。

城市设计是无法单从街道的美观角度来议论的。过去的城市规划，通常从土木规划和道路规划入手。先绘制出道路规划图，然后才考虑建筑设计。采用道路规划型时，在规划好的路网基础上沿道路布置建筑群，通过统一立面退线和建筑高度以获得具有整体感的天际轮廓线，从而营造出井然的空间秩序，这是一种方法。可是，随着建筑的多功能化，根据功能的需要，有的要建高，有的要建低，还有应建成直线的或曲线的，城市生活的综合性必须表现到外部空间中来。因此出现了多样化统一的课题，而其中还必须思考人性回归的方法。

近年，建筑技术有了飞跃的进步，过去无法想象的超高层大厦、大架构、曲面结构都已成为可能。另一方面，建筑功能更加复杂多样，展览中心、娱乐场等巨大设施接连诞生。（图24、图25）这些建筑该如何从外部、内部对空间定位呢？对住宅公团开发的那些有着规整布局的住宅区，又该怎样才能打破其中的非人性的呆板单调环境呢？这就要求建筑师必须具备营造空间的能力，必须基于科学的调研、社会的要求和全方位的视野。营造空间的工作魄力，在建筑和城市中所感受到的澎湃能量，再加上无限的可能性，这三点是我当初立志成为建筑师的契机。

图24 驹泽奥运体育馆钢架

图 25　驹泽奥运体育馆模型

　　本届新入学的、立志于建筑设计的学生们想必也有种种的抱负吧，切实把握今天的状况，我们共同缔造明天的空间。

（1964 年 6 月）

在"巨大"的缝隙中

　　我生于东京长于东京，没来由地喜欢像东京这样的大城市，有着一辈子生活在大城市的想法。不过看着最近大城市的变化，就连我这种城市派的人也不得不开始改变对城市的基本看法。

　　20 多年前，我在纽约独自生活了将近一年。在最初的三个月里，感觉人际关系冷淡，愁眉不展。可是过了那段时间，这种冷淡逐渐不可思议地为身体所完全接纳，竟然感受到一种像一个人得以自立般的，又或许是孩子获得了大人气魄般的满足感。

　　还记得那时我几乎每天在同一时间经过街角的报摊，卖报的老人没几天便开始微笑着和我打起了招呼。而我每天便浏览着从老人手里买的《纽约时报》，品味着大城市的孤独和存在于其根底的人情世故（图 26）。

图 26　纽约街景

　　其后有了数次访问纽约的机会，每次都令我对大城市有更加深入的思考。不过，最近这次去了之后，感觉既往的那种大城市的发展似乎已经穷途末路。不仅是纽约，我想在自己所居住的东京也存在着同样的问题。说不定东京比纽约还要更严重。

　　首先感受到的是：人们好像都是一副不耐烦的样子。酒店也好，餐厅也好，购物也好，同样的感觉无处不在。在美国时，从打电话、办理登机手续、到酒店或餐厅的预约等，都有一种在欧洲国家所感受不到的紧张和压抑。难道只是我有这种感觉吗？

　　当然这其中也有语言的问题、习惯的不同等诸多理由，不过我认为其中一个重要的原因是物质的巨大化。城市的过度巨大化已经远远超越了人类个体可以安心把握的范畴。

　　比如在一个有数千间客房的酒店中，有上千的客人预定了在早上七八点钟时间段的叫醒服务，"早上好，到起床时间了……"这么一个个地打电话，如果由一个服务生来做的话，这件事估计得花上 1 个多小时。

　　因此美国人利用技术来解决，让电脑把这些都记忆下来。客人通过房间内的电话拨号来输入房间号码、早上的叫醒时间，比如房间号码拨 1221，时间拨 0700。这样第二天早上 7 点钟，桌子上的叫醒装置便会亮起红灯并响铃。可即便是这么无可挑剔的一项技术，却不知为何总有点不放心。这么拨几下号码明天早上真的会叫醒吗？刚才输入时房间号码没拨错吧？再弄一次，前面那次的设定需要解除操作吗？要是早上睡过头赶不上飞机怎么办？

　　这正是起因于事物的过度巨大化。失去了设定闹钟的直观行为，一切都被符号所取代的后果。一旦人类失去了直接把握的对象，随之而来的就是不安。

　　据说在纽约的机场，就算去得再多地方再熟，仍然会有焦虑不安的感觉。首先必须留意不同航空公司所在的不同航站楼，进了航站楼还必须分清 A、B、C……不同的服务柜台，然后还要顺着 1、2、3 的登机门一路找过去。最后当穿过伸缩式的登机桥进入机舱后，还要找到自己的座位才能坐下来。匆忙中一眼也没顾得上看自己所搭乘飞机的样子。管理着进出港航班的高效调度系统实在是完美。

而在莫斯科机场，宽敞的大厅前只停靠着两三架飞机，眼前就是自己将要搭乘的航空公司的飞机，如果没有什么即将出发的迹象，就可以安心地在候机厅内喝烈酒。这种可以直接目睹的安心感，由于机场的巨大化而消失殆尽，因为它已经远远超越了人们所能直接把握的限度，将人们置身于一个一切都被符号所取代的标识世界中。

在大城市中生活的感觉，正如上述例子一样，无论是时间还是目的地，一旦决定后一切便被符号化，并转由机械来操控，因而成了无法调整的生活，缺乏灵活应对的能力。生活在一个无法眼见手摸的抽象化、符号化的世界中，人们失去了肌肤触觉，被不安包围。因而也就不得不露出一副不耐烦的脸孔了。

有鉴于此，我们应该回归人类的原点，安静下来进行脚踏实地的思考。对美国人、日本人持有的将物质巨大化的观念，我想有必要在当下重新思考。虽说巨大的东西有其价值，但同时也到了重新评估小的、零碎的东西的时候了。

我们应该尝试不懈地关注小东西，将小确幸积累起来。既然没有大宅子、大庭园，那么，追求一个宁静、安心的小栖身之所总是可以的吧。看看盆景就明白了，由小的东西得以联想到大的东西。不过从大的东西却无法联想到小的东西，个中道理实在有趣。

法国哲学家加斯东·巴什拉在其著作《大地与休息的梦想》中曾说过下面这么一段话：

一旦超越了外部领域，内部空间将成为多么广大的东西啊！这种私密的氛围给我们带来了何等巨大的安息感！就像亨利·米修在《写于魔法的国度》中写到的："我在桌上放了一个苹果。终于我穿越进入了苹果。里面是多么的安静！"……正是这样的梦想为我们展示出事物内在的各种私密关系。这里所呈现的是真正的辩证法的视角，即出现了于小对象内部见大空间这种对立形态的倒置视角……在微小的世界中思考时，一切的东西都会变大，无限小的现象中同样带有宇宙的性质。

像这样通过关注小事物，究竟能否重新回归人性呢？

（1974 年 1 月）

札幌建筑观感

虽然我是土生土长的东京人，却不知为何对北海道情有独钟，不时便会到札幌逛逛。函馆和札幌的植物种类不同，常言道：到了札幌才算到了真正的北国。每次到了札幌，在大自然中呼吸到那种难以言表的北国气息，便由衷地高兴起来。无论如何，最令人心动的莫过于大自然的美丽和壮观，有时甚至觉得那里要是干脆去掉建筑该有多好啊。因为是建筑师，所以不自觉地就想到建筑上去了。

按日本的传统，住宅多为木造，正如兼好法师在《徒然草》中所讲到的：住宅是人生暂时的寄宿地，建造房屋应该满足夏天的使用要求。即为了满足夏季的通风要求，在南北两面广为开口，实现与自然的连带关系比其他一切都重要。基于这样的思想，在日本的传统住宅中，"墙"

的形式无论是在视觉上、还是隔声方面并没有受到多少重视，更多时候"墙"只是一个没有实际存在的、形而上学的概念，实际上所强调的并非作为界线的功能性，而是被当作领域设定这样一种意识上的界线。与此相比，欧洲石造建筑的"墙"既厚且重，只能开狭小的窗户门洞，把住宅空间生硬地从大自然中切分开来，营造具有高度庇护功能的实际存在空间。

来到札幌，看到那里大自然中丛生的植物，便会联想起北欧的风景。与关东地方常见的常绿树中山茶树系的植物不同，这里多为阔叶林带的橡胶树系，树木之间少了那些杂乱交错而通透了，看着实在是舒畅。还有，上面提到兼好法师在《徒然草》中说房子必须满足夏天的使用要求，在札幌则恰恰相反，要满足冬季的使用要求。因此很少有像本州那样在墙面上有大开口的明柱墙木造住宅，而是多采用暗柱墙，只有些小开口的西欧风格住宅。东京一带常见的混凝土砌块围墙，板着一副私家用地的丑陋面孔，在这里也并不多见，估计是出于对积雪容易造成房屋倒塌的担心吧。另外与东京不同的是每块住宅用地的规模都比较大，加上开口小，更容易确保住宅的私密性，故围墙也就不需要了。

据说不少从本州过来的游客，都说一到了札幌，那种清爽的感觉就好像到了欧洲。或许是因为没有了围墙、用地地块和住宅之间的建筑间距都比东京更大；像西欧砖石结构的住宅一样开的都是小窗；阳台上少有晾挂衣服；还有植物是和欧洲同样的阔叶林，等等。我想是很多因素糅合在一起所形成的印象。

不管怎样，每次来到札幌，我总会在无意识间想到人性的本质存在。不管房子外面多么寒冷，雪花飘飘、寒风凛冽，可室内却是一片温暖祥和的情景，从中可以体会到来自建筑那些厚重实墙的庇护性。在墙壁与寒冷激烈抗争的同时，人们在其庇护下明确了自身的存在。我总觉得这是一种冬天的感触，它更属于实际存在的哲学范畴。与其相比，在常绿林带地域中生活，所对应的情景则是夏日傍晚在房子外廊上纳凉，听着蝉鸣和蟋蟀叫声，对着一轮中秋明月。其中有可动的轻薄隔扇门窗、融通着自然的大开口和外廊，还有枯山水的庭园。在温暖而富于季节性变化的自然中，人们不是与自然对峙，而是融入自然中，营造出如诗般、有时又略带伤感的生活风景。

在无边的遐思中回忆对札幌的建筑印象，首先在心中浮现的是那有名的钟楼。据说这栋建筑建于 1878 年，由克拉克博士和怀拉教授设计，原先是北海道大学前身札幌农学院的演武场。这栋木造建筑采用多见于美国东海岸的新英格兰地区的殖民地样式。像钟楼这样的建筑，总是不经意间便在人们的心中留下印记。日本有名的钟楼，除了札幌的这座，还有东京银座四丁目拐角上服部和光大楼顶上的钟楼、东京大学安田讲堂的钟楼、早稻田大学大隈讲堂的钟楼等，它们每每都能勾起人们对青春时代的回忆与如诗般的感慨。

这座殖民地风格的白色钟楼，外立面采用面板横贴形式，与意大利、西班牙、希腊等南欧国家的石造建筑不同，是日本人所熟悉的西洋风格的木构建筑。如果这座钟楼造成法国、意大利石造小教堂的样式（图27），再配上厚实的铁门的话，想必也不会得到日本各地人们的喜欢了。可想而知这栋白色木构的坡顶建筑与大多数日本人对札幌的印象该是多么的一致。当我们在探索创造北海道文化新的可能性时，很自然地便会根据传统的日本印象，在建筑上添加一些西欧的表现元素。这一纯白的钟楼建筑就是其代表。

图 27　法国的石构教堂

　　即便札幌早就有了像钟楼这样出色的标志性建筑，然而至今依然没有真正带有札幌特色的公共建筑或商业建筑。札幌市中心虽然也建起了很多高楼大厦，却难以找到能冲动地喊出"这就是札幌的建筑"般带有鲜明个性的建筑，眼下能想到的唯有钟楼，这是多么遗憾啊。

为什么会这样呢？从历史的角度来看，建筑反映了所在地域的风土和历史，使用的是当地所产的建材。可是进入 20 世纪的工业化时代后，工业产品被运到世界的每个角落，建造出与所在地固有条件毫无关系的金属和玻璃建筑。更有甚者，在新的建筑设计标准和工法仍未充分确立时，自 20 世纪初被确立为正统的现代建筑中已经诞生出了各种前卫的建筑，可以说建筑界已进入了新的摸索时代。出现了新陈代谢建筑、风格主义建筑、后现代主义建筑，还有从语言学或符号论中的引用等，新的理念和形态可谓层出不穷，让人眼花缭乱。

这种发展方向上的迷惑显然不仅仅是札幌建筑问题的表现，而是一种世界性的现象。密斯、赖特、柯布西耶、路易斯·康这些现代主义建筑的导师们都已离世，我想在今天这个时代，世界上还没有哪个建筑师能自信地预言出今后建筑的发展方向，这么说真的毫不为过。同样地，想讲出什么是札幌正统建筑形象也近乎不可能。

尽管如此，我还是忍不住想谈谈关于札幌的建筑形象的一些看法。从风土的角度来看，对金属和玻璃在建筑外观上的使用，我觉得应该尽量低调一些，不要过于显眼。协调好与屋顶形状、墙面构成、素材的自然美感和开窗位置等的关系，营造出简洁的建筑形象，同时在建筑布局上必须控制好容积率和建筑密度。避免使用绚丽的金属色——比如彩色铁板的屋顶、颜色非常强烈的玻璃幕墙等。像芬兰那些简洁的建筑，便很容易让人联想到森林和湖泊，我想这样的建筑就很适合札幌。

在室内设计上，可以通过暖色调营造出洋溢着温暖友情的空间氛围，将石材、木材、面砖、织物等自然材料和艺术性材料结合起来，通过组合不同颜色加以大胆利用。我想这种外部简洁、室内温暖热情的建筑，正是适合札幌的建筑形象。这或许只是不时来访札幌的一个东京建筑师的妄议妄言。可是，当我们思考今后札幌的发展时，是多么希望这里能成为日本唯一的清爽简洁的城市啊，这么期待的绝不止我一人吧。

最后谈一下我非常喜欢的大通公园（图28）。日本的公园平面多为矩形或方形，在周边种上常绿树，形成从外面无法窥探内部的封闭空间。然而，札幌的这个东西走向的大通公园宽100米，几条南北向主要干道都和这个细长形状的公园相交。开敞明亮的公园与周边的城市景观融为一体，形成了在日本很少见的线性城市空间。由于沿道的建筑都有足够的退距，形成一个非常气派的场所。同时，这个公园在冬季还适合用来举办冰雪节等展示城市空间的活动。这样的环境在日本可真不多见。

"这才是札幌的建筑"——衷心期待这类建筑的出现。不经意中我又开始了遐想，眼前仿佛看到大道的两侧林立着简洁的高层住宅，红色的屋顶、白色的墙面上整齐地镶嵌着美丽的阳台，恍如芬兰的塔皮奥拉花园城市中的住宅。庆祝盛典的游行队伍正在大道上行进，阳台上俯瞰活动的市民们欢声四起，满开后的樱花花瓣飘舞空中。打心里希望日本能有这么一条大道，估计能实现的也只有像札幌这样的美丽城市了。可惜已经晚了。

我的遐想到此结束，回归现实。

（1982年7月）

图 28　札幌大通公园

生者必灭的教诲与瓷砖

　　小濑旅馆坐落在轻井泽深山里的小濑河边，现在我正在旅馆中写着这篇文稿。早上起来，顺着河边小道信步走向"回龙"瀑布，在茂密的森林中，只见不少树木被风刮倒在地，笔直的树干与斜长的分枝错综交织，呈现出一片混沌而难解的景象。忽然间我想起了两年前的夏天，在轻井泽苫屋旅馆中写作时的情景。那天晚上刮风下雨、停水停电，还倒了不少树木，整个轻井泽一片狼藉。台风所留下的伤痕，至今依然留存在山里，看到这种光景不由得令我对自然力的伟大感慨不已。

　　走在树林中，仔细观察便能发现，被刮倒的几乎都是大树，树心部分多已被蚀成空洞。在自然长成的森林中，通常按植物生态系的规则来说，大树长得高大挺拔，享受着更多的阳光，足以藐视生息其下的其他植物。然而当遭遇到这种百年一遇的大台风时，本来在生态系中处于有利地位的大树却最招风，由于高大而增加了被刮倒的可能性。因此随着巨木的倒下，多年来一直栖息其下的其他树木，突然间也轮到它们可以晒晒太阳了，这就是"生者必灭"的法则。它教导我们：一面当阳的权力者意外地存在着空洞弱点。以为一辈子无所作为的人没准什么时候便时来运转。为此，我想我们作为一介凡人，必须不懈地努力，必须有持续实现自我的精神。

　　这个道理也可以用在建筑材料上。1955—1965 年（昭和 30 年代）是日本在二战结束后逐渐克服了重重困难，开始赶超发达国家的时代，在建筑的表现上动辄被扣上落后或粗野主义的帽子，最为推崇的是素混凝土。素混凝土既是结构体，又能作为直接体现建筑外观的装饰材料，以强烈的自我表现，被认为是当时最有魅力的工法和建材，因此我们也不时采用素混凝土这种做法。

然而经过了将近 30 年，今天回头来看，以为是永久材料的钢筋混凝土却意外地缺乏耐久性，不时出现脱落损坏的情况。这显然是有原因的。在远超预期速度的工业化与城市化的发展中，机动车尾气、工厂排水等其他成分带来了空气和水的变化，从而引发酸性雨。诸如水分从混凝土的小裂缝中渗透进去，腐蚀了内部的钢筋，膨胀作用下的钢筋又导致了混凝土的破裂，这类事故的消息不绝于耳。还有，竣工时那么漂亮的混凝土表面也逐渐被污染和风化，和当初所认为的体现功能美相去甚远。

接着来看看金属幕墙又如何？基于机械美、建筑轻量化、安装合理化等理由，金属幕墙在素混凝土之后作为现代建筑的表现形式受到热捧。这些金属幕墙也在 30 年的历史中，与素混凝土一样遭受了风化和污染。不同的是，通常没有人会把金属当作永久材料，都知道锃亮的汽车数年后也会变旧作废，因而不像混凝土的变化那样令人吃惊。幕墙本来作为建筑的表面装饰材料，自身并非结构体，要是介意的话，将其更新也并非难事。

这不禁让人想问：建材中有没有新使用的时候很漂亮，并且随着时间的流逝变得越发有韵味、经久耐用的材料呢？我想符合条件的大概只有自然石材和瓷砖了。尤其是瓷砖，作为烧瓷物自古以来深受日本人喜欢。过去曾经出现由于工法不善而造成瓷砖脱落的问题，加上 20 世纪初期开始流行的现代建筑理论对装饰的摒弃、表现结构美的思想等，有段时间减少了对瓷砖的应用。然而实际上，就像大树下静待出头之日的小树那样，瓷砖有着充分的实力与底气。

之后，瓷砖重新得到广泛应用，张贴工法也得到了全面的改善，在20世纪后期的现在，曾经的排除无用装饰的理论被抛开，甚至出现了后现代主义建筑，我们已进入了自由表现的时代，可以尽情使用希腊柱头、罗马卡比托利欧广场的铺地纹样等建筑表现要素和各种色彩斑斓的材料。

瓷砖作为建材不仅具有装饰性，而且有着温暖人心的一面，还兼备耐久性能。现代的年轻人喜欢亮闪闪的东西，老一辈的人喜欢表面粗朴、内部结实的东西。在今后的建筑中，瓷砖必定会与墙面、地面一起获得共生。

（1984 年 7 月）

第三部分

建筑空间的构成与研究：
东京大学最终演讲

图 29　芦原义信在东京大学演讲

内部秩序与外部秩序

对建筑的定义多种多样，通常指的是由屋顶、外墙这些要素所构成的，与自然分隔开来的具有内部空间的实体。因此，像巨大的雕塑、输电线这些，虽也是实体，但由于没有内部空间，则难以归入建筑的范畴。通常从建筑师的角度出发，就实体论而言，建筑空间是通过地板、墙、天花板这三个空间的界定要素来营造的。其中尤其是"墙"，在界定建筑空间上具有非常重要的意义。比如面前立起一堵墙，便出现了内侧或外侧、内部或外部等不同概念的空间。因此可以认为：建筑设计就是在广阔的大自然中，通过筑墙来营造内部空间的技术，或者说在大自然中，通过筑墙来营造出适合人居的内部空间的技术。由于不存在无限大的建筑，所以不难理解墙的存在具有非常重大的意义。有了墙，才建立起了自墙体出发，向心地构筑空间的技术。

对于内部空间与外部空间的概念，通常日本人与西欧人有着不同的看法，这是很早以前我便开始密切关注的内容。具体到可回家后脱鞋的习惯来看。日本人脱鞋后再进屋子，这样才有进入内部空间的实感。反之穿着鞋的时候便感觉是身处外部空间中。这种习惯、传统已经固化在我们的身体中，成为一种自发的行为。与西欧的空间概念不同，这种空间意识是日本人所独有的。众所周知最先提出这一观点的是和辻哲郎先生。他所著的《风土》一书，在这方面为我们提供了丰富的启发。

同一个场所，我们认为是内部，可西欧人却认为是外部，这样的情形并不少见。举一个大家都熟知的例子，比如旅馆（日本传统旅馆）与酒店，两者的区别值得深思。最近的旅馆，从外观上看也是钢筋混凝土的建筑，有些还很具现代风格。走进里面，看到的也是铺着地毯的门厅，还有华丽的电梯等，和酒店并没有多少差别。可是这种旅馆的内部秩序是怎样的呢？在进入大门后的玄关处先脱鞋，然后再进入旅馆中。这里所说的旅馆，指的是那些从传统旅馆演变过来，现在也称作宾馆、观光酒店之类的设施。脱鞋后进入旅馆，再到客房，之后要想去洗澡，便带上毛巾乘电梯下楼，穿过门厅走向公共大浴室。因此，门厅一带的空间，对我们日本人来说，从脱了鞋的角度来看，确实是内部空间，是从属于内部秩序的空间。与其在客房内的小浴室中洗澡，不如大家一起到可以放眼海、山或峡谷美景的大浴池中泡澡。所以我认为这类现代的旅馆内部，可以说依然是由内部秩序所支配的空间。

与此相比，那些被称为国际酒店的又是怎样的呢？众所周知，在里面人们都是穿着鞋的。因此与上述旅馆中同样的门厅等场所，在这里则属于街道秩序的延长，可以认为是由外部秩序所支配的空间。进入客房，把门锁上，这才算是进入了自己的私密空间，这时才认为是进入了内部秩序。因此，无论是电梯也好、走廊也好、门厅也好，这些空间在旅馆和酒店两者中乍看都差不多，但从本质上讲，日本人将旅馆的这些空间认为是从属于内部秩序，而在酒店中则是由外部秩序所支配的空间。

这样的区别，在住宅的平面布局上也能看到。就拿日本住宅中常见的布局方式（图 30 上图）来说，假设沿街有一块用地，首先将用地用围墙圈起，这样围墙范围内便是属于自己的土地，成了可以自由处置、完全内部的空间，即可认为里面是属于内部秩序的空间。而那些在美国或澳大利亚悉尼等地常见的住宅（图 30 下图），没有围墙，从道路上便能看到漂亮的房子，与道路之间有作为"前庭"的花园。那么"前庭"

是属于谁的东西呢？房子虽有窗户，可是实际上进了屋子，透过窗户并不能看到多少花园的景色，相反沿路经过的人们却可以对花园一览无遗。左邻右舍对这些花园都非常在意，如果出现脏乱的情形便会遭到大家的强烈批评，而修整得漂亮的话则能在评选中获得表彰。这种空间，毫无疑问是自家门前的空间，可是从本质上，或从市民情感上来说，却是被理解为属于外部的空间。同样是自家门前的空间，可以说两者之间有着非常大的区别。

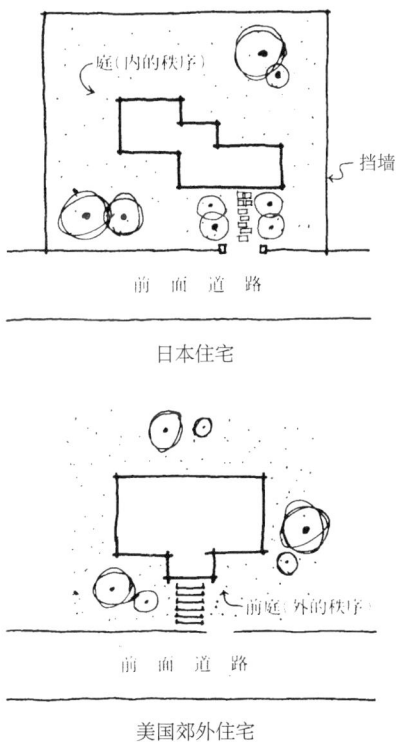

日本住宅

美国郊外住宅

图 30　住宅布局示意图

将这一观点应用到大学的校园上又是怎样的呢？走访美国的大学，走着走着无意间已经置身于大学校园中。继续走下去，不知不觉中又已经走出了校园，进入邻接的住宅区了，不少大学校园都是这样的规划。另外有的大学，不同系科有不同的地址。比如某大学的地址是某某街道几号，而这所大学的某个系，地址却是另外一条街道名称的几号。校园内如违章停车也会被罚。从这些内容来看，对于美国的大学，可以说外部秩序已经延伸到校园中。与此相对的，在东京大学中，正如大家所看到的，通过正门、赤门、龙冈门，还有其他好几个校门，共同围合出"设施内"的空间形态。这样一来，比如美国大学中的建筑系馆前面的空间，和东京大学的教学楼前面的空间，虽然同样是建筑前面的空地，性质上却完全不同。由门和围墙所围合出的空间，显然属于内部空间，如果外面的人随便进入其中，我想老师和学生都会有一种陌生人闯进自己家里的感觉。在东京大学的正门和赤门两个校门入口处曾设有存鞋的地方，说明在这所大学中有过入校时换鞋的意识。这听起来有点怪，但按我的空间论来看就是这么一回事。所以东京大学应该说是传统旅馆型的大学，和酒店型的大学是有所区别的。

这并非说旅馆型就不好、酒店型就好。比如在京都一带上乘的传统旅馆中悠闲地住下来，便有一种说不出的惬意。这是一种在时间和场所中所形成的印象，难得有机会安逸、悠闲地慢慢消磨着与世无关的时间。而像现在这样每天都有很多工作活动堆在一起时，便觉得酒店其实也不错。我觉得在大学的校园空间中，也会有像这样此一时彼一时的印象。

对这点和辻哲郎先生在《风土》一书中也有多处有趣的描述，指出在欧洲，由于内部空间被等同于外部空间，因此城市规划理论非常发达。讲到像不脱鞋就进屋，或者反过来说穿着袜子就上街这些在日本人看来实在是难以理解的事情。这里不妨摘引其中的一段：

一踏出室外，家里的饭厅与街上的餐厅其实并没有多大的区别。也就是说家里的饭厅此时在日本人的内外意识中已经成了"外部"空间，与此同时，餐厅或歌剧院也担起了家里的茶室或起居厅的作用。这意味着一方面日本人所理解的"家"的范围被缩小至关起门来的个人房间，另一方面日本人在家里阖家团圆的活动可以扩展到城市整体。人们在其中的社交活动不是"零距离"，而是"有距离"的关系。相对于房间来说是外部的空间，从共同生活的意义上来讲，它又成了"内部"的空间。城市的公园成了内部的空间，在城市各处间的移动也成了内部的行为。因此，日本传统住宅中围栏隔墙的概念所对应的，既可以理解为被缩小至房间的门锁位置，也可以被解释为扩大至城墙或城壕的位置。玄关可以理解为相当于城市的城门，因此作为房间与城墙之间的"住宅"这一中位概念并没有多大的意义……从外表上看似乎日本人在模仿欧洲人的生活，可是从受各种家规制约、个人主义的行为意识、无法实现社交型的社会生活这些方面上看，可以说日本人的生活实际上并没有丝毫被欧洲同化的迹象。即使路面铺上了沥青，也绝没有人会认为可以穿着袜子外出上街。又抑或，也绝没有人会认为可以穿着鞋走进铺着榻榻米的房间。显然哪有可能存在"家里"与"街上"的对等关系呢？只要把街道当成已经到了家的外面，这种意识就不是欧洲人的思维。

书中在这方面为我们讲出了诸多的启示。因此，上面提到的建筑师利用界定空间的三要素——地板、墙、天花板来营造空间，对我尤其感兴趣的外部空间，则可以说是去除了天花板这个要素，仅由地板与墙所营造出的空间。总的来说，正如前面所提到的，墙在建筑上具有非常重要的意义。

之前在报纸上看过一篇很有趣的文章，在这里我想稍加引用：粗心的工人"咚——咚——咚"地往墙上钉钉子，因为是联排的房子，所以钉子穿透隔板墙打进了邻家靠墙的佛龛上，这是"粗心的钉子"的故事。然而当法国人听到这个故事后大为吃惊，以为日本竟然有长达几十厘米的钉子！不仅如此，反过来法国也有个故事，说有个能自由穿行于墙壁之间的超能力者，有一天他从墙的一侧的房间中藏入墙壁中，然后把头"刷——"地从墙的另一边伸进旁边的屋子中，把平日唠叨不停的上司吓了一跳。这是法国作家马塞尔·埃梅写的《穿墙人》的小说故事，这回轮到日本人听完一头雾水，穿墙而过的超能力不难理解，可是厚度只有 10 ～ 12 厘米的墙中怎么能藏人呢？实在是弄不明白。报上这篇文章最后得出了一个有趣的结论，意思就是：大伙看看，欧洲住宅的墙壁竟然如此厚。比如伦敦郊外那些两户双拼的联排住宅中间的分户墙厚度达到了 70 厘米。德国住宅外墙的厚度达到了 49 厘米，室内隔墙的标准厚度是 24 厘米，墙的面积竟占了住宅总面积的约 20%。说起来确实挺有趣的，到了欧洲就会发现墙实在是厚，住进酒店，那厚重的门扇——还是双重门——开关起来都费劲。而日本的门就是那么单薄的一片，想起来真是令人印象深刻。日本人对墙的认识，就如同兼好法师在《徒然草》所描绘的那样，非常重视与自然的连带关系，可以联想到春天的小草、夏日傍晚的乘凉、秋天的明月、冬天的雪景等。与其相对，西欧却是从存在主义的立场、从哲学的角度出发，比如巴什拉、鲍勒诺夫、海德格尔，还有其他不少人都对空间，或者说由墙所获得的庇护性做过很多论述。相对地在日本，也只是前面提到的那种感觉单薄的文字，诸如此类的事情还有很多。

　　我想之所以形成这种区别当然有其理由，今天在这里就不多讲了。诸如砖石结构与木结构、不同地区的湿度关系等，显然涉及多方面的内容。相对于传统上将日本建筑的墙理解为极其单薄的东西，西欧则由于采用砖石结构、配筋砌体（masonry construction）的原因，将墙造得非常坚固，利用墙壁来充分确保空间的庇护性。关于这点，巴什拉、鲍勒诺夫等都已经有过许多精辟的言论，相关的研究最近在研究生院也很流行。比如在巴什拉的言论中，就有"房子勇敢地战斗着，鞭打开始了，接着是来自四面八方的恐怖的狂风……可是房子依然顽强地抵抗着……它有如人类般的挺立着，面对暴风雨毫不退缩。房子如同母狼保护幼崽一样密实地将我包裹起来，感觉到它那母亲般的温暖气息不时正渗透进我的身体中，那天晚上，它真的就是我的母亲……"类似这样的描述，令我们得以感受到外面暴风雨的寒冷和家中的温暖。对此，如果没有相当坚固厚重的墙壁，这些都是无法想象的。这种墙的存在，最终可以扩展到城市城墙的概念上。从城市地理学上讲，城墙的存在与干燥地带有着非常密切的关系。总的来说，城市的城墙是特地将石头一块块地搬运过来，环绕城市的外围建设起来，形成了向内收敛的城市空间，或者说是朝向城市内部的营造方式。这对习惯于没有城墙，基于扩散思维的日本人来说，彼此在空间思维方式上可谓差别巨大。

外部空间的构成原理

接下来，我想讲讲街道在构成方面的内容，街道是我最近比较关注的内容。

伯纳德·鲁道夫斯基对意大利的街道有如下的描述："街道不会存在于空无一物的地方，即无法将它从周围的环境中分离出来。换个说法，街道与周边罗列的建筑必须是同伴的关系。街道是母体，是城市的房间，是丰沃的土壤，也是培育的温床……所环绕的对象不管是非洲那种闭塞的、近乎封闭的住宅，还是威尼斯精致的大理石官殿，重要的是这种环绕的连续性和节奏感。可以说正是因为有了沿道的建筑才有了街道的存在。只有摩天轮和空地是无法形成城市的。"最近这类说法随处可见，可至少在 20 世纪初期的现代建筑理论中，还看不到这样的提法。它要比柯布西耶所提倡的建筑具备"阳光、空间、绿化"三要素的观点更为先进。像鲁道夫斯基所提倡的建筑空间充满节奏感和连续性的观点已经被广为接受。

因此，回顾自己的种种经历，便总结出了一些结论。大概是在 20 多年前，我首次走访了意大利。站在意大利的广场中，偶然发现这里连一棵树也没有，这事给我留下了深刻的印象。广场铺地光洁漂亮，有的地方还有拼花的纹样，这些铺地一直延续到建筑物的墙根下。意大利的建筑都采用砖石结构，由砖或石头堆砌而成。众所周知这种砖石结构的墙其材质效果无论是外侧或是内侧都非常相似。像实心糖果一样不管怎么切，其切面都是一样的，呈现石头还是石头、砖还是砖的材质。走进建筑室内，铺地和外面也一模一样，大家都穿着鞋就这么走进去了。既然这样，那意大利的空间在室内与室外究竟有何区别呢？于是站在广场上我开始思考这个问题。结论是有天花板、屋顶的空间便是室内，反之没有这一要素的空间便是室外。两者是完全均质的空间。在那里品着美味的红酒，我渐渐进入了想象的世界。感觉对面房子的屋顶向这边翻转了过来，刚才还认为是室外的空间现在成了室内，而该是室内的却变成了室外。感受到一种极其不可思议的空间逆转（reversibility）现象，这是我在20多年前走访意大利时所感受到的。图31是著名的格式塔心理学中，由埃德加·鲁宾所绘制的《杯图》，如果将其看成两个相向的侧脸，中间的部分便成了"底"，如果把这个部分看成杯，则刚才脸形的部分成了"底"，这是很有名的案例。像这样，空间的可逆就是原来"底"的部分可以变成"图"，而"图"的部分可以转化成"底"。我认为意大利的广场便具备了这样的性质。也就是说，意大利的广场具有高度的格式塔性质，而在日本，却难以找到这类可以逆转的空间。

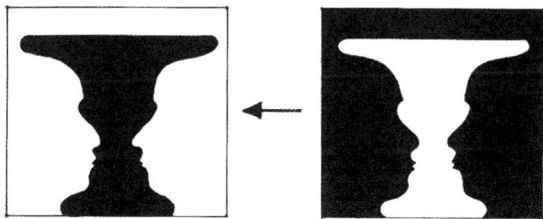

图31　埃德加·鲁宾绘制的杯图

　　回头来看现代建筑。以实现前述的"阳光、空间、绿化"为目标的规划，是难以在建筑之间的间隔空间上实现逆转的。对此我将意大利的地图加以逆转并做了一些研究。图 32、图 33 是由吉安巴蒂斯塔·诺利所制作的著名地图，最近被引用在不少书籍中。在诺利所绘的这幅意大利地图中，本来可以走人的公共部分是白色，如将图面施以黑白反转，地图的黑白效果大体感觉上还是一样，如果将日本的地图反转过来，就成了失去意义的东西了。可见其中有着多种相关因素。

图 32　吉安巴蒂斯塔·诺利绘制的意大利地图

图 33 吉安巴蒂斯塔·诺利绘制的日本地图

之前完成了中央公论大楼的设计工作，那是一栋两面沿道的建筑。由于我曾在布劳耶的事务所工作过，比较注重空间的标高设定。在这栋建筑的设计上，我有意将楼板标高进行错层设计，结果与其两侧邻接建筑之间的空间总让人感觉不太舒服，虽然只是一些小空间，但要是将它们凑在一起也能形成一个较有规模的空间，能否通过设计将其变为街道空间，或者说形成非常活性化的、具有格式塔性质的空间呢？对这个问题的思考，也是我在过去的建筑空间理论中所提到过的对"N空间"（Negative）和"P空间"（Positive）问题的思考（图34）。当时关注的是高度收敛性空间与扩散性空间之间的相异问题。

图34 "P空间"和"N空间"

另一个是建筑间距的问题。最近又进行了仔细思考，感觉到其中意义还真不少。为什么这么说呢？比如通过建筑间距 D 与建筑高度 H 之比 D/H 的关系，当比值按1、2、3、4递增时，建筑间距越来越宽；相反，当数值由0.5、0.25、0.125逐渐递减时，建筑之间越来越拥挤。维尔纳·黑格曼与阿尔伯特·皮茨的著述《美国的维特鲁威：城市规划艺术》（*The American Vitruvius:An Architect's Handbook of Civic Art*）是本很有意思的书。按照他们提出的理论，D/H 的比值需要达到 2 左右才能完整地观赏建筑。当将建筑群作为景观来欣赏时，这个数值需要达到 3 左右。即必须从距离建筑高度约 3 倍的位置来看才合适。对意大利的那些中世纪建筑来说，D/H 的比值大约是 0.5，到了文艺复兴时期的建筑，比如达·芬奇就以 1 为理想。后面的巴洛克时代，这一关系被认为必须达到 2。可见在不同时代中，人们都将建筑的高度与建筑间距的关系作为空间构成或美学因素来考虑。但在进入现代建筑的时代之后，转变为从功能的角度来思考空间的构成，比如在冬至日为了实现 4 小时的日照要求，要求 D/H 的比值必须达到 1.5 以上，作为满足功能要求的一种手法。实际上在空间构成上，至少在现代建筑的初期阶段并没有针对 D/H 的考虑。我觉得对这一内容的否定尤其体现出现代建筑的真正价值。

接下来谈谈"封闭空间"的问题。在现代建筑上我觉得将端部的转角做成内凹的空间手法，是应该予以否定的内容之一。而通过 D/H 的关系来确定空间构成这样的做法，时代也要求我们从新的角度予以思考。当 D/H 从 1 开始逐渐缩小，比如到了 0.6 左右，就会发现建筑在面与面之间发生了强烈的互相干涉作用，这一关键点非常值得注意。将彼此逐渐分离开来，这种干涉也随之消失。在 D/H 的数值达到 4 以上时，建筑彼此之间的收敛性关系完全消失。比如由柯布西耶规划的昌迪加尔，市政厅和高等法院之间相距约 700 米，其 D/H 比达到了 10 ～ 12，可以说柯布西耶对这样的空间构成一点都不在乎。或许他就是从现代建筑的三要素出发，设计中并没有考虑让邻接建筑之间的空间带上格式塔的性质吧（图 35）。

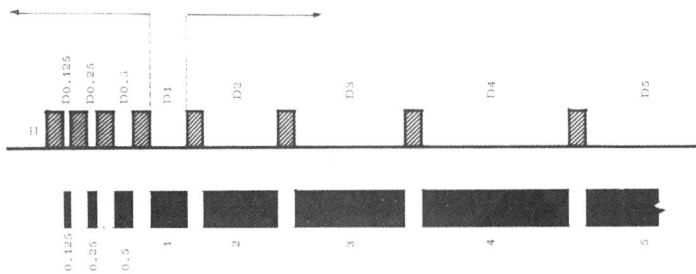

图 35 建筑间距与高度

提到"封闭空间",我通常会联想到埃尔诺·戈德芬格或戈登·库伦等人所提倡的理论,不过这里我想通过一些草图来对这一概念加以研究。如图 36 中,四角立着柱子,中央站着人,此时柱子与人之间显然可以感受到某种封闭力量的作用,只是力度并不强烈。在图 37 中,四面有墙,但是缺开四角。在通常的街道中,当地块的四角都和道路接壤时,便形成了这样的空间。这种场合的封闭感远比不上图 38 的情形。图 38 中四个转角部分都被墙体加以界定,道路都交接到地块的中间开放部分,形成了封闭的"广场型"。当时对图 37 与图 38 的不同进行了很多思考,我想运用格式塔心理学的"内侧的法则"或"围合的法则"便能予以充分的说明。

将格式塔心理学运用到如此巨大的建筑空间中,究竟是否合适呢?为搞清楚这一问题,我曾专门去文学系咨询了心理学的老师。对方显然有些惊讶,认为这并没有什么不妥,从世界上看,挪威的建筑理论家克里斯蒂安·诺伯格·舒尔茨[1]等也有类似的说法,结论是大体上应该可以这么理解。

1.诺伯格·舒尔茨:1926—2000,挪威建筑学家,专攻建筑历史与理论。受存在主义与现象学的影响,提倡人与环境的相互作用决定了存在主义空间的出现的学说。代表作有《存在·空间·建筑》《居住的概念:走向图形建筑》等。

图 36　四角立柱，中央站人

图 37　四面有墙，缺开四角

图 38　四个转角用墙加以界定

此外我还思考过关于纪念性（monumentality）的内容。比如在图
39中，一座方尖碑垂直挺立，体现出"唯我独尊"的纪念性。同时它在
底图逆转的空间中也同样能取得高度的平衡关系，同样具备纪念性。这
时如果周围混进了异形异质的东西，这个逆空间便可能发生混乱而失去
纪念性。鉴于纪念性具有"唯我独尊"的性质，当时还考虑了同时有多
个纪念性建筑存在时的问题。比如立起两堵墙，便会出现阴影，形成了
如同图40所示的彼此干涉的空间关系，我觉得当多个纪念性建筑存在时，
它们之间也会由于彼此的互相作用而具备某种复合性质。

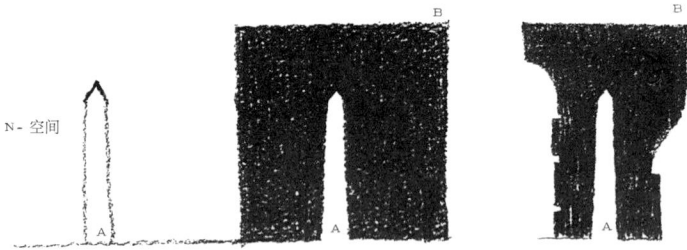

图 39　方尖碑

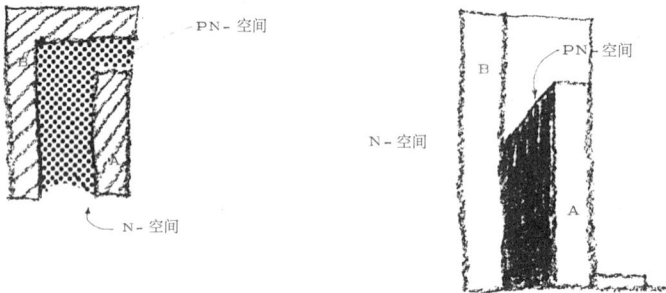

图 40　多个纪念性建筑存在的情况

　　将这一理论应用到建筑上又是怎样的呢？这里以柯布西耶的马赛联合公寓为例来加以分析。这栋建筑面宽约 160 米，进深 24 米，高度是 60 米左右，体量粗犷、棱角分明。初次到那里一看很是吃惊，就像上面提到的方尖碑一样，具有非常强烈的纪念性。然而一进到里面，却感觉问题不少。一个住户单元的面宽是 4.19 米，而进深达到其 5 倍左右的 20 ~ 24 米。这种细长的空间，如果不是庭院住宅、露台住宅这类带有中庭的形式，在平面布局上是难以成立的。将这种细长的单元导进设计中，意味着不得不牺牲其内部空间。然而在外观造型上，这一面宽 160 米、进深 24 米、高 60 米的体量却展现出美丽舒展的建筑形象，具有非常强烈的纪念性。最近听说在其周围出现了不少新的东西，像上面介绍的，如果在它的逆转空间中出现了杂乱的要素，就可能出现麻烦。

　　通过上面对先行研究工作的回顾，我最近又意识到不少值得思考的新内容。例如在康奈尔大学有位名为柯林·罗的老师，他的研究室在 1963—1967 年间发表了多篇论文，其中在 1967 年文·柯帕发表了题为"图形——背景"（*The Figure – Grounds*）的硕士论文，研究了格式塔的图底关系，因找不到原文所以还未曾读到。文献搜集中还发现了耶鲁大学斯图亚特·科彦的题为"物理文脉与文化文脉：涵盖全部"（*Physical Context / Cultural Context: Including it All*）的论文，好像也是在这篇文章中最先出现了"文脉主义"（contextualism）这一词汇。还有汤姆·舒马赫写的《文脉主义：城市理想和变形》（*Contextualism: Urban Ideals+Deformations*），这篇论文发表在 1971 年的《卡萨贝拉》上，文中不少地方颇为有趣（图 41）。比如以上文提到的柯布西耶设计的联合公寓和广场空间为例，前者具有凸空间般的、非常强烈的纪念性；后者作为封闭空间的案例，具有凹空间般的、内包的性格；文中

图 41　文脉主义：城市理想和变形

将它们与瓦萨里设计的佛罗伦萨乌菲齐宫的空间进行了对比。看看图 42
这幅三段构成的图，上段是诺利绘制的地图，中段是威尼斯圣马可广场
平面的黑白逆转图，从中便能理解我前述的基本观点，以及与汤姆·舒
马赫所提出的文脉主义的关系。还有图 43 是格拉厄姆·沙恩（Grahame
Shane）提出的文脉主义的内容，讲的正是我所提倡的"P 空间"与"N
空间"的理论。这是在现代建筑中被遗忘了的词汇的重新出现，令我觉
得实在是有趣至极。这种文脉主义思想并非最近才出现，我认为是很早
就有的问题。它是在一定程度上研究了既往的城市文脉的基础上，提出
新的理念并应用到建筑中。

图 42　三段图　　　　　　　　　图 43　格拉厄姆·沙恩提出的文脉主义的内容

　　有个很有趣的例子，在米兰的西北方向有座叫维杰瓦诺的美丽小城，城中有一个公爵广场。图 44 为广场的平面图，这是一个约长 134 米 × 宽 48 米大小的文艺复兴式样的广场。广场三面环绕着漂亮的拱廊，铺地纹样也很美观。然而奇妙的是旁边那座巴洛克风格的寺院，尽管这栋建筑在布局上斜对着广场轴线，然而对着广场的正面却设计成依广场轴线规整的左右对称形式。这是怎么回事呢？拱廊是文艺复兴样式，而寺院是巴洛克风格，由此可见，寺院是后来建成的。从照片上看，广场的其他三面是文艺复兴样式的漂亮拱廊，在正面的凹部建了巴洛克风格的教堂。小城中这处美丽的小广场成了闻名意大利的广场之一，确实很不错。仔细想想便知道：对意大利人来说，广场比建筑更为重要。作为建筑师，我们总觉得应该把建筑作为重点来设计，然而在这个例子中，广场被当作更加重要的内容，因而建筑是根据广场实现规整形状的目的来设计的。我想这种手法在一定意义上与文脉主义的理论是一致的。或者从我的理论来说，如果将这个广场盖上屋顶，则周围这些建筑的外墙变成了广场的内墙，去掉屋顶，则这些墙又还原为建筑的外墙，具有空间的图底可逆关系。另外加上漂亮纹样的铺地，只要盖上屋顶便能成为十足的室内空间，因而也可以说它是具有格式塔性质的空间。

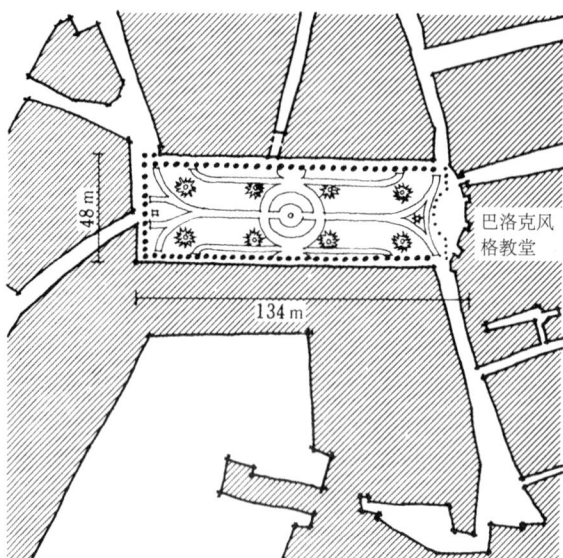

图 44　公爵广场平面图

　　这种设计手法，在意大利很是普遍，随处可见。我还听说过达·芬奇、米开朗基罗等人都曾设计过建筑的立面。另外对卡米洛·西特也有相当高的评价。我最初接触到这一名字是在 1960 年，那时为写论文去美国搜集资料，一查文献发现无论哪所大学的文献目录中都有西特这个名字。然而他的那本著作（《城市建设艺术》）却一直无法找到，问书店的人有什么办法可以找到，他们建议说你去《纽约时报》上登广告吧。后来我真的登了广告，可最终还是没找到那本书。虽说书中的理论很早便获得了高度评价，然而柯布西耶似乎对其并不在意。借他的话来说，就是"西特在书中，表面上似乎巧妙地把问题证明了，实际上不过是将过去被丢弃路旁的不值钱的东西捡起来而已，几乎没有什么意义"。自那之后，在推动现代建筑发展的过程中，关于西特的内容再没有被提起过。然而最近上面提到的那些文脉主义的研究者们，再度赋予他高度的评价，甚至有人写就了献给西特的论文。罗伯·克里埃所写的《城市空间理论与实践》（*Urban Space in Theory and Praxis*）是一篇很有意思的论文，分析的正是这个广场的造型特征。这些观点再度受到学界的关注。

　　为何出现这种重拾历史的情况呢？像 20 世纪 60 年代的 Team 10（十次小组）的城市设计思想、Archigram（建筑电讯派）、新陈代谢论等，这些城市理论都非常重视内容的动态发展，比如信息的传递、发展的能动性等，完全无视所谓的文脉主义、西特等人的思想。将空间自身的问题通过形态或意义来把握。他们非常重视每个街区的具体问题，但针对某个街区中的功能混杂等问题，却意外地持着宽容的态度。对于地区用途等规制条件，比如简·雅各布斯所研究的混合用途的问题，则将其放入各个具体的街区中来予以解决。他们认为这样的做法对街区来说反而是合适的。

街道与建筑外观的形象

这里如将我至今所思考的内容置于格式塔理论的"图"与"底"的关系中加以推敲，会出现怎样的结果呢？通过对街道的分析，可以看到作为内、外空间境界的墙是处于怎样的状态，这是我非常关注的地方。尤其是对于日本建筑的墙，正如兼好法师所描述的那样，是富于流动性的东西，或者说难以从面的角度来把握的东西，因此难以体现出格式塔理论中的"图"与"底"的关系。

对此我们可以针对繁华大街，比如银座的街道来加以分析。我们调研了银座街道中从建筑主体外挑出的广告牌的数量（表1、表2）。这样做的理由是：原本街道的个性形象取决于沿街建筑的外形，然而在日本一些热闹的大街上，一眼望去满是从建筑外墙外挑出来的广告牌。广告牌只需贴墙外挑1米，依角度的不同便有可能把所在的一面建筑外墙全部遮挡。如果让广告牌与墙面分开，随着距离的增大，便能逐渐看到墙面，这只需简单计算便一目了然了。

表1 银座街道广告牌调查结果（1978年8月）

地点	道路总长 (L) m	广告牌总面积 (A) m²	广告牌总列数 (N)	A/L m²	L/N m²
银座1丁目~8丁目西侧	901	960	111	1.07	8.12
银座1丁目~8丁目东侧	910	563	88	0.62	10.34
银座1丁目~8丁目东西两侧	1811	1523	199	0.84	9.1

表2 银座各街区广告牌调查结果（1978年8月）

地点	道路总长 (L) m	各街区广告牌总面积 (A) m²	各街区广告牌总列数 (N)	A/L m²	L/N m²
银座1丁目西侧	111	92	11	0.83	10.09
银座1丁目东侧	126	115	22	0.91	5.73
银座2丁目西侧	111	153	17	1.38	6.53
银座2丁目东侧	111	104	8	0.94	13.88
银座3丁目西侧	119	132	12	1.11	9.92
银座3丁目东侧	119	26	2	0.22	59.5
银座4丁目西侧	94	79	7	0.84	13.43
银座4丁目东侧	94	55	12	0.59	7.83
银座5丁目西侧	108	101	6	0.94	18
银座5丁目东侧	108	50	7	0.46	15.43
银座6丁目西侧	113	169	21	1.5	5.38
银座6丁目东侧	113	50	6	0.44	18.83
银座7丁目西侧	114	101	20	0.89	5.7
银座7丁目东侧	114	59	16	0.52	7.13
银座8丁目西侧	131	133	17	1.02	7.71
银座8丁目东侧	125	104	15	0.83	8.33

对银座的情况进一步分析，南北向的银座大街从一丁目一直延伸到八丁目，将街道分为东、西两侧，总长度约为 900 米，如果将街道上的外挑广告牌按平面投影所得数量作为并列广告牌的列数来考虑，调研结果是西侧约有 111 列，东侧约为 88 列。东侧有几家建筑面宽较大的大型百货公司，所以数量少一些，平均下来大概是每走 10 米就有一列外挑的广告牌。这样一来，至少对于银座街道，走在街上并无法感受到建筑外墙的形象。拍成照片就是如图 45 的效果。最左边的是从离墙面 3 米处的人行道上拍下的银座大街照片，按从左到右顺次是在离墙 6 米处拍的照片、从道路中央拍下的照片、分别距离街道对面的墙面 6 米处和 3 米处的照片。银座大街的宽度约是 27 米。将照片中的广告牌单独分离出来并涂黑后便得到了下面对应的一组图片，从图片中可以看到：中央的图黑色部分左右疏密相当，图中白色的建筑墙面部分基本可见。可是在离墙面 3 米的时候，一侧几乎都是黑色，这一侧的建筑外墙几乎全被遮挡，只能看到大街对侧的建筑外墙，另一侧也是同样的效果。

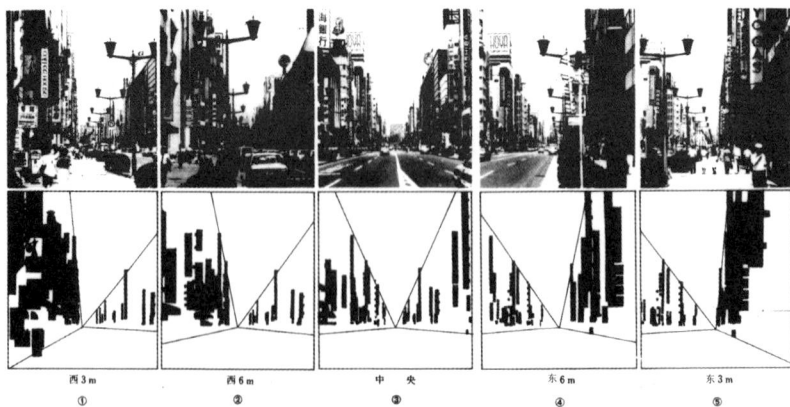

图 45 银座大街广告牌的照片

　　结论显然是人行道越是宽敞，外挑的广告牌与墙面的距离越远，对建筑墙面的认知印象便越强烈。这一结论可以用来解释当道路被设定为"步行者天堂"这类步行街后，人们可以走到道路中间的车道上，或者在过马路、穿越对角斑马线时，能够极大地提高我们对街道空间的认识程度。

　　上面的调研结果也显示出日本的建筑墙面在划分内外界线上相当模糊。我想同样的情况还表现在文学或绘画等方面。通常日本的画家到了欧洲都非常能画，比如到了巴黎、威尼斯、罗马等地，像我们这些人也能画出很多东西来。然而回到日本后却画不出来。之所以画不出来我认为有下面的原因。这里将由建筑外墙所呈现的轮廓线作为"第一轮廓线"，将建筑墙面以外的，比如电线杆、各种标识牌、摆设物、可动装置、那些轻薄飘动的东西、在春秋季节挂出的促销条幅等，都归为"第二轮廓线"。两者在比例上，在日本绝对是"第二轮廓线"占优势，有时甚至到了只看见"第二轮廓线"的状态。要将这样的景观画出来，就像是画一个满脸缠着绷带和贴着膏药的美女，连脸形都看不出来。因此有了日本画家在欧洲很能画，回到日本却画不出来了的现象。文学上也一样，正像文艺评论家奥野健男先生曾说过的，过去夏目漱石等作家对本乡、下谷一带的风景都做过鲜明的描写，如今是想写也写不出来。我认为正是由于日本的建筑在空间的内外关系上缺乏格式塔的要素，而造成了"图"与"底"的关系非常模糊。

　　另外，我在建筑外观形象方面也和研究生院的学生们一起开展过一些研究。表3是在针对建筑外观的研究中，对外墙中不同建筑材料的使用比例的调研结果。通过对东京海上大厦、霞关、日本IBM、富士胶卷、NHK 和新宿三井等日本建筑，还有美国的西格拉姆大厦、大通曼哈顿大厦等进行分析，得出石材、玻璃、金属板等不同材料的使用比例，再以这一结果为基础来考察它们所对应的建筑外观形象。图 46 中的建筑立面设计，右半边采用窗框外凸，左半边采用窗框内收。在两者都满足强度要求的前提下对它们的外观效果进行比较。如果从稍微侧前方的角度来看，外凸的窗框设计如同外挑广告牌一样遮挡了后面的玻璃面。内收的设计，像新宿的三井大厦，从任何角度都能够比较清晰地看到外墙的玻璃面，当然建筑的外观形象和上面提到的玻璃、石材、金属板这些材料的使用比例有关，但单单窗框这一设计的差别，便使它们在外观形象上出现了很大的不同。本来从正面看玻璃存在感很强的建筑（从表 3 中也可以看到其玻璃的使用比例很高），由于窗框的外凸设计，在侧面看时所看到的玻璃部分却减少了很多，反之内收的设计无论从哪个角度来看，玻璃部分基本都能被看到。同样地来看其他一些建筑，比如西格拉姆大厦，这是坐落在纽约公园大街上一栋漂亮的建筑，其立面上的竖龙骨外挑了 16 厘米，横龙骨则基本与墙面持平，从上往下整体结构清晰可见。然而稍微从侧面来看，基于上面的原因，部分玻璃面因被遮挡而看不见。巧妙的是西格拉姆大厦的入口被设计在正面中央位置，两侧做成水面，这样人们便无法靠近两侧的区域。通过设计手段让人们只能从正面这个理想的角度、由下向上仰望建筑，而难以从侧面观看。另外我觉得密斯在设计西格拉姆大厦中还考虑了不少夜景效果的因素。比如东京都厅那种带有遮阳板的建筑，白天在阳光直射下形成黑白分明的阴影效果，能给人留下强烈的印象。可是到了晚上，由于这些遮阳板的遮挡作用，人们在仰视建筑时便看不到窗玻璃的部分了。而西格拉姆大厦采用横龙骨不外挑的设计，只外挑了竖龙骨，我觉得这是考虑到夜景效果的设计结果。

表3　建筑外墙建筑材料的实用比例调研结果

建筑名称	材料			
	石材、瓷砖、预应力混凝土板（%）	玻璃（%）	金属板（%）	窗格（%）
东京海上大厦	57.9	35.6	—	6.5
东京霞关大厦	—	33.3	56.3	10.4
日本 IBM 大厦	63.3	36.5	—	0.2
富士胶片公司大厦	8.6	73.0	—	15.6
NHK 日本广播中心	—	80.6	—	19.4
新宿三井大厦	—	52.1	29.7	18.2
新宿住友大厦	—	19.1	77.9	3.0
东京国际通信中心	—	15.5	82.7	1.8
纽约西格兰姆大厦	—	57.8	22.1	20.1
纽约大通曼哈顿大厦	—	50.0	44.5	5.1

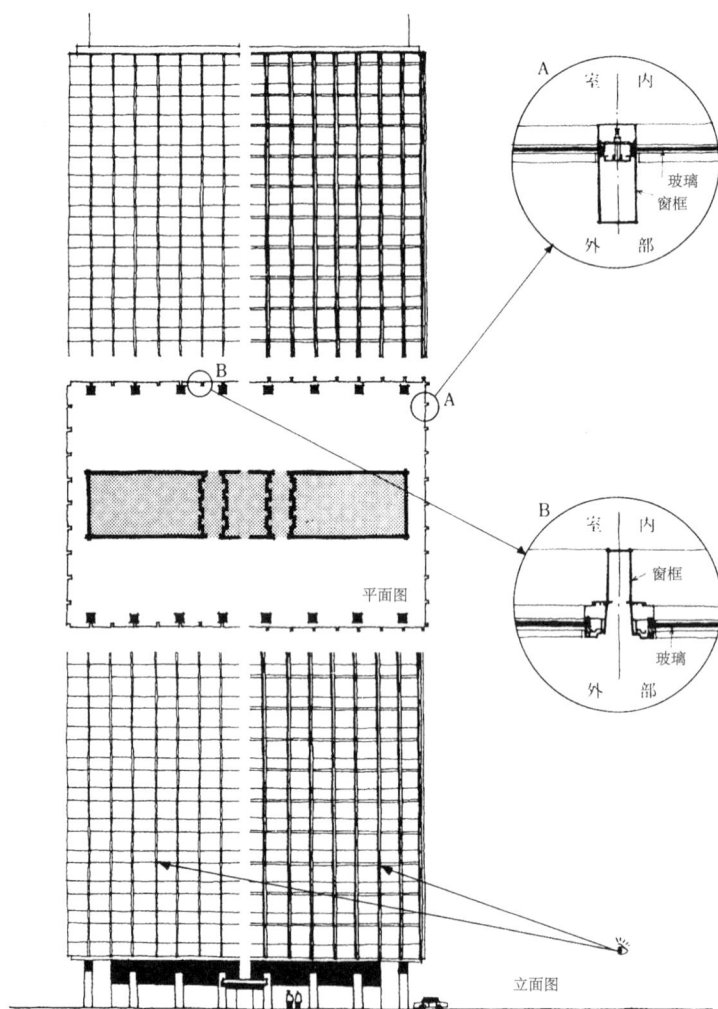

图 46 有两种窗框设计的建筑立面

　　夜景同样存在着"图"与"底"的转换关系，或者说涉及外墙的形象。对此我和研究生们也做了一些研究。白天我们在观看建筑时，通过所看到的外墙形状来把握建筑的形象。这时窗户作为暗部是往后退缩的效果。当建筑处于夜景下时，随着环境变暗外墙也逐渐融入周围的黑暗中，这时看到的是室内亮灯照亮窗户的风景。对这种风景从100米、200米、300米、400米的不等距离进行观察，比如观察新宿的超高层建筑，当距离为100米时，能清晰地看到室内明亮的荧光灯，在这个距离，与其说看窗户，实际看得更多的是荧光灯的形状。当逐渐拉开至距离为800米左右时，荧光灯的形状已经无法辨认，取而代之的是窗户作为一个格式塔的认知形态浮现了出来。与此同时墙面完全消失在黑暗中。大体上都是在800米左右的距离上，"图"与"底"发生了逆转现象。

　　能否拥有美丽的夜景对城市来说是个重要的问题。我们建筑师总是专注于建筑造型的比例关系、屋顶机房的位置造型等设计，对于霓虹灯之类的装饰，觉得实在无聊。然而这些东西到了晚上却非常美丽。刚才也说到，道理很简单，因为到了晚上建筑隐入黑幕，轮到霓虹灯浮现出来大放光彩。这就如同一位穿着漂亮和服的女性，偶然戴上了插着羽翼的奇形帽子，谁都会觉得别扭，可是如果隐去和服，只看帽子，那么它就是一顶漂亮的帽子了。因而营造美丽的夜景也很重要。不管是哥特式建筑、文艺复兴时期建筑，还是巴洛克样式的建筑，在白天看起来都很漂亮，建筑造型凹凸有致，形态舒展。可是到了晚上，就成了一个石头堆砌出的体量。我认为西格拉姆大厦是很好地考虑到夜景效果的建筑。

从它身上可以发现很明显的设计痕迹，虽然并没有直接听闻这方面的内容。比如统一亮灯的做法，各房间没有开关，灯光是统一控制的，不能随便开关。从格式塔理论的角度来看，如果窗户有明有暗，估计对密斯来说便是件麻烦事。另外还规定了在窗侧的几米范围内不能随便挂放东西，连窗帘也不能随意张挂。从细部设计上也能看到：比如降低窗台的高度，为此特地将窗边的空调机位卡入楼板中以降低其高度，就是为了保证在"图"与"底"发生逆转时也能呈现出富于魅力的建筑形象。相比之下，如果设计在横向上采用各种外挑、窗面内凹的话，白天可以获得凹凸有致的建筑形象。可是到了晚上，因为窗户内凹导致玻璃面难以看到，再加上上面讲到的当斜着看、侧着看时所造成的遮挡关系，就会令夜景设计变得非常困难。

　　说了这么多，从建筑外形的控制线、墙的形式等，到"第一轮廓线""第二轮廓线"，最终都归结到夜景的问题上。今后，关于墙的形式问题，究竟会发展成怎样的东西，我想有必要从多方面加以考虑。墙作为空间的境界，具有强烈的渗透性，同样一个面，可以是接纳的关系，也可以是拒绝的关系，其界线可以像软体动物那样紧贴着延伸，也可以渗透穿越。作为"图""底"之间的界线形式，在决定城市景观和建筑外观上都有着重要的意义。

　　以上讲的都是关于建筑空间的研究内容，我想就此打住吧，下面简单讲讲我是如何成为建筑师的事情。

我的经历

　　我是 1940 年进入东京大学学习的。那时战火已近，因为来不及订制金纽扣的校服，所以学生们多数都是穿着和服上学。前不久去世的池边老师那时和我是同班，因为学号按姓名的日语音顺排列，所以我们俩的座位正好挨着。开学当天两人就因对日式和西洋风格的不同看法而发生了激烈的争论。他在考大学前已经一心想读建筑系，为此还着实学过一番，而我却是偶然地进了建筑专业。因当时我还没有接触过这些大概念，觉得这人真怪，铺着榻榻米的房间不就是日式嘛，就为这我们俩狠狠吵了一顿。后来听说他当时因为看到我穿着和服来上课而把我错当成右翼分子了，这是之前在他的追思会上听说的，可谓旧事物新情况啊。随着战火的逼近，学校要求我们必须在两年半内毕业，所以大家都火急火燎地同时赶起了毕业论文和设计。当时我想错过这站，恐怕以后再也不会有结构设计的机会了，所以拜到武藤老师门下，选了"塑性领域的框架研究"这么一个研究题目，每天埋头在基于挠角法的框架解析研究中。这一理论后来发展成为今天的超高层理论，在当时可是做梦都没有想到的事情。

　　为何我会喜欢上建筑这行呢？其中一个理由是建筑设计工作起来热火朝天，告一段落后又能好好歇歇。如果在银行工作的话，每天都要上班，而且我这个人对倒弄钱本来就没什么兴趣。难道就没有一份工作能干起来欢歇起来乐的吗？我的父亲是医生，母亲出身艺术世家，像母亲的弟弟藤田嗣治、她的侄子小山内薰等都是艺术家。当时入学时想的是学一门艺术与科学相结合的专业，于是选了建筑系。虽说起初池边比我有基础和想法，但后来大家也都毕业了。

二战结束后，当时在吃饭问题上都要想尽办法。偶然看到了东京重建规划的竞赛消息，于是马上努力地干了起来，没有图板便把图纸直接摊在地面上画，最终方案竟然糊里糊涂地中了个下位的入选奖。"好家伙，专心搞设计吧。"当时就是这样的心情。不久，池边问我去不去坂仓事务所，记得当时我没多想就跟着他过去了。

后来因特别想去国外留学，就参加了留学生选拔的英语考试，这个考试形式和之前上学时的形式完全不同。本来我对英语考试还是很有自信的，可是进了考场，只见出来一位美国女性，开始哗啦哗啦地说什么"到拉瓜迪亚机场接谁了"的事情，接着是提问："刚才提到的那位女性穿什么颜色的衣服？"搞得我是丈二和尚摸不着头脑，和我们通常以为的英语考试完全不同，惭愧之余名落孙山。这挑起了我的进取心，要第二年再来。结果第二年就考上了。作为二战后日本的第一个哈佛大学留学生，那时大家对国外的留学生活了解的都不多，甚至有学生特意来问我"整天穿着鞋子不会感觉不舒服吗？"之类的问题。那时我带着两件衬衫到了美国，身上穿着一件，拿另一件去洗衣店，却被告知一件不能洗，至少要四件起。没办法只能在很穷的状态下又去买了三件衬衣，于是才能穿一件，洗四件。诸如此类的事情，与我们原来的生活有着巨大的差别。那时如果不咬紧牙关坚持下去，便难以取得好成绩。那时的留学生涯和今天大家的留学情况差别太大了。当时一起的同学现在都有了很好的发展，比如同班的诺伯格·舒尔茨，在学校时他没有怎么做设计，而是专注于理论方面的研究。他当时已经对语义学产生了浓厚的兴趣，被称为

"语义学先生"，回到宿舍便一头扎进研究中。最后写下了诸如《存在·空间·建筑》（*Existence，Space and Architecture*）、《建筑的意向》（*Intentions in Architecture*）等论著。想到 30 多年前他已经持有这些观点，也令我感受到探求学问真是漫漫长路。另外还有飞利浦·希尔、大卫·克莱因等人。希尔也不时会来东京。

哈佛大学毕业后我到布劳耶的事务所工作了一年，那时心里很想去欧洲考察一番，于是向洛克菲勒财团申请旅行资助，结果顺利地批了下来，于是才有了前面讲述的很多关于意大利空间的见闻。

之后回到了日本，接下来该如何开展建筑设计的工作呢？有一天当我经过丸之内大厦一带，边走边想着这个问题时，刚好碰到老相识的栗本和夫先生，他当时是中央公论社的专务，"芦原君，干什么呢？"他问道。"刚从哈佛建筑留学回来，正愁设计项目呢。"我回说。他又说："原来是这样。今年是我们公司成立 70 周年，作为纪念要建设新公司大楼，已经委托了清水建设进行设计和施工，难得这么巧碰上了，你也出个方案吧。"我听完马上召集几个同学一起做了方案带过去，结果是"好，就用这个方案"，就这么定了下来，而且后来这一建筑设计还幸运地获得了日本建筑学会奖，然后我们的事务所也搬到了那栋大楼里。

在带冷暖气设备的大厦中做设计，令大伙儿羡慕不已。然而麻烦的是后续没项目了，那时我的前辈内藤亮一先生担任横滨市的建筑局长，"没活儿干正发愁呢。"听我这么说后他问道："你有没有设计过医院？""没有。医院项目没干过。"我只能据实回答。没想到他竟然说："你说话真有意思，那就设计一个医院试试看吧。通常人总会勉强说些做过什么之类的，你却是一口就说没干过，挺诚实啊。"于是让我来负责市民医院的设计。后来这个项目也得奖了。——说这么多实际上我想告诉大家的是：你们年轻人做设计，通常一开始接触的都是些住宅类的小项目，我们也是一样。在我去哈佛大学之前，参与的也是些小住宅，大家都在发愁如何能转换到做些规模大点的公建项目上，方法总是有的，我想下面就来介绍一下我所想到的几种办法。

获得设计项目的好办法

一种办法是参加方案投标。这是年轻人成名的一个正道，通过这一途径可以堂堂正正地开展工作。然而投标项目并不多，所以有时手痒也没有办法。

另一种办法是有贵人相助。我就是因为有了前文提到的栗本先生和内藤先生的帮助。当时我才34岁左右，看上去是一副既单薄又有点营养不良的样子，现在想起来都觉得难得他们能够这么信任我。像这些意外机缘下的贵人实在重要。然而缘分这种东西，也确实是可遇而不可求。不过有一点可以确定的是：实际上当建筑师满怀理想在寻找设计项目时，想盖房子的人也在找寻能专注于自己项目的设计师。这就像男女交友一样，不是只有男方在找，我想绝对是双方都在找。偶然碰上这样的贵人，就可能会有"你，做一个试试看"的局面展开，就是这么一回事。

还有怎么回答问题也很关键，最头痛的莫过于没干过时被问及"你做过什么"。难道就没有巧妙回答这个问题的答案吗？我们做着各种各样的项目，本来被问到这方面的事情也很正常，然而通常是不会这么问的。所以一旦被问到时多是面露难色，听到"你做过这类项目吗？"时真是很纠结。怎么才能把这个问题回答好呢，我的答案是上面说的："没有做过。"或许对方会觉得"嗯，你这个人挺诚实的嘛"，这样的结果也是有可能的。

另外设计体制也很重要。像我已经习惯了原先美国那套结构工程师、设备工程师加建筑师的三位一体的体制，因而回到日本后，我找到与我同届的织本匠先生、机械专业毕业的犬冢惠三先生等人进行合作，包括结构和设备的设计事务所都组织到同一栋办公楼中一起工作。这是一件很重要的事情，如果让外面的结构事务所来做，总觉得组织力就变弱了。虽说实际上设计内容可能一样，但在同一栋大楼中工作本身就体现着一种凝聚的力量。看到其他设计师将工作委托给离得老远的结构事务所，便失去了那种工作上的紧迫感。像我们几个专业都在一起工作，看似只顾着自己事情的氛围，其实很有自信，觉得我们具有将结构、设备、建筑统合在一起的综合设计能力，或许实际上这也仅是个错觉。

刚从哈佛大学毕业回到日本时，我非常欣赏哈佛那种有条理的组织体系。在本科生的设计学院中，设有建筑学、景观建筑学和城市规划等专业，分别归入规划系、建筑系等体系中。而日本则是将结构、设备等所有内容都归到一起来统一学习，造成学而不精，因而导致营造出的城市环境每况愈下。然而最近思想却有了180度大拐弯，感觉似乎日本的系统还更合理些。一起学习的结果，至少能把从事结构、设备设计的人都聚在一起，常会碰到原来和某某是同届的情况，在施工单位也有不少同学。同级、前辈、后辈等关系众多。像美国或一些其他国家，到施工单位工作的人与结构工程师可能是小学或中学的同学，但很少有大学的同学。对比哈佛大学的组织，这种专业混杂的体系对于日本这样一个需要建立人脉关系的国家来说，实在是非常合适的系统。今天不知在座有没有城市工学专业的学生，城市工学专业与建筑学拆分，现在回头看是否合适感觉还很难说。由于建筑学专业历史悠久，去了建筑学这边的人可能感觉更好一些。在日本，什么都拿来分门别类是否合适也是值得我们思考的问题。

还有一点，就是必须带有梦想或浪漫的情绪，给人留下一种神采飞扬、满怀希望的印象。实际上光是印象还不行，必须是真的这么想。如果感觉对方情绪低落、不太可靠的话，便绝对不会找他办事了。必须自然而然地表露出一种让我来做一定是锦上添花的形象。关于这点，我想大家最好做一下自我剖析。当然不是说我自己做得有多好，而是作为你们的前辈，讲讲自己所没能做到的，还有作为过来人的一些感想吧。

言归正传，就这样在埋头苦干中终于逐渐积累起业绩，最近觉得该是能好好回答"你做过什么"的问题了吧，然而却再没人问我这类问题了。遗憾嘛，也没有，我想应该是幸运吧。

下面我想聊聊方案竞赛的事情。我担任过几次方案竞赛的评委。另外自身也参加过不少竞赛。先说参加的事。最初是在二战后非常困难的时期，趴在地板上绘制出东京的重建方案图纸——就这样还选择了从事建筑的道路。之后，整个事务所全力以赴地参加了京都国际会议中心的方案投标，这个项目最终由大谷幸夫先生获得最优秀奖并付与实施，而我们和大高先生、菊竹先生合作的设计则获得了优秀奖。当时的感受是："太辛苦了，再不能参加这样的投标了。"这一投标工作给事务所造成了很大的经济负担。投标过程中大伙儿还开玩笑说："中了标就好了，中标后可得你去京都盯项目啊。"结果是一场梦想一场空。不过大谷先生的设计确实很好。最近想着快要退休、快到花甲之年了，再干一把吧，于是参加了一个伊朗项目的方案竞赛，结果不幸又落选了。现在回头想想要是中标的话，说不定还得思虑很多事呢，因此又想幸亏落选了。

接着是担任评委的事情，其中也包括几次作为国际竞赛的评委。这里我想讲一些这方面的经验供大家参考。

第一次是在非洲的坦桑尼亚，当时受坦桑尼亚政府的委托担任国会大厦项目的评委。非洲似乎有点"亲欧"情结，尤其对来自北欧、东欧的东西带有好感，当然了对日本也不错。因此评委中除我之外，还邀请了来自北欧的挪威、东欧的南斯拉夫的建筑师，以及由 UIA（The Union of International Architects，简称国际建协）推荐而来的保加利亚的建筑师，由我们 4 位评委来进行方案评选。不知是谁把我担任评委的消息登到了杂志或媒体上，结果来自日本的投标方案多达近 200 个，几乎是总数的 1/3，我心里是既高兴，又觉得日本现在经济不景气逼着大家都比拼起来了。然而东欧人听了这话却相当惊讶："难道不景气便参加投标吗？要真不景气的话应该是什么都干不了啊。"我只能回答说："情况跟你们那儿不一样。"我当时更多地意识到的是这竞标图纸是隔开几米远的距离来看的问题。根据上面提到的 D/H 的比值关系，我思考了图纸的大小决定了视线的高度， 还有对模型的着眼点等问题。就这样在四五百个方案中一路看去，10 个左右的方案恍如鹤立鸡群般脱颖而出，不在其中的便难以入选了。如果是指名竞赛，总共只有 5 ~ 6 个方案的话，可以有"细看之下别有乾坤"的可能。而在公开竞赛的场合，没有一些亮点是难以被注意到的。还有就是对 D/H 比值的意识，设计中不时将图纸贴到墙上，稍微拉开距离来看，仔细琢磨诸如"这样做不错，估计能行"的事情是很有必要的。另外像设计说明书这些文件，来自不同的国家，打开瞬间便能感受到各自不同的气息，有努力打字的、有内容擦了又写写了又擦、图纸上还残留着橡皮屑的、有离奇古怪的，有的从直感上便令人怀疑能否有水平来完成工作。评委有时也相当迷惑，这时最好能有一个方案是明显突出的，要是这样事情就比较好办了。那次评选中标的是黑川纪章的方案。它一开始便引人注目，大家都以为是美国人做的方案。连我都以为是美国人的，结果一打开才知道是日本的。

接下来在阿布扎比担任了两次评委，由开罗大学的教授、巴格达大学的教授和我组成评委会，两次都由我担任了评委主席。在日本则担任过学会主办的日新工业竞赛等的评委，这方面就不多说了。对这些竞赛，如果有了灵感一定要参加，参加了便有可能入选。当然了没有实力是不行的，不过我想在实力之前灵感也是相当重要的。

国际交流

下面和大家讲讲我在国外大学的教学经历。首先是在澳大利亚的新南威尔士大学，这是一所坐落在新南威尔士州首府悉尼的国立大学，与东京大学不同，那里是入学容易毕业难。当时我教的是五年级一个约 13 人的班级。为避免学生退学或掉队，老师们都相当认真地执教。据说开始时想学习的人都可以入学，像我教的这一批，一年级时大概有 800 人，二年级时便剩下不到一半了，掉队者不断增加，最后能毕业的也就只剩下十来人了。不像日本那样开始时通过入学考试来选拔学生，而是在学习的过程中将人数刷减下来。一旦被刷后便再难上大学了，这确实是个问题，也引起了广泛的议论。"你在这方面比较弱，这方面也还需要提高"诸如此类，必须把握每个学生的不足之处加以辅导，老师们也确实不容易。

　　到了那里很多事情都让我惊讶不已。比如第一天被带去食堂，只见食堂中，老师们都围坐在高出一截的餐桌前，而且坐的都是那种高靠背的椅子。老师们都落座后，在"请吃吧"的招呼声中大家一起开始用餐。当时我还暗想：要是这里每天都吃羊肉的话我可受不了，还是去外面吃吧。另一件吃惊的事情是建筑系的体制，系里正式编制只有系主任一位，正、副教授各一位，其他就都是高级讲师、讲师和辅导员等，各种教工人员加起来将近 80 人。我到那边作为客座教授，排在第三的位置上，按系主任—教授—客座教授—副教授—讲师的序列，因而级别非常高。比如我提出希望去看看约翰·伍重（Jorn Utzon）设计的悉尼歌剧院，便有整装的司机开着凯迪拉克轿车来接送，并由新南威尔士州建设部门的负责人给予接待和介绍，让我觉得实在消受不起。由于学制上采用英国的风格，那里的副校长相当于我们的校长，而校长相当于我们的董事长，我当时也去拜访了副校长，受到了热情的招待。

　　为何对我这样一个日本的建筑师如此款待，问了周围很多人才知道。原来在澳大利亚，像哈里·赛德勒、约翰逊等，也有实际做着项目的建筑师到大学执教。但在上文提到的那种对学生的不断筛选的体制，教师们不全职工作是难以应对的。因此像在悉尼一带从事建筑设计工作，然后偶尔有空去大学兼兼课的想法是很不现实的，确实需要全职的工作方式。在这种观念下，比如澳大利亚的人去了哈佛，便没有人打电话找他了，像哈里·赛德勒当然也可以去哈佛讲课，不过他在澳大利亚时却难以做到完全断绝与外部的联系。对我来说，到了澳大利亚就没有别的应酬了，可以把全部时间都用在学校的工作上，没有了电话的干扰，便可以一心扑在教学上。因此学校也愿意请外面的人来讲学。还有，这里大学的系主任、教授都是没有做过实际项目的人，故对我也有些敬而远之。这些事情对我来说都是很有趣的经历。

接下来是夏威夷大学，也是邀请我过去当客座教授。这次让我吃惊的是分不清学生与老师。与澳大利亚大学的英制风格不同，在夏威夷大学的校园中，大家都穿着随便，尤其是女性的衣服五颜六色，来来往往都是"嗨、嗨"地打着招呼，根本分辨不出谁是教授谁是学生。建筑系是栋木结构的圆木屋风格建筑，本来以为是用英语上课的，结果到那儿一看大为意外，学生中竟然有大约 1/3 是来自日本的留学生，而且这些学生只会说日语！课上着上着便逐渐觉得没意思，于是乎有时也去游泳之类的，一直坚持到最终把课程上完。

不过，对美国的大学来说也只有夏威夷大学是这样的情况。美国的大学一直以来就有非常严格的课程大纲，虽说现在也有些变化了，但成为一般教师依然并非易事。最近据说有的学校还在学期末让学生进行评分投票。当然不是人气投票之类的，而是从教学方法等方面进行非常仔细的问卷和分析，从而决定某位老师是否合适，听说还有因此而被解聘的。老师的工作也非常不容易。

　　最近我在工学部报纸的新闻上看到了介绍麻省理工学院（MIT）的情况，其中提到了成为终身（tenure）教授是至难的事情。如果没有特别突出业绩的话大概就只能签 1 年期的聘用合同，非常顺利的话或许能有 3 年期合同，期间也需要不断的评估和调整。另一方面，比如在MIT，退休年龄从 60 到 65 岁之间可以自由设定，虽说东京大学也不是说不到 60 岁便不能退休，但各方面调整起来相当麻烦。有的教师一年只需要上半年课，爱德华·霍尔[1]说过："剩下的那半年就待在别墅专心写书，要不这样的话哪有时间写书啊。"然而不上课的这半年是没有工资的，对大学来说等于用一份工资请了两位好老师。有点像宝冢歌剧团那样的月组、花组轮番来的感觉。如果东京大学也这样，这个学期上月组的老师，下学期上花组的人马，我想日本的大学将会发生很大的变化。学生们也会考虑是赶着上月组老师的课，还是稍微缓缓等着上花组老师的课呢，我想将会出现很多新生事物。

　　还有在人事方面，我觉得如能像国外的大学那样再流动化一些就好了，长期从事教学工作不是一件容易的事情。我在日本三所大学教过课，平均下来是每所大学各持续了约 8 年。有句俗语叫"七年之痒"，大概是说过了 7 年就有求变的心理。算起来至今我在东京大学一共工作了 8 年零 10 个月，虽说还没感觉什么"痒"，不过也差不多够了。加上在

---

1. 爱德华·霍尔：1914—2009，美国人类学家和跨文化研究员。因发展了代理学的概念，探索文化和社会凝聚力，以及描述人们如何在不同类型文化定义的个人空间中予以表现而受到学界的关注。引进了很多新概念，比如代理，单一时间，多元时间，高、低语境文化等。
代表论著有《无声的语言》（*The Silent Language*，1959）、《隐藏的维度》（*The Hidden Dimension*，1966）等。

国外两所大学的工作，几乎是按同样的频度在过去超过 30 年间连续地参与了教学工作，回顾起来实在是不容易。鉴于东京大学还有生产技术研究所、综合试验所等设施，所以我总是半开玩笑地说：让我在前面 3 年教书，后面 3 年待在研究室从事研究工作，这样的时代要能到来该有多好啊。虽说现实中还难以实现，不过也到了该好好思考这些问题的时代了。

国际交流也是非常重要的内容。眼下 MIT 也邀请东京大学参与各种活动，东大也应该和其他大学积极交流。按松村先生的书中所说，1877 年（明治十年）约西亚·肯德尔[1]首次来到这里举办了建筑学讲座，以辰野金吾老师为首的学生们都用英语完成了论文写作，还有各种英文的笔记现在也都收藏在图书室。想想明治十年时，大家都已经用英语来写作了。不是说现在就必须用英语来写文章，而是说在目前这个第二次国际化的时代中，美国大学里的日本人教授已是多不胜数，毫不稀奇了，日本的大学在针对岗位招聘任用合适的人选时，也应该采取放眼国际的做法。

最后想和大家说的是：各位同学，没有比东大更好的大学了。这是我在日本和国外执教过的实际感受。所以或许有人认为"只要待在这里就好了"，但是外面的社会在不断进步中，不但在技术方面，在社会方面也是如此。明治十年那时的大学与现在的大学有着天壤之别，我想我们必须清晰地认识到这一点。日本现在推行的是类似后科技时代的教育，最近去了中国、肯尼亚，耳闻目睹了那边科技时代的大学教育情况。

1.约西亚·肯德尔：1852—1920，英国建筑师。1876 年受日本政府聘请任教东京大学工学部建筑系。培养了以辰野金吾为首的一批日本草创期的建筑师，从而奠定了明治时期之后日本建筑界的基础。代表作有日本岩崎弥之助茅町住宅（1896）、三井家网町俱乐部（1913）等。

比如日本教的是调制混凝土的原理，而人家学的是和混凝土的方法，不少内容都是日本的老师无法教授的工匠知识，在这种现实下，到国外进行指导和教学实在不是易事。我想有条件的话也可以尝试诸如改变节奏（change of pace）的方式，呼吸过外面的空气，想学习了又重返大学，这是很好的事情。这也是我常说的"回头组"他们的做法，毕业后不要急着直接升入研究生院，而是到外面工作三四年后再回来，然后满怀冲劲、一鼓作气地完成学业。最近我觉得这种做法越来越可行了，这些实践者重回社会，如能将这种方式积极地加以推广就再好不过了。

在东大8年10个月的时间中，教学上实在做得不够，要说只有一点，就是从精神上鼓励你们这些年轻人，大家一起大胆地去尝试。过去8年间在这里汇聚了你们这些非常优秀的学生，令我感受到由衷的幸福。希望在你们中间，未来将诞生出建筑领域的理论家，或者通晓建筑哲学、心理学、基本理论等的世界级人物，或涌现出精通设计的伟大建筑师。我认为东大设计的黄金时代必将来临，从国家发展的角度来看是否合适先不说，或许有人认为东大的毕业生不适合去做设计，然而现实中，我倒希望在你们中间能出现既精通设计又兼通理论的世界级建筑大师。大家都在啃读柯布西耶、文丘里的理论。具备理论知识是很重要的，在大学中我们努力学习理论，积累知识后闯世界。要做到这些首先必须有健康的体魄，如能做好上面说到的几个方面，能否在我的有生之年实现不好说，相信在你们中间一定会出现翱翔世界的杰出人才，想到这些，我的心里非常激动和快乐！就要离开东大了，在东大的8年，充满了愉快的回忆，感谢各位，也请各位努力加油！

（1979年2月21日）

人生体验记

回顾建筑师自己独特的经历和都市论，在视野之内探寻大都市的未来。

第四部分

日本篇

建筑师的住宅

一提到建筑师的住宅，或许有些人马上便会联想到钢筋混凝土建成的豪宅。我的住宅却只是一栋木造的小房子。这栋房子建于第二次世界大战之后，每次从美国、欧洲旅行回来后，都不由得有一种自己的家怎么会这么狭小的感觉。吊顶低矮，洗脸台、浴室到处溅水，因而在过去的 30 年里进行了十余次的扩改建，形成了今天这个模样。我家引以为豪的地方是设在屋架下面的小书房，种在院子一角的杂木林，还有将方形截面的木料以校仓式工法[1]组装起来、设置在院子里的桑拿小屋。尽管地处市中心附近，却也能享受到相当安然、宁静的生活（图 47）。

---

1. 校仓式工法：不通过柱子来支撑，而是通过木材以"井"字形组合拼叠出四面墙体的建筑结构形式。在日本多采用截面为三角形或方形的木材、将平的一面作为内墙面堆叠起来的形式，所造的建筑原本多作为仓库设施。

图 47　家中的阳光房

在大约 30 年前，我和一位朋友同时各自建造了自家的住宅。他建了一栋当时很是现代派的钢筋混凝土住宅，但当年的那些铁质门窗很不经用，没过多久便开始出问题了。到了第 10 个年头，由于防水措施的老化导致屋顶开始漏雨，另外由于采用的是钢筋混凝土结构，即便是住进之后感觉地方狭小，也难以进行扩改建。因而 30 年后的今天，那栋房子已经变得跟废墟一样破烂不堪。这让我意识到在日本这样的风土条件下，似乎还是木构住宅更方便、更容易加以改造。木构建筑只要注意防火，我想不但在抗震上，而且在适应时代变迁和家庭结构变化上都能很好地予以应对。

最近听了精通佛教、在研究荣格心理学方面有深厚造诣的秋山里子[1]的演讲，并读了她的著作《悟性分析》，内容风趣，很受启发。

---

1. 秋山里子：1923—1992，荣格心里学派的心理学者，曾在日本东洋大学、驹泽大学等多所日本的大学中任教，著有《荣格的性格分析》（1988）、《活出自我》（1991）等。

　　前些时候，身为德国建筑师、哲学学者的文特夫妇来访日本。鉴于文特先生提出了诸多与日本相关的研究论点，因此借此机会请他来到我们建筑师协会的会堂做了题为"形态认知"（Gestalt und Gestalten）的演讲，同时也邀请了秋山里子。通常格式塔心理学中的形态多被理解为视觉的法则，但按文特先生的说明：格式塔中的形态指的是并非定型而是处于不断变化中的动态的东西，与佛教的"世间万物尽在变化中"的精神是相通的。而随着时间的推移，主宰着物质形态不断变化的是大自然的真理。作为建筑师，或许习惯于将抽象的概念转化为视觉形象来认知吧，听着演讲，我的脑海里忽然浮现出风中的云彩的画面，只见云彩随风飘逸、幻化不定。也想起渡边慧[1]先生关于蜡烛的说法：烛光火焰的形态看似一样，可 1 小时前和 1 小时后的火焰绝非一样。进而还联想到了东京这座城市，其实也处于不断变化之中，虽然从表面看上去它是以一种城市形态存在着。

　　人为营造出坚固的墙壁来获得具有庇护性的内部空间，令人类得以生存其中，这是存在主义的思想。而文特先生虽为德国人，意识上却深受"万物皆变、始无定型"的佛教思想的影响。这两方面都极大地引起了我的兴趣，也让我不由得回想起朋友家的那栋钢筋混凝土住宅以及自己家那栋改来改去、总在变化的简朴房子在过去一路改造的情形。

　　据说最近日本人的那种自由柔软的思维方式在西欧备受关注。那么，在居住形式和街道构成上，难道就不能建立起一种不同于西欧那些厚重

<hr>

1. 渡边慧：1910—1993，日本物理学家。曾任夏威夷大学、耶鲁大学、日本立教大学等高等学校的教授，并担任国际时间学会会长、国际科学哲学工程院副会长等职，代表论著有《原子核与超微结构》（1937）、《时间的历史》（1973）等。

石构，日本独有的、能够精妙应对不停变化的系统吗？我当然清楚住宅和街道最终都是由当地的人们在长期的历史和风土中创造出来，并非一朝一夕可以改变的东西。不过与此同时，如何在自己所在的地区中创造出更加美丽的住宅和街道，也是每个人必须认真思考的问题，我想这个时代已经到来。

（1981 年 3 月）

我的生活——三个小奢侈

或许由于我是建筑师的缘故吧，常被人问及"您一定住在气派舒适的家里吧"的问题。其实并非如此，起初没有资金，只能从二战后设立的住宅金融公库贷款，造了面积仅 49.5 平方米左右的一栋简朴的小房子，后来经过多次的翻修和扩建，一直住到现在。当然了，谁不想住进设备先进而舒适的家呢？然而比起那些豪宅，我觉得还是朴素点的房子更适合自己。在服装上也是只要符合审美，穿起来舒服，具体是什么牌子对我来说都无所谓。随身带着登喜路打火机、派克笔、欧米茄表等（或许这也是我不懂奢侈品的证据吧），从没想过勉强自己去拥有什么东西，比如汽车我喜欢开日本产的，其他建筑师大多喜欢的酷炫的欧美车与我似乎无缘。本来没太多物欲，加上赚钱能力也一般，所以一切都是顺其自然，有便有，没有便没有，就这样生活到今天。

话虽这么说，不过我家其实也有几个小奢侈。首先是栽种在仅有 33 平方米大小的庭院中的杂木林。从涩谷开车，只需 10 分钟左右便到家了，位置很是方便，周围比较清静，空气也不错。起初在这个狭小的庭院中铺了一面草地，自打对植物产生兴趣后，加上妻子的提议，便将草地全部去除，种上了花木。有桤叶树、野鸦椿、日本红枫、青枫、三叶杜鹃、大龟木、白桦树、荚迷花、纱罗树、姬纱罗、山樱、南烛、茱萸、厚朴树、蝴蝶戏珠花、合花楸、车轮梅等，底下还栽种了大吴风草、马醉木、山月桂、虾脊兰、野百合、夹竹桃等草花。于是小小的 33 平方米庭院顿时热闹了起来。试着将那些园艺师傅的人工栽培植物，像杜鹃花、沈丁花等都排除在外，选的都是一些杂木。对于杂木最好让其自然生长，人工修剪得不好反而会变得很难看。于是在靠近市中心的我家的庭院也有了鸟语蛙声，秋天还能听到不停的虫鸣，感受到置身大自然中的欣喜之情。夹竹桃花开过之后便进入了秋天，大龟木、三叶枫上迎来了红叶，接下去是桤叶树、茱萸也成了红叶，然后是枫树尽染纯黄，杂木的红叶在我家这处狭小的庭院中分外引人注目。

寒冬过去春天到来，纱罗长出了新芽，桤叶树、野鸦椿披上了新绿，一转眼这个 33 平方米的庭院便被染成了一片翠绿。地面上种子的新芽破土而出，其中有吃水果后顺手种下的，也有那些杂木自生的后代。身处其中，得以尽情享受与自然的交融，因此，在这里，我的生活中的小奢侈该首推杂木林。

第二个奢侈是在这片杂木林旁建造的一间 9.9 平方米左右的桑拿小屋（图 48—图 50）。说起来还得追溯到大约 15 年前，我在芬兰体验当地正宗桑拿的事情。在一个极昼的夜晚我体验了建在湖畔的桑拿，出来后那种清爽的感觉，恍如把体内所有的污垢都一扫清光，实在难以忘怀。于是从芬兰订购了桑拿炉，用花旗松（Oregon pine）的粗木搭起了这栋校仓式的桑拿小屋。木头燃烧了一会儿，室内便充满了难以言表的松木香味，感觉和芬兰当地的东西比起来也毫不逊色。和公用的桑拿不同，在这里可以根据自己的身体条件来调节温度，随自己的喜好而定，这便是私家桑拿的好处。蒸过几个回合后，最后一回进去时在烧热的石头上一把浇上冷水，于是空间中的热度上升，迎来最为舒畅的一刻。从里面出来后再冲一遍冷水澡，让身体恢复活力，之后喝杯啤酒，那种快感实在是无法形容。这就是我家的第二个小奢侈。

图 48　桑拿房外观

图 49 桑拿房前室

图 50　桑拿房内部

　　第三个小奢侈是我在阁楼里的小书房（图 51）。原来我家的屋顶坡度比较平缓，加上面积狭窄，想想一辈子就在这个只有 5.46 平方米的卧室中生活，感觉实在不好，所以将房子扩建为两层，并将屋顶改为 45度的坡顶，这样我家的面积一下子就增加了将近一倍。有了比较宽敞的、带三角天花板的卧室，旁边又造了一间 3.64 平方米左右的坡顶书房。由于坡屋顶的关系，无法装设通常尺度的门，只能配上像茶室门洞那样的小门。钻进门走下梯级就是阁楼的小房间。里面布置了专门设计的座位和带移动导轨的桌子，通过桌子的前后移动来保持读书时的舒适坐姿。进到里面对着桌子坐下，说也奇怪，顿时便平心静气，得以尽情享受属于自己的空间。

图 51　阁楼里的小书房 1

最近，随着产业规模的扩大和城市的巨大化，引发了一系列环境公
害和非人性的问题，让人有点儿在茫然中绝望的感觉。虽说我不是石川
啄木[1]，也能体会到他所吟唱的"尽管努力工作，然而生活依然艰苦，

1. 石川啄木：1886—1912，日本明治时期的诗人、和歌艺人。原名石川一，石川啄木是他
　的笔名，并以此名传世。代表作有短歌集《一把沙子》（1910）等。

无语瞪着双手"诗句中那种"小空间"的意境，它和被呐喊着加薪要求的示威人群所占据的"大空间"，都是人类必要的空间。我想不时钻进安静的小空间中遐想、沉思，也是一桩好事。据说从小东西可以联想到大内容，然而从大内容却难以联想到小东西，重新对"小空间"加以理解还是很有必要的。法国哲学家加斯东·巴什拉[1]说过："其中呈现出的是具有真正辩证关系的倒置视点，即小东西具有大内涵的对立形态。与马克思·雅各布[2]所讲的'细微之物见巨大'如出一辙。对这一点若想加以验证，只需想象着住到里面去就可以了。"

走进阁楼中，便仿佛进入了亨利·米修[3]在魔法忠告中的想象世界："桌上苹果里的世界竟是这么宁静祥和！"在小领域中，其内部越狭小越是担负着重要的功能，从中孕育出人类本来的满足感和安定感。

与自然交融、感受在小空间中的欣喜，近来在世俗中这些情感似乎逐渐为人所忘，然而我却将它们当作我家的三个引以为豪的地方，作为有力地应对今天这个严峻社会的能量源泉。

---

1. 加斯东·巴什拉：1884—1962，法国哲学家、科学家、诗人。先后任第戎大学、巴黎大学教授，1955 年以名誉教授身份领导科学历史学院，并当选为伦理、政治科学院院士，1961 年获法兰西文学国家大奖。代表作有《梦想的诗学》《火的精神分析》《科学精神的形成》等。

2. 马克思·雅各布：1876—1944，20 世纪初期法国诗人、画家、作家、评论家。现代诗歌的先驱者之一。代表作有散文诗集《骰子盒》（1917）、小说《圣马托雷尔》等。

3. 亨利·米修：1899—1984，生于比利时，1955 年入籍法国。被誉为 20 世纪最伟大的诗人之一，代表作有《一个野蛮人在亚洲》《痛苦的奇迹》《内部的空间》等。

阁楼里的小书房——小空间的价值

　　我的书房搭在阁楼里，是个只有 3.64 平方米大小的小空间。说也奇怪，或许是由于实在喜欢的缘故，以至于一进到里面便顿时平心静气，得以埋头工作。眼镜、香烟、稿纸、书籍，什么东西都伸手可及。我觉得小空间不但方便，而且具备有别于狭小空间的价值（图 52）。

图 52　阁楼里的小书房 2

　　一上街便被喧哗吵闹的音箱、熙攘杂乱的人群、擦身而过的车流等包围，人们宛如其中蠕动的小虫子。席卷城市的巨大能量令我们不自觉地产生了对抗性的过敏反应。在建筑学的领域，相对于巨大空间，对小空间的研究越来越受到关注，这也可以看作在城市的巨大化中，人们追求回归人性的表现吧。

小空间，并不一定意味着空间的狭小。像茶室或盆栽等这样的小东西，极力通过"小"来积极地展现自我价值，从而在小空间中演绎出大空间所无法达成的那种实在的丰富内涵。法国哲学家巴什拉说过，"诗人总是从小东西中读取大内容"，其中论及的是小空间的必要性，而非那些狭小或混杂的表象。

那么，小空间代表了怎样的意义呢？它是个人的、静寂的、想象的、如诗般的、人性的。任何一点都与大都市的杂乱、匿名、喧哗、现实、非人性形成了鲜明的对比。太阳东升迎来了清晨，万物开始活动；太阳西沉入夜，万物开始安息。白天人们在大空间中活动，入夜从中解放出来，停驻在静寂的小空间中，或一家人轻松闲聚，或在书房独思。如同外面越冷感觉室内越温暖一样，外面越是喧哗，室内的静寂便越是必要。

西欧不少学者和文人所讲的关于"住宅"的内容，多是尽可能地追求"住宅"的保护性和隔断性，这或许是由于他们住惯了那些传统石造或砖砌的、带有厚墙的住宅吧。"住宅"不仅仅是吃饭和睡觉的地方，本质上还是人类安息的场所。纵然狭小，每个人也都应该拥有自己的房间，在其中人们才能享受到完全的个人自由。

如同西欧的公寓一样，日本那些林立在郊外的钢筋混凝土住宅群，也开始彰显出二战后全新的城市住宅形象。越来越多的人住进了这类住宅小区。然而与西欧的公寓相比，在对房间的理解上两者却有着本质的区别。在日本的住宅楼中，一个个住宅单元犹如钢筋混凝土盒子一样被整齐地分隔开来，虽确保了自家的独立性，其内部却和传统的木造住宅一样，被单薄的隔扇或隔墙分隔为一些狭小的空间，数口之家便聚居其中，令这些空间失去了作为"小空间"的本来意义。这里所说的"小空间"，是与狭小、混杂相反的，独立而静寂的空间。

在西欧的公寓起居室中，人们还是穿着鞋，穿过厚重的门扉进入自己的房间后才脱鞋。可在日本的住宅小区中，这种脱鞋行为是发生在住宅单元的玄关处。也就是说，一个日本住宅单元整体上相当于西欧的住宅形式中的一个单间，夫妻及已长大成人的家庭成员共同生活在其中。

在小孩的成长过程中，自十来岁到二十来岁这一阶段是形成人格的最重要的时期。而在城市长大的小孩，这一时期便是在这样的住宅形式中度过，没有经历过独立房间这种"小空间"的生活，就像成长在没有接触到自然风景的环境中，是很可悲的事情。在美国或欧洲的大学生研讨会上，常常可以看到这样的年轻人，哪怕只剩自己一人也坚持自我的信念和个性的见解，日本的住宅形式中或许难以孕育出这样的人，对此我实在是担心。

以上所讲述的"小空间"，我想是一个反思自我的契机，与人的成长有着密切的关系，与希望独处甚至到遥远未知的国度去旅行等这些一时的念头也有关。

人们希望待在"小空间"中，从心理学的角度解读，据说是由于"胎内回归"或"约拿情结"的关系。无论如何，为了面对明天的艰辛工作，拥有这里所说的"小空间"，而不是狭小空间，我想这并非是没有意义的事情。

（1975 年 6 月）

我的阅读方法

在二战前的大学生时代，我第一次买到了一本像样的书。当时有个名为东光堂的专卖西洋书籍的书店，书店的伙计常将那些进口书用浴巾包裹着挑到东京大学的建筑系的制图室中摆开来卖。在那些书中，有几本是用英、法、德三种文字写成的横长版的书，甚是漂亮。其中有一本是艾菲雷德·罗斯[1]所著的《新建筑》，这本书在当时被认为指出了世界上现代建筑的发展趋势，心里想着无论如何也得把它弄到手。还记得书价是 20 日元，这在当时可是很大一笔钱，最终说服了母亲才买到。那一瞬间是我人生中第一次拥有了西洋书，带着学生的求知欲，那股兴奋劲儿别提有多高了。东光堂的老板对学生们相当宽厚，记得当时还有毕业时再付清书款，甚至是发达了再付的赊账形式。

在这些西洋书中，最受欢迎的莫过于勒·柯布西耶的作品集。柯布西耶的理论和作品在当时的建筑界有着绝对的影响力，我想老师和学生们都深受书中内容的冲击。柯布西耶否定了将建筑面向道路排列布置，也就是否定了巴黎所采用的那种巴洛克式的城市规划手法来营造街道，提出了一套全新的理论，主张将高层建筑分散建设，从而创造出充满"阳光、空间、绿化"的"光辉城市"。这一崭新的规划理论在印度的昌迪加尔、巴西的巴西利亚得以开花结果，也在日本住宅公团的大型居住区开发中得以实现。与原先的城市相比，这样做确实带来了"阳光、空间、绿化"，

---

1. 艾菲雷德·罗斯：1903—1998，瑞士建筑师、设计师。曾在柯布西耶的工作室工作，设计了斯图加特国际博览会的两座房子，1931 年他开设了自己的工作室，并在瑞士、瑞典、美国和中东完成了一系列项目的设计。

不过同时也失去了扎根于风土和传统的表现、以人为本的理念体现等，实际上人们对这种缺乏某种本质的均一居住形式也抱着怀疑的态度。因而最近也出现了提倡在充分理解并扎根于当地既有的街道文脉的同时，实现扬长避短的手法。

当然在建筑方面，与柯布西耶本人密不可分的"建筑是居住的机器"、沙利文[1] 所提倡的 "形式追随功能" 等这些 20 世纪初出现的功能主义思想，最终演绎成超越风土与传统的国际主义样式。在那个时代这种形式受到追捧，甚至世界上的建筑被认为都该做成豆腐块般的国际主义样式的现代建筑。

对柯布西耶的这种形式主义的审美观与缺乏人性的建筑，我在当初便持怀疑的态度。在各地不同的风土和传统中，难道就没有以人为本的建筑吗？在我研究这一问题的时候，也刚巧在这个时候，很偶然地读到了和辻哲郎的《风土》一书。我真切地感受到这本书的内容正是我所追求的。因此在此后的将近 40 年间，我对这本书爱不释手，一直随身带着它。

从这本书中不仅可以读到在柯布西耶的书中所无法感到的人性内容，还可以读到它试图阐明的表现出以人为本内涵的风土性。因立志成为建筑师，由于这种存在于各地不同风土中的建筑在以人为本方面的表

1.路易斯·亨利·沙利文：1856—1924，美国建筑师。被誉为 "摩天大楼之父"，初期现代主义代表建筑师之一。

现内容，遂萌生了亲身验证的想法。在那之后我走遍世界，随着对季风地区的湿润、沙漠地区的干旱、欧洲牧场的杂草很少等地区特性的了解，越发对《风土》中和辻先生极其精辟的见解和敏锐的洞察力感到钦佩。当然，对此书也有一些批评的意见，这些文章我也都读了，实际上在书末和辻先生也提到了自己在写书时还不了解法国的人文地理学，并写道："如果当时自己能掌握相关文献的内容，对风土学的历史性考察可能形成相当不同的结论。"尽管如此，我想正是他的那种敏锐的洞察力在不断地提升着这本书的价值。

因此，在过去20多年的世界之旅行程中，一直希望能写下建筑版的《风土》这样一本书，尽管明知自己知识浅薄。基于这样的阅读方法，我写下了稍早出版的《街道的美学》一书，希望能为实现日本的街道美化竭尽绵力。

（1979 年 9 月）

关于女秘书

我在美国的大学待过，在美国社会上工作过，也从事过理论研究的工作等，在这些经历中，所碰到的女秘书都是那种严谨而能干的类型，让人不由得对她们产生敬意。到底是当女秘书的女性都很能干，还是我所接触的女性恰好都很有才华呢？这虽不能一概而论，然而至少让我觉得在美国，女性作为秘书有其适合的社会背景。

欧洲的女性和日本的主妇有些类似，具备地域生活常识，可以独自针对情况来施以对策。比如：感冒了会用热水泡脚；烫伤了用盐敷；要是吹这个方向的风兴许明天会下雨，考虑出门带把伞等。而对于美国的女性来说，要是得了感冒，她们首先想到的是去看医生、如何通过保险公司来支付医疗费用，而不是考虑自己如何去治疗。同样地，如果汽车在高速公路上出了故障，她们知道进行联络和委托修理的方法，而不是考虑自己来修理。像这样自己并不动手，却熟知解决办法的行为原则，非常适合美国社会。不过要是将这种方式应用到全世界，却不太现实。

本来，可以说秘书这个工作就在于自己动手，而作为被服务对象的信息管理员，着眼于采用适当的手段来完成工作。美国的秘书们最大的武器是电话、打字机和传真，这几样东西都是社交与信息管理的工具，她们坐不离席、不用去现场自己动手的工作方式，我想也是其作为信息管理员的证明。

可是，如果将这类能干的美国女性带到日本，结果又是如何呢？无论是从国际交流的观点，还是自由贸易的角度来看，都是值得思考的事情。在我看来答案似乎颇为悲观。就算日语流畅、了解日本的社会情况也可能会有束手无策的时候。这无关女性的能力，而是由于日本在社会或企业组织、业务分工、权限委任等方面的问题。经过如此分析，我觉得那种认为日本的女性不适合当秘书的说法，可以通过对组织形态自身的认真反思来予以改变。

最近的信息理论认为："企业是信息传递和意志决定的信息体系，原先那种认为企业是资本的观点是错误的。"很早以前我就注意到通过秘书的业务分担来减轻自己的工作负担，从而提高工作效率，因而在我看来，这样的信息理论实在精辟。在企业，连资本都被看成了信息，这一观点更是令人击节称赞。因为在企业中，每个人都通过自身的工作来尽可能地实现信息的顺畅传递，使之更加便利。这也是我们每天努力工作的实际感受。其中秘书作为信息管理员，自然具有非常重要的意义。企业管理者基于从这一渠道所获得的信息来做出决策判断，因而秘书最好是社长或董事的专属人员。而在日本企业中，多是以秘书科的组织形式或设立董事秘书的职位来同时为多人提供服务。这样做或许在企业应对喜丧事务、人员出差订票、客人接送等方面挺合适，但从信息管理员这一本来的职责来说却并非上策。秘书科长等中间职务既和决策体系不沾边，也无法把握信息的传递。美国企业的高层都是每人配备一位秘书，给对方打电话时说找"某某先生的办公室"，多数是秘书接的电话，而不同于日本那种"这里是秘书科"或"这里是社长室"的组织形式。这也是基于每位秘书都有自己明确的责任分工的结果。

对美国的女秘书们来说，速记、信件打字和整理文件似乎是日常最重要的工作。也慢慢理解了这正是美国的秘书有能耐的地方。之所以这么说，是因为她们需要将所有的信息整理成文章，并通晓字里行间细微之处的含意。另外秘书也独立完成部分回信的工作，比如"现在社长在海外出差，×× 时候才回来，回来后再联系您，还请稍等一些时日"等，对于委任的权限和职责范围非常明确。在日本虽说在这方面做得不错的企业也很多，但从总体上看，社长与秘书的权限分担并不明确，只是将就着应对外人的感觉。因此，对公司外的人来说，可能出现因过分维护社长的立场而无礼地拒绝会面，或对社长只是略表客气的人过于亲近而引起公司内部的不愉快。虽说社长与秘书在某种程度上是上下级的从属关系，但另一方面也是有着明确职务分担的对等人格。比如社长说完"今天谁也不见"，回头却因谢绝了他的老友或远方来客的来访而发火，认为都是秘书不通情理造成的错误。在日本这样的例子实在是太多了。像来客没有预约便跑到公司来这事本身就有问题，并不能怪秘书的不通情理。要是换了美国的女秘书还会反咬一口："到底是谁说的今天谁也不见的？"

由于在美国所有事情都按"Yes"（是）或"No"（否）进行明确划分，权限的委任也非常明确，让我觉得那些女秘书在工作上都是严谨而高效地按章办事，不过听说最近已并非如此。如果这是美国的日本化的话，从东西方文化交流的角度来看可谓趣事了。今天美国的男性依然满足于只追求工作效率的秘书，要是看到日本的秘书既端茶还帮忙做不少工作之外的杂事，估计工作干劲儿就都没了。这也是在美国时听说的：比如社长想让女秘书在下班后为他调杯鸡尾酒，用的招数就是诸如提出给她多涨几美金工资这类美国的方式。只要这些内容不在工作范围内，秘书当然可以拒绝。不少美国男性在公司办公室内也摆着夫人和孩子的照片，如同监视着自己一般，美女秘书连茶也不给沏一杯，这在接受这样的思维、觉得理所当然时是可以的，然而当走过世界各地之后，便会有不认同的想法了，渐渐地这种本来有效的形式也会出问题。长期以来日本的这种一切为了企业的工作方式备受批评，然而据说最近却在美国流行了起来，在纽约时见过一个大忙人，他除了周末之外其他时间从没在家吃过饭，据说是因为工作太忙了。现在不比过去，并非所有的美国人都是带着夫人出席宴会、下班后能踩着点回家的。

二战后仅仅20年，日本便实现了重建规划和经济上的繁荣，对此我实在感到有些不可思议。

虽然我们没有使各种想法马上成文的方便的英文打字机，也没有"Yes"或"No"这样黑白分明的意见态度，如何又能就着一种不甚合理的社会组织，创造出今天的繁荣呢？尤其是作为建筑师，我觉得像东京这样的城市本来就无法容纳 1 000 万人居住其中，然而现实中人们却住在这里，被烧毁了再建，被冲垮了重来，没有充足的上下水设施、上下班交通拥堵、住宅用地供给不足等问题都没有得到妥善解决。东京这种状况在理论上无法说得通，而现实中却是成立的。前些时候偶然有机会和京都大学的加藤秀俊先生聊天，他说日本人有着"宽待混沌"的特性，我觉得说成"适应混沌"可能更贴切。总体上日本人似乎在自身周围带有许多无形的滚珠轴承般的东西，再拥挤的电车也能挤得上去，人与人之间的交流是保持着那种不黑不白的灰色关系。再者，若将前面讲到的认为"企业是信息传递的体系"的观点，引申为"城市是信息传递的体系"的话，我的眼前仿佛看到脚踏实地的日本人正充分利用这些看不见的滚珠轴承，作为在不合理的城市中生活的辅助手段的情形。可以说从女秘书到城市规划，都彰显了日本的这种不可思议的特性。

（1965 年 11 月）

大城市中的小自然

最近，"原风景"这个词汇在我们建筑师之间广为流行。显然它是出自奥野健男[1] 所著的《文学中的原风景》这本书。

1.奥野健男：1926—1997，文艺评论家。日本多摩美术大学名誉教授。代表著作有《日本文学的病状》（1959）、《文学风土记》（1968）等。

在东京的惠比寿地区，老房子沿着狭窄的巷道连绵排开，奥野先生便是在那里长大的。其间有个玩耍的地方，不是广场或公园，而是在大城市中难得一见的一片荒草地。在那里不但可以玩转陀螺、拍洋画、猜拳、放风筝、骑竹马、大兵游戏等，还可以用竹竿挑着甜糕来捕蝉或蜻蜓。其中代表的不是源自弥生土器时代进入定居农业后的安稳意识，而是出自绳文土器时代的诸如狩猎、捕获的生活经验。

长在城市的人并没有故乡可言。童谣中唱到的"追着野兔跑的后山、钓到鲫鱼的小溪"都未曾见过。这对在居住小区或集合住宅中长大的年轻人来说，无疑需要引起警惕。既没接触过自然，又没体验过成为记忆原风景的荒草地或洞窟，有的只是在规格化的住宅单元中的单调生活，根本无从启发人类本能的创造性。在二战前便有的那些带小院子的木造住宅中玩竹耍竿，要远比在钢筋混凝土住宅中玩着电动玩具更具创造性。因为竹竿既可以当作竹马玩，也可以当旗杆、晾衣竿用，还可以折断了做竹蜻蜓、竹片、竹串等，想怎么玩就怎么玩。而精巧的玩具一旦坏了便只能作废了。

对于少年时代生活环境的记忆，有位美国的城市规划师曾做过一个问卷式的调查。他通过将那些调查结果与实际的住宅用地规划等进行比照，试图营造出能获得深刻记忆的环境。调研中他了解到人们对大树、围墙、道路铺地等有着相当深刻的记忆。这么说来，我对自己老家旁边的那棵大银杏树至今记忆犹新，它就长在四谷西念寺里。

大的东西既有优点也有缺点。像大型餐厅、大型酒店、大型车站或机场等，都是由于规模巨大而产生了混乱与不安，成了难以把握和亲近的非人性环境。将彼此不同的人群放入一个大容器中，结果一定会怨言蔓生而以失败告终。这时，一个小用心或小缝隙便可能发挥大作用，带来预想不到的效果。少年时代记忆中的大树、作为原风景的荒草地、随处点缀的小自然，如果大城市中失去了这些东西，真担心人们无法在其中生活下去（图53—图55）。

（1972年12月）

图53 荣螺堂

图54 荣螺堂内部

图55 四国地区巡礼中的芦原义信

第五部分

海外篇

纽约与我——摩天楼

　　每当夜幕降临，纽约的那些高层住宅的窗户上便会顺次亮起灯火，在一扇扇窗户后面展开着一幅幅的生活场景。的确，傍晚时分映照在窗上的灯影很能挑起人们的乡愁。这或许是因为在白天，建筑的外墙和玻璃遮挡了视线，我们无法看到室内的生活情景。而当夜幕降临，建筑的外墙都消失在夜幕的黑暗中，夜空中只有一扇扇明亮的窗，玻璃的透光性让视线能够进入室内，为我们展现出其中的生活风景。感觉自己的房间与远处的房间，已借助灯光在黑暗中建立起了交融的关系（图 56）。

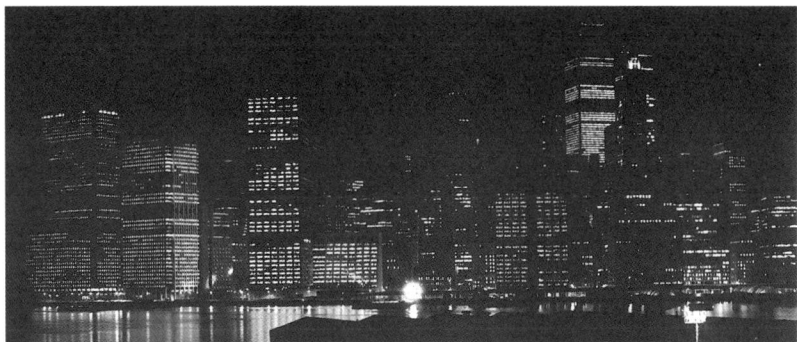

图 56 纽约夜景

　　我曾在布鲁克林海特地区的公寓中居住，从那里可以远眺曼哈顿的摩天楼。每当下班回到家，从窗口眺望纽约的夜景，那种感动之情实在是难以言表。之前住在曼哈顿的一个小房间，面向中庭只能看到旁边大楼的侧墙，那时便一心想着等收入提高了便换个能眺望夜景的公寓居住。虽说生活在郊外，每天对着大自然的花草树木也是一种生活方式，不过我还是觉得生活在像纽约这样的大城市，望着摩天楼夜景的生活才是青春时代的生活方式（图 57）。

图 57 纽约的摩天楼

观赏建筑时，理论上需要站在距离建筑高度两倍的位置上。比如东京的丸之内大厦高约 30 米，通常认为要观看建筑整体时必须站在距离建筑 60 米左右的位置。再有，当观看一组建筑而不是单个建筑时，需要拉开建筑高度 3 倍的距离。那么在眺望夜景时又应是多大的距离最合适呢？为此我研究了新宿副中心城市的那些高层建筑群的夜景观赏效果，当观察近景时，能够清晰地看到设置在吊顶的荧光灯照明，这时一扇扇窗户难以作为同等的"形"来把握。逐渐拉开与建筑的距离，这些窗户逐渐变成了一个个相同的"形"，在夜空中明亮地浮现出来。当距离达到 800 米左右时，建筑外墙消失在黑暗中，出现了鲜明的窗的形象。白天是"底"的窗，在夜景中变成了"图"——也就是说格式塔心理学中关于"图"与"底"的逆转关系发生在视距约 800 米的时候，这时便诞生出美丽的夜景。原来如此，当时从布鲁克林海特看曼哈顿的夜景刚好和这一条件一致，如今已成记忆的风景实在是价值千金。

（1980 年 5 月）

享受自然之心

30 多年前我首次走访芬兰。那时日本人的生活已从二战后恢复过来，逐渐走上了发展的轨道，或许由于这一社会背景的不同，当时从日本人的角度来看，觉得芬兰的住宅室内虽都比较简朴，但在设计上其实富有现代感，记得当时看过后对其欣赏不已。

　　尤其是照明器具。那时在日本的住宅中，室内通常只是一个灯泡简单地垂吊在天花板下。而在芬兰，局部照明已经很普及了，针对餐厅、起居室、卧室等不同空间营造不同的氛围，照明器具的种类也很丰富。看完令人眼界大开，记得当时还贪心地买回来不少呢。

　　回头想想，大概因为芬兰是长夜之国，所以重视照明也就理所当然了。要说日本的住宅，只是为了营造白天的居住空间。比如我就觉得隔扇的美来自室外光线的映照。到了晚上，隔扇看上去便只是苍白一片、单调贫弱。相比起来在芬兰，生活中夜晚的空间也很重要，照明被用来提升氛围，有着强烈的存在感，让夜里工作的人精力充沛，室内聚会也气氛热烈。自然地对室内设计的感觉也变得敏锐起来了。

　　在大约 20 年前，我还在芬兰的朋友家泡过桑拿。先在桑拿中蒸过，然后将发热的身体泡入湖水中冷却，那种舒适感真是令我难忘，再没有比这更能让人体会到芬兰人那种生活与自然的融合的了（图 58、图 59）。

图 58　芬兰的湖畔景色

图 59 芬兰的自然风景

　　芬兰的自然风景美不胜收，可是转眼便消失在夜的漆黑中。如同表现了他们希望永久享受大自然的愿望一样，他们的生活用具散发着自然的朴素品味，颜色和造型也非常简洁。每造出一个高质量的东西，他们便会悉心呵护一直使用下去。为了融入自然，他们不惜一切工夫。我非常喜欢他们这种质朴的性格。在那里我第一次体验了桑拿，回到日本后马上在家中建造了桑拿房。

（1983 年 10 月）

意大利的广场（前篇）

　　不知为何我喜欢上了托斯卡纳地区的锡耶纳、圣吉米尼亚诺这些意大利的中世纪城市。尤其是离佛罗伦萨不远的圣吉米尼亚诺，以"塔城"闻名，其城市空间构成，为众多探索现代建筑形式的建筑师们带来了启示（图60）。

图60　圣吉米尼亚诺——塔城

　　城区中心有分别被称为主教座堂广场（Piazza del Duomo）和水井广场（Piazza della Cisterna）的两座不规则形状的广场。彼此之间通过细长狭小的空间连接，收放中展现出微妙的人性尺度。在水井广场中，有一口带有八角形石基座的古井。在主教座堂广场上，则建有一所和这座小城尺度相应的小巧教堂，勾起人们对昔日生活的回忆（图61、图62）。

图 61　圣吉米尼亚诺的城门

图 62　圣吉米尼亚诺的广场

　　这座城市历史上经历了 13 世纪与波尔特拉、14 世纪屈从于佛罗伦萨等的战争。因而也就不难理解城市的四周被围上了出于防御目的的石造城墙。几处地方设有城门，在今天依然只能经由这些城门进出这座小城。仔细想想，这座城市整体正如一栋大宅子般的构成，城门相当于住宅的玄关，建筑之间的道路相当于连接玄关和起居室的走廊。顺着"走廊"往前走，突然间眼前出现了上面提到的广场。这些广场是市民活动的中心，相当于住宅中的起居室。面向广场的教堂便如同日本住宅中的神棚或佛坛。我的朋友基德·史密斯[1]在其著作《意大利建筑录》中生动地描述道："意大利的广场并非是单纯一片空地，这里体现了人们的生活方式和对生活的理解。在欧洲各国中，意大利人的卧室是最狭小的，但他们却拥有最大的起居室。这样说是因为广场、街区、道路都是意大利人的生活场所、娱乐空间、社交客厅。意大利人住的那些狭窄昏暗、杂乱无章的公寓本来只是睡觉的场所，还有就是吃饭和放行李的地方。几乎所有的余暇时间都在室外度过，或者说不得不在室外度过。"

对热爱自然的日本人来说，有一个无论如何也想不明白的地方，就是几乎所有的意大利广场都没有植树，还有就是建筑外墙面直接面向道路或广场、地面的石板铺地一直延伸到建筑的墙根下。在广场的椅子上坐下来，悠然地环顾四周，便会发现其实周围的建筑并不太规整，从建筑高度到窗的位置和大小等都参差不齐。然而又觉得它像是维持着一种多样性的统一，或许是历史样式使然吧，广场周边那些建筑的巨大的外墙面，看上去似乎冲我们重压过来。这时，如果来上一杯喝完容易发困的意大利红酒，便会渐渐地产生一种错觉，感觉广场好像被盖上了顶子，刚才还在室外的广场置身室内，而室内却被拿掉了屋顶成了室外。在意

---

1. 基德·史密斯：1913—1997，美国建筑师、摄影师。策划了包括爱德华·斯泰肯展、
   Pacific in Power 展等不同主题的现代艺术博物馆展会，著有《瑞士建筑录》《瑞典建筑录》
   （*Sweden Builds*）和《意大利建筑录》等，而贡献最大的一部著作是《美国建筑索引》。

大利，由于室外也都有漂亮的铺地，人们在家里、家外都同样穿着鞋，内部与外部空间并没有明显的本质差异。硬要说也只是有没有屋顶而已。

这种内、外空间的逆转体验，令人联想到格式塔心理学中的图底互逆关系。只有"图"具备格式塔（形态）的性质，"底"是没有的。人们无法同时看到"图"和"底"，如将"图"与"底"对调过来，在看到一方的同时另一方也随之消失。换个说法，就是说意大利建筑的室内和室外空间都带有形态，"图""底"两方都具备随时互逆对调的性质。反过来看日本传统的木构建筑空间，建筑的内、外空间相互交错，并没有明显的边界，中间通过遮阳棚之类的半室内、半室外空间来过渡，因而内部与外部空间是无论如何也无法逆转的。铺着榻榻米地面的室内清爽整洁，与室外的青苔庭园或石庭这些庭园空间有着明显的本质区别。铺地在意大利有着相当古老的历史，据传锡耶纳的坎波广场那壮观的扇形铺地在 15 世纪便有了。而在日本，传统上铺地并不发达，人们养成了家里脱鞋的习惯，结果导致了注重内部空间，而外部空间却没能发展起来。

在气候温和的一些地区，人们过的是家里、家外都光着脚的生活。而在西欧各国，人们则是家里、家外都穿着鞋子生活。如今的日本，即使地也铺得差不多了，一大堆欧式的公寓、住宅拔地而起，通常都有完备的铺地，回家后也依然习惯性地脱鞋。这种明确对待穿鞋脱鞋的生活习惯，体现出日本人与世界上其他大多数国家的人们在思维上的本质不同，是值得我们思考的地方。

（1971 年 9 月）

意大利的广场（后篇）

在意大利的托斯卡纳地区，分布着锡耶纳、圣吉米尼亚诺等中世纪城市。前篇中讲述了这些城区的中心广场以富有魅力的空间构成，成为人们聚集的场所。其后我还走访了意大利南部沿爱琴海一带的普利亚地区，大概就是在意大利长靴形国土的鞋跟位置上。看到那些白色的石造住宅聚在一起，形成"群构"的形象，令我对托斯卡纳地区越发兴趣盎然。

很早以前当我从阿尔贝罗贝洛的照片上，看到那些圆锥形石造屋顶林立的景观时，瞬时在脑海中出现了不少疑问：怎么会形成这样的城市呢？它和希腊的圣多里尼、米柯诺斯那些群岛上的纯白住宅，以及西班牙南部的依比萨或格拉纳达附近的纯白住宅都有怎样的关系……心里想着有机会一定得去实地考察一下。

偶然地我出席了由希腊的C.A.道萨迪亚斯[1]主办的德洛斯会议，大会在爱琴海上的船中举行，得以顺道探访了希腊群岛。岛上那些纯白的石头房子以棕色调的大地为背景，只见在万里无云的蓝天下，阳光在建筑上投下了鲜明的影子。之后我还去了意大利的普利亚地区旅行，那里和希腊的群岛相比，虽没感受到那么强烈的阴影效果，印象中还是比托斯卡纳地区更有南方的感觉。

为何在地中海一带会形成这种纯白的石造住宅呢？我想首先是因为该地方盛产以石灰岩为主的石材，在炎热的夏季，石墙是非常有效的隔热材料，加上空气干燥，不会有湿漉漉的感觉。其次是因为夏季炎热和

1.C.A.道萨迪亚斯：1913—1975，希腊城市规划师，人类聚居学理论的创立者。
1951年创办"人类发展和聚居国际顾问总公司"，承揽的城乡建设规划设计业务，分布于世界40个国家。代表论著有《演变中的建筑》《生态学与人类聚居学》等。

干燥，树木不太好栽培，因此发展不起木造建筑。另外就是石造建筑更适合共同防御的要求。这个地区夏季少雨，冬季却有相当大的雨量，因此适宜栽种冬草。

我在阿尔贝罗贝洛的特鲁利酒店——一栋圆锥形的石造建筑中住了一晚，并参观了周边地区。走进那些石头房子，在里面看到的当然也是石墙。由于室内、室外都是石材，所以并没有内外表里之分。以马萨夫拉、马特拉地区为首的这一带，分布着大量的洞窟住宅的村落。在岩壁上开挖洞窟造成住宅，内墙当然也是石材。阿尔贝罗贝洛的圆锥形住宅也好，洞窟住宅也罢，只要是石造建筑，其内部空间都不乏相似之处。因为石材本身没有表里之分，所以不管是凸空间还是凹空间，都有着共通的空间概念。

从阿尔贝罗贝洛穿过小城洛科罗通多（Locorotondo），再往东约 20 千米的地方有座名为奇斯泰尼诺（Cisternino）的小城（图 63）。这里也很有意思，家家户户都设有地下水槽来代替水井，冬季的雨水便汇集到建于地下岩层的水槽中作为生活用水。

这座小城历史悠久，在 13 世纪时已经筑起了出于防御目的的城墙。其后又经历了几番变迁形成了今天的样子。最有趣的莫过于房子的造法。城墙以内本来能用来建房子的土地不多，估计是出于家庭结构改变或人口增加的要求，在扩建房子时，将用地的上下左右可以利用的空间全都派上用场。因此，出现了在房子的上面造房子、房子跨在街道上方等形式。最近流行的"人工地面"的做法，和这里这种中世纪已经出现的构法理念可谓如出一辙。以这种造城方式，一层层地往里扩建，城市整体恍如一栋巨大的建筑，成为具备"内在秩序"的现存古城中的代表。

在意大利的小城中，沿着迷宫般的街道一直走下去，便会到达像是城

图 63　奇斯泰尼诺的街角

图 64　奇斯泰尼诺的理发店师傅

区中心的广场。这座小城中也有一处被称为维多利欧·埃马努埃莱的广场（Piazza Vittorio Emanuele），约长 40 米 × 宽 20 米，就那么点儿大的地方，在我参观时却聚集了不少居民，那热闹的景象恍如家中的沙龙。面向广场有家理发店，门口站着一位外表端庄的老人（图 64），似乎一直在盯着我这个陌生的日本人，那会儿我正好奇地边逛边拍照。一番交谈之后他终于明白了我是个建筑师，对这座城市很感兴趣。之后他对我相当友好，最后我们还成了好朋友。后来听说有位美国的建筑师来到了这个内陆的小城，偶然也见到了这位理发店大爷，当被他突然问道"你认识日本的芦原先生吗"，把这位美国人很是吓了一跳。

据说城里的建筑每年至少粉刷一次，用绑在长棍上的刷子把墙刷得雪白。虽然一户挨着一户，连自己家到底是从哪儿到哪儿都难以辨清，可是因为有着强烈的社区共同意识，这种事情并不难做到。由于每天城里的居民都会聚集到这个广场中来，在闲聊中互通信息，当天发生的事情一瞬间便家喻户晓了。理发店的大爷实际上不单是信息联络员，还发挥着如同广场守护者那样的"街道观察员"的作用。看到在今天依然存在着这种充满着居民连带意识的小城，我由衷地感到高兴。

（1972 年 12 月）

美国的生活与艺术

这是距今 30 多年前，我初次在美国生活时的老话了。

夕阳西沉，纽约的摩天楼间暮色渐重（图 65），看着结束了一天工作的人们从写字楼中鱼贯而出，又被吸进了地铁口，这些人几乎都是身着笔挺的西装、整洁的衬衣。相对于物价，他们拿到的工资颇为可观。美国的经济杂志 *Fortune* 的调查显示：1953 年美国家庭的平均年收入折合日元大约为 150 万元，据说一半人的年收入处于 100 万 ~ 360 万日元之间。按我自己的亲身经验，每周从周一到周五工作 5 天，便能住在设备完善的小公寓中，想吃多少吃多少，丝毫不用担心钱的问题。看看如今，起早贪黑地整天都在忙着赶工，还依然感觉生活拮据，那时的情景如同做梦。再从工作强度与收入程度的关系来看，也可以发现美国的劳动力价值水平相当高。显然通过同一劳动来尽可能地提高生产效率，即用一种设计进行大量生产（mass production）的方式很值得认真学习。当然了，不管是因为劳动力价值高所以采用了大量生产，还是由于大量生产提高了生活水平而带动了劳动力价值的提升，抛开这些历史性的发展因素，就目前的状况来看，实际上所有的事物在发展上都必须考虑这一量化的要素。

比如在建筑设计上，要求建筑师在脑海中对内容进行反复推敲，因而能否百分之百地发挥劳动力效率非常关键。最近的建筑工程，大约有50% 以上的部件、材料是在工厂中大量生产后，运到施工现场简单组装完成，通过这种方式来减少劳动力的做法已经相当普遍。从踏踏实实扎根大地的厚重石造建筑的手工建造传统来看，这简直就是机械化生产。反之规格外的东西、手工艺品便显得格外价高了。逐渐依赖量化生产的规格产品，也使得美国的建筑师有时被揶揄为"只是从产品目录中选择的目录工程师"。尽管如此，美国的机械工业依然持续发展，不管出于贪欲还是无欲，基于经济理由的这种倾向必然会不断发展。

图 65　百老汇夜景

诚然，这样的倾向，我想也不是所有的美国人百分之百赞成的。抽着同一牌子的香烟，穿着同款的西装，吃着工厂制造的食物，无论什么东西都以规格为标准，必然会出现对这种卡在规格中的生活的反省。可是，对于牺牲少数人的个人喜好来换取多数人的利益的重要性、今天美国的繁荣是何等依赖于大量生产等，美国人自己都有着刻骨铭心的认识。

在美国旅行的人常会抱怨吃的东西过于单一乏味。从某个角度来看这却是事实。可是对在美国拿着工资过着日子的当地人来说，他们所关注的并非难不难吃，而是更高层次的意义。首先是劳动时间短、收入高，还有上下班、居住等由于合理化而获得了极高的效率。谁都可以买辆汽车，利用这一文明的利器来获得机动性；简单地解决生活中的各种问题……对他们来说，吃饭只是生活中的一个极小部分。

这一结论也可以应用到美国的艺术上。记得纽约的现代舞蹈家简·爱德曼女士说过"现代舞蹈否定个性，所以我对用面具将脸隐藏起来的能乐的表现颇有兴趣"这样的话。美国的艺术已从沙龙中走出并融入大众之中了（图66）。没有了燕尾服和晚礼服的音乐会，从积雪的科罗拉多山到常夏的佛罗里达海岸，悠扬的音乐通过广播或唱片被传播到美国各地。

图66　曼哈顿街头舞者

　　在今天的世界上，正发生着一场 100 年前的人们所无从想象的、由于机械文明的进步而引发的革命。同样是一个十年期，2 000 年前那个时代与现在的时代相比，其质量变化完全不同，根本无法同日而语。而机械的进步正改变着我们的生活方式。比如，由于麦克风的普及，过去那种忧国志士的声嘶力竭型的演说已经消失，取而代之的是内容更加充实的亲近型演说。电视广播的发达令麦肯锡派议员得以当选，并带来了电视转播的政务会议形式，对今后政治家的发言、举止将起到制约的作用。像这样的事情谁能断言不会发生在艺术界呢？如今的世界，原本彼此独立的画家、雕塑家、建筑师已经开始了新的意义上的融合。利用工业化生产的新材料、采用机械化的新技术创造出来的东西，将以"大量交流"（mass communication）的方式渗透到大众的生活中。

　　常说美国人干活不灵巧，同时他们多会从私人物品、手工艺的东西中感受到乡愁。或许正由于不灵巧而令他们猛烈地推动了机械化的发展，得以不用依赖个人的灵巧能力，他们对这种现状结果带着极大的自豪感，这点也是我们不能忽略的。

（1962 年 7 月）

文丘里夫妇

罗伯特·文丘里与丹妮丝·斯科特·布朗，他们既是夫妻，也是深受世界瞩目的建筑师和理论家。长年以来他们作为搭档，完成了众多的建筑设计作品，其理论研究也为世界建筑发展带来重大的影响。

布鲁诺·陶特[1]、瓦尔特·格罗皮乌斯等 20 世纪的现代主义者们，都高度关注以桂离宫为代表的日本古典数寄屋建筑及其庭园。然而据说当年柯布西耶来到日本，对日本的传统建筑几乎毫无兴趣。文丘里的思想被认为介于上述两者之间，他一直有意回避到日本来。

这是由于欧美疏忽了日本建筑中的"多样性与单纯性""复杂性与简洁性"的对立性内容，只对单纯性与简洁性做了介绍。基于这样的原因，文丘里作为现代主义者，却没有对日本建筑提起兴趣，而是将关注点投向了西方，忽略了东方。在这种背景下，他于 1990 年偶然来访日本，对以桂离宫、伊势神宫为代表的简洁的日本传统建筑，以及以新宿、池袋的闹市街为代表的混沌的城市空间之间的对立性深感惊讶，并将自身所思考的对位法在日本加以确认。

文丘里夫妇来访日本的时候，听说他们正在设计费城音乐厅的项目，提出想看看位于池袋的东京艺术剧场。由于这一提议是经由我的友人井筒明夫先生转达的，因此由我带他们夫妇去参观。在池袋站西口那混乱

---

1. 布鲁诺·朱利尔斯·佛罗里安·陶特：1880—1938，德国建筑师、城市规划师。1909 年在柏林开设了自己的建筑设计事务所，作为表现主义的建筑家而闻名。代表作有铁的雕像（1910）、玻璃之家（1914）等。

拥挤的站前广场，立着曼德摩尔[1]的富有曲线美的现代雕塑，有年轻恋人们在喷泉前拥抱着，有情人旅馆以及大型交响乐厅、中型剧场，另外还有两座小剧场，置身于这样一个混沌嘈杂的环境中，文丘里夫妇显然被吓着了。还记得他们借用了自著《向拉斯维加斯学习》（*Learning from Las Vegas*）中的说法，说这回应该是 "Learning from Tokyo"（向东京学习）了。

　　虽说或许我并没有完全理解他们的理论精髓，然而从其著作和作品中似乎也能领会他们的思想和所追求的方向。相对于 20 世纪初期现代主义者们所追求的去除无用的装饰、强调建筑的功能性，我想他们所追求的是在某种混沌中实现对立与和谐。

　　为了再次验证我的想法，我和妻子不远千里去费城拜访了他们。记得那天刚好是星期天，设计事务所没人上班，宽敞的设计室旁边是丹尼斯·斯科特·布朗[2]的工作室，房间布置得像个研究学者的书房。记得地下还有一间很大的模型制作室。之后去了他们的家，是地处郊外广阔环境中的一栋大宅。家里当然也有他们进行构思和设计的工作空间。在一起吃过午餐和晚餐后，我们便前往拉斯维加斯了。此行的目的也是为了亲眼验证文丘里在其著作《向拉斯维加斯学习》中提到的内容。

---

1. 克莱门特·曼德摩尔：1929—2005，生于澳大利亚、1953 年移民美国的雕刻家，以大型室外钢构雕塑著名。采用的素材多为钢、铝，有时也使用青铜，作品风格多表现为抽象主义和极简主义的要素组合。作品遍布美国和日本、澳大利亚等国家。

2. 丹尼斯·斯科特·布朗：1931—，美国建筑师，是 20 世纪最有影响力的建筑师之一罗伯特·文丘里的夫人。主要建筑作品有德州儿童博物馆（1992）、田纳西州中心城区规划（1987）、华盛顿西雅图美术馆（1991）等。

　　到了拉斯维加斯，我立刻去逛街，有时乘车有时步行。这座城市如果从现有的西欧城市美学角度来论的话，确实充满了偶然性与装饰性。可是与此同时，这座城市体现出了美国城市规划的统一性和汽车社会的速度感。丝毫不像日本的新宿歌舞伎町或秋叶原电器街的那种日式步行的混沌城市空间。这些感受让我的确是"向拉斯维加斯学习"了。而文丘里夫妇正相反，他们在新宿和池袋所看到的城市景观不仅有着非常人性化的尺度，而且有着偶然的混沌性。想到这里，我的脑海中不由得浮现出之前他们被这种日式风景吓了一跳的情景。

　　以前读过吉成真由美的一篇论文，题为《源自乱数系列的美的结构》，她在NHK（日本广播协会）负责电脑图像制作工作。我通过论文了解了曼德博[1]的"分形理论"，又通过她的介绍，得以和曼德博先生成了亲密的朋友。这一理论，是从自然的无序中发现包含着乱数系列的柔软的秩序结构。一开始大脑中并没有现成的形态或意象，是在过程中通过赋予不同的变数而产生出来的。在东京这样的混沌城市中，打个比方，并非一开始就计划建造1 200万人口的城市，而是有一天突然意识到已经有1 200万人住在东京，这其中不就体现了曼德博的理论吗？我确信是这样的。这再次让我意识到：今后的建筑理论，将不会是西欧的那种黑白鲜明的二元论，而是在承认某种自然或人为的混沌性的基础上，建立起对立与和谐的新理论。文丘里夫妇的观点对我们日本人同样具有指

----

1. 本华·曼德博：1924—2010，生于波兰的数学家，曾任耶鲁大学教授。他最大的成就是创立了分形几何。他创造了"分形"这个名词，并且描述了曼德博集合。

导意义，听说由文丘里设计的日光雾降高原的疗养院正在施工中，这栋建筑将给日本带来怎样的意义目前还无从知道。由于历史上日本对于外来事物多表现为来者不拒，形成了混沌的秩序，所以我觉得不管出现怎样的建筑，都不会让人很吃惊吧。

（1995 年 2 月）

芬兰的阿尔瓦·阿尔托

　　学生时代，便从照片上认识了由阿尔托设计的坐落在芬兰帕伊米奥的结核病疗养院（1933 年），以及马尔塔·布隆斯泰特[1]与马蒂·兰磐[2]设计的奥兰克酒店（1939 年）等，芬兰建筑那种在清静中透着人性的感受，深深地吸引了我。1952 年我首次有机会实地参观了阿尔托的作品，当时我在哈佛大学留学，由阿尔托设计的麻省理工学院（MIT）学生宿舍贝克公寓刚好与我所住的哈佛大学研究生院宿舍（格罗皮乌斯设计）离得不算太远，因而我借着散步之机顺便参观了阿尔托的这一作品。

---

1. 马尔塔·布隆斯泰特：1899—1982，芬兰女建筑师。芬兰功能主义建筑的倡导者。与马蒂·兰磐合作完成代表作奥兰克酒店（1939）。丈夫去世后与马蒂·兰磐成立事务所继续未完的项目。其他作品有 Kotka Savings Bank（1935）、JääskeläinenCottage（1937）等。

2. 马蒂·兰磐：1906—1961，芬兰建筑师，与马尔塔·布隆斯泰特合作开设建筑事务所，代表作除两人合作的著名的奥兰克酒店（1939）之外，还合作了 Pajari Church（1944）、Oravikoski Mining Community（1956）等。

记得当时，那栋建筑并没有那种之前在帕伊米奥疗养院中感受到的清纯感，而是用了深重的颜色，有点脏兮兮的感觉，总体上觉得颇为失望。现在回想起来，那是由于我当时还比较年轻，还有这栋建筑置身于美国这一特殊环境中的问题，有关这一点在后面还会具体讲述。

　　之后，出于对芬兰的建筑、这些建筑的建造者们，还有对那里的自然乃至桑拿的喜好，我前后四次走访了芬兰。第四次去时正值于韦斯屈莱艺术节，我还在阿尔托设计的于韦斯屈莱大学做了演讲。在那里我第一次见到了阿尔托夫妇（图67），当时他们与诺特拉夫妇等人一起坐在最前排。据说和阿尔托很难约时间，演讲开始之前说是很可能来不了。可是，不知是否因为于韦斯屈莱是他的故乡的缘故，那天他来了而且一直情绪很好，觉得他就是一位满脸红光的慈祥老人，丝毫没有难以交往的印象。不过有说他为人比较犟，有时甚至连吉科宁总统的会面也会一口回绝。实际上我和阿尔托夫妇只有过那一次的会面，并非故交，我也不是研究他的学者，同时对他的作品也了解不多。

图67　阿尔托夫妇

阿尔托在世界上的成名之作当推帕伊米奥的结核病疗养院（图 68、图 69）。1929 年，31 岁的他赢得了该项目的方案竞标。1933 年这栋建筑竣工后，给当时欧洲的现代建筑界带来了巨大的冲击。之后在 1939 年的纽约博览会上，他设计的芬兰馆出类拔萃，以独特的前倾曲面展墙再次向世人展示了他作为建筑师的高超才能。1946 年，他设计了前面提到的麻省理工学院学生宿舍贝克公寓。除此之外的其他作品，几乎都是以他的祖国芬兰——地处北欧的森林与湖泊之国为中心。

图 68　帕伊米奥结核病疗养院

图 69　疗养院休息露台

研究阿尔托，作为比较对象的建筑师，我想首推柯布西耶。从阿尔托的建筑作品的平面图中，可以看到左右非对称的剧场、难解的平面凹凸、轴线偏移等，那些在他所设计的玻璃器具上常见的不可思议的曲线，被大量应用在他的建筑上。结果在建筑的立面上，常常形成了曲折的屋檐线和曲面。如果没有实际看过他的建筑，只从平面图上判断，会觉得他的建筑似乎充满了矛盾。因此在注重理论的人们看来，他的作品在平面和功能上不甚统一，抵触之处随处可见。然而一旦看到实物，人们的心便会不可思议地被其打动。阿尔瓦的建筑与芬兰的风土完美融合。那些在平面中看似难解的凹凸处理，实际上充满了生机，赋予了建筑梦幻般的层次。错位的屋檐线消除了单调感，呼应了背景的针叶树林。平面图中前后部分的墙体错位问题，在实物中丝毫不须在意。视觉上平面图存在于思考的空间中，而当墙实际作为空间分隔体将建筑空间予以分隔后，如同被施以魔术，在视觉上前后部分脱离了关系，各自为我们带来不同的空间感受。加上在不同的空间中配置上与其相适合的门把手、楼梯扶手，还有照明器具、家具和铺地等，为周转其中的人们带来了强烈的空间体感。即使某个空间前后部分有所抵触，然而人本来无法分身去同时感受两个不同的空间，这实际上都在他的把握之中。同时只要有必要，他可以将空间不断地扩展延伸开去。按他的话说，平面网格系统、模数标准化这些都是不了解空间魔术的建筑师的手段。对他来说，已达到了欲行便可达、出剑必封喉的境界。这位寡言的建筑师对别人的看法毫不在意，只是埋头于自己的实践。说句好听的他是一位手艺娴熟的建筑达人，说句不好听的他是在看透凡世后故作高深。

虽然我和柯布西耶素未谋面，但两次不同场合下的偶遇他给我留下了深刻的印象。哈佛大学毕业后，我先去了马赛·布劳耶事务所工作。辞了工作后我去了巴黎，这是我第一次去巴黎，在那里有了对柯布西耶的第一个印象。起因是有位之前和我一起在布劳耶事务所工作的年轻建筑师，当时刚好在柯布西耶的事务所工作，所以让他带我去事务所参观。那天虽然柯布西耶不在，我的友人还是带我看了柯布西耶的办公室。那是一间没有窗户的封闭房间，里面充满了柯布西耶的气息，桌子上散放着大量的速写，其中尤其让我印象深刻的是一张应该是昌迪加尔项目的建筑立面草图，当时看过后我的感觉就是他真是一位伟大的艺术家。他的理论都是来源于他的那些艺术性创作，像他这么富有洞察力的人，我想或许有没有理论并不重要。

　　建筑师的理论往往都是后来出现的东西。有时还会出现设计与理论之间的矛盾。不过对柯布西耶来说，我们认为他自始至终都贯彻一直坚持的精神，与其说是因为他的理论的统一性，不如说是基于他那优秀的艺术洞察力。看着他的工作室的风景，令我有一种不能为他的理论所惑的感觉。如果没有理解他的优秀的艺术洞察力，只是为他所创作的形态所影响的话，我相信他会在旁边笑而不语了。这是我对柯布西耶的第一个深刻的印象。

　　之后，在看过他所设计的瑞士馆后，我驱车穿过法国乡村抵达马赛。在参观那栋以居住单元为理念的著名的巨大建筑——马赛公寓的过程中，我得出对柯布西耶的另一个印象。

　　在法国南部城市蒙彼利埃（Montpellier），老房子的住宿体验让我深深地感受到法国那种僵化保守的思想。在我住过的那栋住宅中，放着皮制封面的法国历史书；摆着三角大钢琴；卧室中有大理石的洗脸台；从希腊样式的水罐中取水洗脸；厕所设置在庭园中，与卧室隔着相当远的距离，是那种老式的抽水马桶。有的只是传统的格调，缺乏现代化的设备，刻意体现了那种法兰西的氛围。到了马赛，由于这里是通往非洲和中东的窗口，街上突然多了好些不同相貌的人们，与巴黎截然不同。有了这些体验，再远看马赛郊外这栋由柯布西耶所设计的居住单元建筑，便有一种难以言状的感动。首先它是那一带唯一的一栋巨大的现代化建筑（图70），走近前去，这个巨大的混凝土体块，由底部挑空的结构高高举起，它否定了昔日的"大法兰西精神"，从中得以感受到建筑师试图超越过去的魄力所在。向上仰视，可以看到在巨大的混凝土体

图 70　马赛公寓

块表面上罗列着内凹的开洞，并在其中涂上了鲜艳的色彩，仿佛看到伟大的雕刻巨匠柯布西耶正拿着工具在巨大的混凝土块上凿出居住单元的情景，这栋建筑在形象上就是给人一种如此强烈的雕刻感。

接着进入建筑内部，我们参观了公寓的一个单元。当时的吃惊心情现在依然记忆犹新。剖面图上看到的细长房间，是给人类居住的空间吗？它不会是为了实现这栋巨大建筑的均衡体量而做出牺牲的结果吧？这个疑问一直在我的脑海中难以消去。这栋建筑确实是有着均衡比例的巨大雕塑，内部的空间和功能极度受制于外观。此外，这里没有在阿尔托的建筑中可以看到的暖心的细部设计，那些粗糙的把手、楼梯或门，我想恐怕也不被其中的居民们看好吧。

如果将阿尔托的建筑与柯布西耶的建筑进行比较的话，可以推断出他们之间似乎有着完全相反的创作过程。如果建筑和雕刻一样，都可以按加法来不断追加需要的内容，或按减法不断去掉不要的东西的话，那么我觉得按加法建造的是阿尔托的建筑，按减法的是柯布西耶的建筑。换句话说，营造空间的方式有两种：一种方式是从外部建立起秩序，然后进行向心型的建筑空间创作，以此为重点的空间构法结果可能造成内部空间上有所牺牲；另一种方式是从内部建立秩序，并离心型地构筑空间，这样做的话或许需要牺牲部分外部空间。前者基于与城市尺度相关的大前提，整体构成上有着明确的秩序和规模，在其中通过各种努力来安放不同类别的内部空间。打个比方就像最近财务部与其他各部门协调，这里减少点儿那里压缩点儿，精打细算地规划国家预算的做法。各个局部可能会有不少牺牲，可是总体上的国家预算得到了控制。这样做出来的东西有点像剃须刀，看上去冷漠无情，用起来却很好用。

后者则是充分地研究了各类内部空间的功能，将它们组合起来，在扩大规模中统一成一个有机的整体。相对于前者像预算制度，它更像一种结算制度，非常人性化，但整体构成却不明确。

如果让阿尔托来设计马赛公寓的话，我想他一定不会做成那种细长形的居住单元，也不会做成挑空底部的巨大矩形。同时，采用这种注重从外部建立秩序的空间构建方式，建筑自身自我完结，富有雕塑感，强调的是整体的形象。从这个角度看，柯布西耶的建筑是非常积极的、自我完结的空间，由此也带来了难于应对内部空间变化的问题。相对地，阿尔托的作品则注重从内部来建立秩序，在空间构建上采用的是自然增长的方式，它能够充分应对内部功能的变更，甚至可以做到看不出是后来扩建的还是原先计划的。或许，我该被指责这是在妄议两位建筑巨匠了。

有意思的是：在芬兰，阿尔托是与西贝柳斯[1]齐名的民族英雄。他与芬兰同休共戚，备受芬兰人的尊敬和爱戴。在芬兰国外或许他没有柯布西耶那样的知名度，然而在芬兰国内，就连建筑的外行人也有很多敬重他的。对于他的建筑作品，不能光从作品集中研究，而应该实际深入芬兰的地域环境中去加以体验，才能获得更为深远的感受。相反柯布西耶可就没那么好运了，在自己的祖国法国不但受到贬抑，甚至在获取建筑师资格一事上也费尽波折。尽管如此，他的影响超越了法国，渗透到

1.让·西贝柳斯：1865—1957，芬兰著名音乐家，主要作品有交响诗《芬兰颂》、七部交响曲、交响传奇曲四首、小提琴协奏曲、交响诗《萨加》等。

世界的每个角落，被认为是当代最伟大的建筑师之一。他的建筑作品与其实地参观，不如学习作品集和论著感受会更加深刻。

前面已经提到了，阿尔托设计了麻省理工学院学生宿舍贝克公寓。我觉得这栋建筑因地处美国这一环境中而难说它是成功的。在美国的工业化进程中，建筑设计的方式在本质上被予以规格化，绝大多数建筑都以工业化为基础。在这样的体系中，像阿尔托这样即使有着优秀的设计才能、导入了个性的手工艺手法，由于无法被美国建筑的工业化生产方式完全消化，令其设计中的那些美丽的曲线和细部反而显得幼稚了。同是芬兰人，沙里宁[1]理解并顺应了美国的工业化背景，而阿尔托却始终保持了彻头彻尾的芬兰人性格。

每次去赫尔辛基，有空我总喜欢去阿尔托设计的拉塔塔罗办公与商贸大楼（Rautatalo）转转（图71），这栋建筑在2层夹层中有个室内的广场般的开敞空间，室外的自然光从采光顶棚上面透射下来，这可是阿尔托擅长的做法。一角设有咖啡厅格调的快餐厅，从那里买了食物，人们可以按自己的喜好在这个宽敞的大厅中找个地方坐下来，放松地吃饭、喝咖啡。由柔和的顶光照亮这个空间，在气候条件严峻的芬兰，可以说营造出了和意大利的广场匹敌的空间。

1.埃罗·沙里宁：1910—1961，活跃在美国的芬兰裔建筑师、产品设计师。1934年毕业于耶鲁大学建筑系，1937年与父亲一起设立了建筑设计事务所，以简洁而印象化的拱形结构而闻名。代表作有：肯尼迪国际机场TWA航站楼，麻省理工学院克莱斯格体育馆及小教堂，纽约林肯中心维维安·博蒙特剧院等。

　　阿尔托生于 1898 年，算来今年该是 70 岁了，眼下他应该是在做赫尔辛基的中心区规划吧。他是如何策划城市规模的内容呢？这是我们建筑师关心的事情。

（1968 年 3 月 10 日）

图 71　拉塔塔罗办公与商贸大楼

日本与欧美的理论与设计：

东京大学最终演讲后的对谈

对谈者：香山寿夫

二战后的美国留学

　　香山：老师当初去美国留学，是在昭和二十七年（1952）吧。那都已经是多少年前的事了？ 27 年前？就是说已经超过 1/4 个世纪了。最近去美国，旅行就不用说了，留学生也去了很多，可是在您那个时代，留学还是很罕见的吧？当时日本的建筑状况与今天有着很大的差别，当然美国那边也是今非昔比了，您当时前往美国，是在怎样的状况下，又是带着怎样的关注点去的呢？想必其中既有与今天截然不同的原因，也包含着到海外留学的这种跨时代的意义吧。我是在昭和三十九年（1964）去美国留学，比您整整晚了 12 年，同样的经历使我想请您从这方面的事情谈起。

　　芦原：从家谱上说，我似乎与国外有些缘分。我的父亲是名医生，大概是在明治二十七年（1894）去德国学医。我的舅舅留学法国，后来带着法国夫人回到了日本，那时我还在读小学。家里来了位金发的亲戚，在当时可是很稀罕的事情。我的哥哥芦原英了那时刚好在大学攻读法国文学，所以能与那位法国舅妈用法语交谈，也不知是否互相听懂了，后来好像他们还唱过法国民谣。之后二战爆发，当然到外国留学的事就变成天方夜谭了。二战结束时日本真的是穷困潦倒的状态，慢慢地日本才逐渐开始发展。得知有美国政府的留学生考试，那时我特别想去国外看看，所以参加了考试。可是第一年的结果是完败。第二年才合格，面试时被问到"你想去哪里"，我想哈佛大学是名校，所以回答说想去哈佛大学，没想到对方竟然就把手续给办了。就这样，我成了二战后哈佛大学的首位日本留学生，那时我从东京大学毕业获得了工学学士学位，填表时让我写上 bachelor of science（理学学士），缩写为 B.S.，谁知这么写却让我进入哈佛大学建筑系费尽周折。我想大学本科毕业了当然是申请 master course（硕士课程）吧，可起初系里就是不批准。当时要是表上填的是 bachelor in architecture（建筑学学士）就没有问题。那时负责硕士课程的是休·斯特宾森老师，找他谈了好多次也不同意（图 72）。要求我无论如何必须参加考试，

图 72　1952 年时的休·斯特宾森老师

我没办法只得硬着头皮考试，最终顺利考上硕士。在哈佛大学，取得硕士学位只需 1 年，如果被编入了 bachelor in architecture（建筑学学士）的话则需要 4 年才能获得学位。这个差别也太大了，那时我想唯有努力才能跨过这一关，所以真是拼命地学习。话说我和这位休·斯特宾森老师，最近在堪萨斯城举办的美国建筑师协会（AIA）大会上偶然碰到了（图 73），他拍着我的肩膀朗声说："是你啊，过去 20 多年中还不时忆起你呢。"于是我们相约晚上一起去喝一杯。那天晚上在酒店的房间中我俩边喝边聊，毕业后 27 年，其间没有见过一次面，没想到他还记得我。在校时觉得他对我并没有多少亲近感，还记得他曾对我说："你 too old（太老）了。"我那时其实也就 34 岁左右吧，其他学生都是二十六七岁的样子。感觉自己不像是给人留下好印象的人，没想到他却还记得我，真是有趣啊。回忆起那时的旧事，还记得羽田机场也不是现在的样子，那时还没有喷气机，必须先乘泛美航空的螺旋桨飞机到关岛或夏威夷，再转机飞美国。顺带提件有趣的事，那是在去程的飞机内，夜里其他留学生都睡着了，我试着跟空姐用英语交谈，没想到沟通起来还挺顺畅的，可把我乐坏了。当时在羽田，我是在那帮身着传统工服的建筑工匠们的欢呼声中被送走的，我想学无所成是无法回去的，真的就是没脸见乡亲父老的感觉啊，带着悲壮的决心，很有背水一战的感觉。

图 73
毕业 27 年后芦原义信与
休·斯特宾森老师 AIA 大会上

香山：现在可不同了，那些到美国留学的学生，每个假期都回国啊。

芦原：在美国留学的第二年，我开始在马赛·布劳耶的事务所工作，其间从日本传来了母亲去世的消息，想回去也没有旅费，当时回国可是难以想象的事情，结果只能朝天遥拜了一番。当时花 1 美元就可以吃顿晚餐，可就这 1 美元还得挖空心思地节省，恨不得既保持营养又能仅用 95 美分就填饱肚子呢，想想现在一顿晚饭几十美元，真是感慨万分，时代实在是不同了。

香山：现在想留学，各种信息触手可及，可以向学长打听好情况后再过去。您说到由于战争而中断了交流，之后恢复交流，时空上的差距确实很大。与明治时期成长起来的人相比，生长在战争或战后年代的人，在对待西方的态度上，明显感觉明治时期的那些人更积极自然，在这方面似乎感觉芦原老师由于独特的家族关系而得以保持了明治时期的这一积极的姿态。

芦原：我们那时都是穿着整洁的衬衣、配上领带和擦得锃亮的鞋子，要不会被笑话。最近日本人在着装上也随意起来了，像牛仔裤这类装扮已很普遍，从中也能看到时代文化的变迁。经济上富裕起来之后，在形象上也没必要太讲究了。在我留学的那个时代，美国人的着装也很整洁。那时在哈佛大学，我住在由格罗皮乌斯设计的宿舍楼中，穿着整齐的白人老太太每天都要过来把所有的毛巾换过，每周更换一次床单被套。在打扫房间时还帮我们倒烟灰缸等，把房间收拾得干干净净。去年再去看了哈佛大学的学生宿舍，这种佣人式服务早已被取消了，宿舍变得脏乱。学生们在宿舍里煮东西吃，弄得到处都是异味。我们那时是非常整洁的（图 74—图 76）。

图 74 格罗皮乌斯设计的研究生宿舍

图 75 哈佛大学的同班同学

图 76 摄于研究生宿舍

香山：这可真是绅士的教育啊。那时的大学是将少数人品、体格兼优的人培养成具有真正教养的精英的地方，可是今天的大学，已经取消了这类绅士的教育，可以说成了大众的教育机构了。

芦原：是啊，我想那时是美国最健全的时代。

香山：现在的学生大概都希望有机会去美国或欧洲学习，事实上出国学习也很简单，和您那时的条件可是相差甚远吧？您是怎么看的呢？

芦原：我留学时是所谓 GARIOA[1] 体制下的学生，而回来时系统已经改称为 Fulbright[2] 了。所以我是介于 GARIOA 和 Fulbright 之间的学生。当时美国募集了数以千计的留学生前往各个领域留学，我出去的那年开始组织乘飞机过去，之前的一年大家还是坐船过去的。到了那边，对比东京大学过来的学生，感觉还是来自早稻田大学的学生更显眼些，可能是基于他们接受了"大隈精神"[3] 这种反叛精神的教育吧，多了一种到了国外一定得干出点儿成就来的风范，令人很是期待。学生中也有扳着指头算着还有多少天就能回国的。然而似乎越有才能的人，做起事情来却越不顺利。因为我们的专业是建筑，即使语言不通，也能通过肢体语言、画个草图来沟通。那些人文系的高才生们，无法将自己的想法

---

1. GARIOA：Government Appropriation for Relief in Occupied Area 的缩写，指二战后美国对占领区提供的治理和救援资金。其中接受了这一资助而获准前往美国留学的学生被称为 GARIOA 学生。

2. Fulbright：富布赖特奖学金是由美国政府资助的，以学生、教育者、研究者为主要对象的国际交换生计划和奖学金制度。

3. 大隈精神：大隈重信，1838—1922，明治时期政治家、财政改革家，他同时也是早稻田大学的创始人。创立之初提出了"坚持独立自主精神，以培养现代化国民为理想，不受权力和时势所左右，大力发展科学教育与研究"的办学教育精神。

恰当地表达出来，给人感觉像是"日本过来的学生，水平怎么这么低呀"，实在是难堪。幸亏我们学的是建筑。

香山：建筑之外，估计还有您刚才提到的，您的家庭自明治时代以来的国际氛围，我想也在您的身上起到积极的作用吧。

芦原：我习惯了集体生活，因此到了美国也没感到什么不舒服。可以说是具备了很强的适应性吧，所以也没觉得什么。留学生活中有时随口说"我也吃了不少苦啊"，就会有人出来反驳说"你可是一点都不辛苦，轻轻松松就过来了"。实际上有时觉得自己确实挺辛苦的，然而别人总这么反驳我，让我觉得在美国留学似乎也没那么辛苦吧，语言不过关，生活也不习惯，还很穷，不过依然平心静气地应对了下来。回想起来，在当时那种困难的环境下认识的好多朋友，到现在还保持着来往。其中有几位还是哈佛大学的同班同学，比如诺伯格·舒尔茨，他的夫人是意大利人，因为学生时代我们一起开车去了芝加哥等地，所以我和她是在他们结婚前便认识的。还有一位当时很要好的建筑系学生，后来转到哲学系去了，现在在夏威夷大学任哲学教授，记得当时还给他介绍过对象呢。和当时的这帮朋友也都还有联系。不过一开始从日本过去时，所见所闻都与日本大相径庭，很是吃惊。对今天的人来说估计并没什么值得大惊小怪的，所以也就感到无趣了吧。当我第一次看到帝国大厦时，非常惊讶。只见大厦的顶端都没入云层了，忍不住"哇，太高了"地连声惊叹。大楼中的电梯按低层区、中层区、高层区分别设置。这些见闻都是之前不要说看，连听也没听说过的东西。记得我对美国高层建筑的最初认识来自伊藤滋先生的介绍，那时他去纽约看了联合国大厦，回来后在他家给我们放彩色幻灯片，"中间设置了这样的机械层……这么高……实在是高啊……"那时我们这些建筑师聚在一起，听他介绍联合国大厦，感觉非常新鲜。后来自己亲眼到时又是一番惊讶。

香山：听了您的这些话，还有读了您写的书，感觉您总是带着日本与西方的比较视点，将问题讲得非常生动。其原因或许便是您刚才所说的，一开始接触到截然不同的文化时所感受到的新鲜与惊讶吧。

芦原：实在是惊讶啊，初到美国时，所有的东西与日本差别很大，实在是令人吃惊。

香山：像最近这样，表面上彼此已经非常接近，到了那边反而会说："咦，这不都一样吗？"并没有什么新鲜的感觉了。我想不幸的地方就是无法形成清晰的比较视点。

芦原：不了解来龙去脉，光从物质层面上看，或许会觉得日本有些地方比美国还要好呢。西欧人花了数百年才完成的事情，日本似乎只用了 30 年便实现了，我觉得这在精神上还是有些空虚部分的。

香山：对比校园里的学生，现在日本的学生也好，美国的学生也好，都同样穿着牛仔裤，并无太大区别。由此也产生了安心感，对其本质上的差别反而视而不见。

芦原：首先是着装。在美国的校园中大家都穿着西装，着装上随意自然。另外女生人数也很多，令人非常意外。我们上大学时可是穿着金纽扣的制服，戴着学生帽，一心就知道学习啊。所以我想以后日本也会取消制服。像空姐、铁路职员这些必须与顾客明显区分开来的职业则另当别论。即便现在日本还有大学生穿着带金纽扣的制服，像百货公司、银行的女职员不也都还穿着制服吗，我想这些都会逐渐取消吧。当时到了美国，看到服装这么自由随意很是吃惊。记得那时第一次去耶鲁大学，一位自称登卡博士的教授开着纯白色的敞篷车到火车站来接我们，按钮一按，车顶棚便吱呀吱呀地打开了，我们上了车，试着问他："请问您是哪位？"他回答说是教授，令我们很吃惊，教授开着白色敞篷车来接我们了，在当时那个时代，对我们来说私家车还是不可想象的。就这么懵懂地去了耶鲁大学，看到那边不管是宿舍还是别的什么都是石造的，非常壮观，当然吃惊了。

香山：哈佛大学的设计学院（Graduate School of Design），由被纳粹迫害而逃亡美国的格罗皮乌斯设立，故而又被称为"新包豪斯"，您在哈佛大学时，格罗皮乌斯还在吗？

芦原：我进入哈佛大学那年刚好格罗皮乌斯（图77）退休了，直到第二年塞尔特[1]的到来，中间有约一年时间成了没有负责教授的空档期，其间过来讲课的有4位客座教授，一位是贝聿铭，一位是瑞士的艾菲雷德·罗斯，还有一位是丹麦的凯·菲斯克[2]，最后一位是美国得克萨斯州的奥尼尔·福特[3]，他研究了升板工法。

1.何塞·路易斯·塞尔特：1902—1983，西班牙建筑师，20世纪世界建筑界的代表人物之一。在师从柯布西耶后独立出来。1981年获得AIA金奖。代表作有巴黎世博会西班牙馆（1937年）、哈佛大学科学中心（1970年）等。

2.凯·菲斯克：1893—1965，丹麦建筑师、设计师和教育家。被认为是丹麦功能主义建筑的倡导者之一。于1936—1963年在丹麦皇家建筑艺术学院任教授。

3.奥尼尔·福特：1905—1982，20世纪中期活跃在美国得州地区的建筑师，主要建筑作品有木构小教堂（1939年）、塞尔文学校（1957年）、美国塔（1968年）等。

图 77　与格罗皮乌斯交流

　　香山：那个时代可以认为是格罗皮乌斯的教育理念得以成型的时代吗？

　　芦原：关于这个问题曾和上面提到的休·斯特宾森老师多次争论过，硕士课程的规定学生数目是 16，据说这是由格罗皮乌斯定下的。这么定的计算根据是这样的：座位 4 列排开 4 排，$4 \times 4 = 16$，如果一天中教授与每个学生的单独讨论时间为 30 分钟，按一天工作时间 8 小时算，则上午 8 人、下午 8 人刚好把时间填满。如果一位教授每周上两次课，需要对每个学生各指导两轮的话，则 16 人是可以指导的上限人数。"你加进来就变成 17 人了，所以不行。"斯特宾森总是这么回答我。"别这么说行不行，难道就没有协调的办法吗？"当时我也总是据理力争，记得有一回在争论中有位美国同学走过来说："日本人看似手巧，要么我们组合一起完成课题吧。"于是我们就合作了。可惜没能发挥什么作用，到了最后的课题点评，被老师们批评了。说不定大家便都觉得芦原这人上了年纪，又是日本人，水平还不行，反正我是有点儿那样的感觉。这样一来反而挑起了我的斗志，第二次做课题的时候，那位同学又来找我，可我不愿意了，我想这回我必须一个人来，于是回绝了合作。结果第二次课题我的作业得到了表扬，这才感觉好些了。也是那个时候我才知道：当你认真干活儿时，同学们便会围到你的图板四周，说些"你怎么设计这样的东西啊，这种东西已经不适合这个时代了"之类的话来打击你，然后你自己逐渐也就乱了套，这时他们就走掉了，觉得那小子又输了一局似的。我可没有认输，和他们进行了彻底的争论。争论中，慢慢地有些人便说不下去了。不过多数人的口才真的很好，那时因为我的语言表达能力还不太好，所以和我争论的还算少的。争论大多是在美国同学之间。旁边听着还觉得挺有意思的。因为与日本学生的做法完全不同啊（图 78、图 79）。

图 78 设计课上的讲评

图 79 课题组的情景——围绕着罗斯老师

香山：听您讲的都能想象出当年这 16 位同学总是聚在制图室中努力学习的情景。不同个性、不同国籍的学生们，在一起讨论和设计，真是不错啊。

芦原：是啊，然后只有上面提到的那位诺伯格·舒尔茨成了特别学生，他没有被编入课题组，只从事理论方面的研究。

香山：那时他已经决定从事理论研究了吗？

芦原：是的，每晚在宿舍中大家一起讨论。不太清楚是否因为他退出了所以我才得以进去。虽然他是同级学生，但是没有被编入 16 人的设计课题组。在哈佛大学，只要 1 年内完成了 4 个项目，便可以获得硕士学位，感觉比别的地方容易多了。麻省理工学院就不同，他们针对的是多种多样的具体内容。而哈佛大学注重的是高层次的、哲学的理论，这恰好适合日本人的性格。讲些高端大气的话也能得到认同，而没必要说那些零散细小的事情。另外学生们多数具有相当丰富的经验，没人会去讨论细部或简单的东西，大家讨论的是更加本质性的内容。因此日本学生也能跟上进度。美国的教育宗旨，本来是注重学以致用方面的内容，只有哈佛大学似乎偏向于哲学领域的教育，所以只需 1 年便可以获得硕士学位。当时完成本科学习需要 4 年。其中 3 年是学士课程，作为本科学习的一部分。而硕士课程则只有 1 年时间，所以日本学生很容易跟上进度。说起来槇文彦比我晚了一届。他人很聪明，也很努力。另外槇君来哈佛大学之前在克兰布鲁克艺术学院待了一年，对美国的生活已经相当习惯了，与我不同，事情进展得心应手。

香山：美国的大学也好，日本的大学也好，就我所知，在过去的 20 年间有了很大的变化。我们很难想象二战时日本的大学是怎样的情形，您当年在东京大学建筑系学习时是怎样的呢？

芦原：我在东京大学那会儿，入学时真的很好，可到毕业时战火已经逼近，在这种时代氛围下根本无从考虑就职或未来。不过有件事情还记得，就是东光堂书店现在的社长把书背到我们制图室，然后摆开来供我们选购。其中不乏柯布西耶的丛书，还有艾菲雷德·罗斯的《新建筑》——一本法、德、英三语对照的横版书，内容非常吸引人。我想当时丹下健三先生没少买，我也对罗斯的那本《新建筑》特别痴迷，一心想买下来，于是找母亲去说，结果母亲同意了并给了钱，虽然得偿所愿，但那时觉得 20 日元左右的书价实在是贵。这本书中收录了坂仓准三[1]先生设计的巴黎博览会场馆，这也成了我希望去坂仓先生那里工作的原因之一。不过那个东光堂老板实在是厚道，实行了诸如延期支付、毕业时再付清等体谅学生的做法。我想这也是成就了今天的东光堂吧。老板实在是个开明的人。

香山：如今的学生，即使去了国外的事务所搞设计，由于以作品集、杂志为首的信息流通非常快，实际上在日本与在国外做出来的东西并没太大区别，几乎都是差不多的内容。然而在您留学时，在日本所做的东西，比如在东京大学的制图室中学生们所设计的，和哈佛大学的学生所设计的，应该有很大的不同吧？

芦原：实际上也并没有很大的区别。当时日本也受到柯布西耶的强烈影响，柯布西耶的丛书自然成了大家争相学习的对象。记得池边老师当时的毕业设计，设计的也是带水平窗的横长建筑，底部做成架空的形式。在那个时代，横长的水平窗和底部架空显然成了现代建筑的象征。

香山：这样说当年在哈佛大学，处于支配地位的也是同样的设计思潮了？

芦原：在哈佛大学也是差不多的内容。我到了那里首先把学生的制图内容了解了一番，结果觉得这样的内容应该不难做到，由此也树立了自信。

香山：这么说来，所谓国际样式的设计思潮那时已经在支配着日本了？

芦原：已经进入日本了。尤其是通过丹下健三老师等极具前瞻眼光

1.坂仓准三：1901—1969，日本建筑师。1927 年毕业于东京帝国大学文学部，曾师从柯布西耶。其他代表作有 1937 年巴黎世博会日本馆、神奈川省立近代美术馆（1951 年）、羽岛市政府大楼（1959 年）等。

的人们的努力，在设计上已经没有太多令人吃惊的地方了。然而面对实物时，还是为其气派所惊叹。造型上真的是既稳重又大气。

香山：从中也可以看出，对于某种观念，其理论存在与实践之间还是有很大的距离啊。从个人的角度来说，就是通过读书看报认为已经了解了的内容，与实际面对时的感觉依然有着巨大的差别。我想这种感受在今天也是极其重要的。

在布劳耶事务所的修行

香山：您是在哈佛大学毕业后便马上去了布劳耶事务所吗？

芦原：哈佛大学毕业后，想着去哪儿工作好呢？对剑桥市（位于美国马萨诸塞州，哈佛大学和麻省理工学院所在地）、波士顿地区已经有点住腻了，就想去纽约闯闯。想来想去，当时我对布劳耶的空间结构非常感兴趣，于是给对方写了求职信，然而等了很久也没有收到布劳耶先生的回信，听说他正忙于巴黎联合国教科文组织（UNESCO）的项目暂时回不来，我在彷徨中刚好看到贴在学校布告板上的招聘广告，于是一毕业我便去了哈佛广场旁边的一个小事务所，那里只有老板和秘书两人。在那里边工作边等回信。记得完成了一个在哈佛广场旁的邮局的设计图。方案设计是事务所的老板做的。在那里工作了近2个月的时间，我终于收到了来自纽约的回信，说是布劳耶先生（图80）已经回来了，请我过来见面。于是我急忙赶了过去，那时真是十分高兴。见面中感觉先生待人温厚，他让我马上过去，于是我又赶回剑桥，收拾了行李便出发到了纽约。那个写着关于布劳耶的经历的纸片，后来偶然从口袋中翻出，只见都被捏得皱成一团了。那幅画面现在依然不时想起，可见当时确实是很想跟随布劳耶先生的。

香山：您在布劳耶事务所，从事了哪些建筑的工作呢？

芦原：当时的项目，有明尼苏达州的圣约翰修道院等。

香山：哦，就是有着悬空的板状钟楼的那个吧？

图80 当年的马赛·布劳耶

芦原：那时联合国教科文组织的项目基本结束了，所以工作重点转到这个项目上，有一段时间还做了不少住宅。回想起来，当时进了布劳耶事务所马上交了两位好朋友。其中一位叫菲利普·希尔，他那时还没有结婚，因为对日本的建筑和庭园的空间结构非常感兴趣，所以一进事务所，他便对我这个日本人非常亲切。当我正高兴来对地方时，大概两个星期后他却去加州大学伯克利分校当讲师了。在那儿他和现在的太太——一位日裔女性结了婚。自那以后我们成了好朋友。另外一位叫戴维·克兰[1]，他这人实在有趣。一方面体力充沛，据说当年在麻省理工学院做毕业设计时连续干了几十个小时；另一方面在工作上却是慎重迟缓。说实在的布劳耶先生的记忆力也不太好。我是新来的日本人，不知不觉中我和戴维·克兰便似乎成了另类，我们俩反而成了好朋友。那时他也是单身，所以我

1.戴维·克兰：1927—2005，美国建筑师、城市规划师。曾任休斯敦莱斯大学建筑系主任。提倡教学融入实践，将实际的城市规划项目作为课题让学生参与。

们不时以"今天上哪儿找对象"之类的话为幌子到外面闲逛。两人还在晚上一起去埃德·班司的事务所打工，做一些诸如波多黎各的集合住宅等的设计私活。于是开始有了稳定的收入，记得之前没有大衣，有了稳定收入才得以添了大衣。在那儿之后大概过了 10 年，当我重返纽约领取洛克菲勒奖学金时，被告知路易斯·康正在费城，大家都劝我过去见一面，于是我去拜访了路易斯·康（图 81）。聊着聊着提到了他们那里有位非常出色的副教授叫戴维·克兰，让我去见见。乍听名字似乎很熟，但一开始没反应过来，等过去见了面才知道原来是他。然后他邀请我去他家做客，于是去了他家，想不到家里还有位漂亮的太太。之后又过了好多年，休斯敦建了不少新建筑，我想看看所以过去了，一天晚上当我一个人在凯瑞酒店吃饭时，忽然有位男性走过来拍我的肩膀，一看竟然是戴维·克兰，吓我一跳，我问道："你怎么会在这儿？"他回答说："我在这里的莱斯大学（Rice University）当系主任啊。"并说因为他来了，莱斯大学的校园才焕然一新的。遗憾的是我已经定好了第二天出发的行程，没来得及去看看那所大学，之后就一直没有见面的机会了……因为有了戴维·克兰和菲利普·希尔，我在布劳耶事务所的时候过得非常愉快。

图 81　路易斯·康（左）

香山：我在宾州大学时也师从戴维·克兰，那时他是城市规划系的副教授，也是波士顿城市规划委员会的负责人，每周乘飞机过来一次，然后傍晚开始讲课。那时埃德蒙·培根[1]在费城的规划委员会工作，也是傍晚开讲，他们两人实力相当，人气都很旺，讲的东西也很有意思。

芦原：当年我和戴维·克兰也称得上是好友了。

香山：布劳耶事务所和哈佛大学一样，也是一个修行的地方，聚集了各种各样的人才啊。

芦原：大家都很风趣，也很优秀，都是数一数二的人才。像纽约这样的大都市，说实在的是难以和他人建立亲密关系的地方。因此虽然我和戴维·克兰、菲利普·希尔成了非常要好的朋友，不过和其他人却只是泛泛之交。到现在还记得，有位绘图比较拿手的年长女性，说我的手脏了，得先洗手以免把图纸给弄脏了，动辄说这说那的。她很了解布劳耶喜欢的图纸风格、菲利普·约翰逊偏好怎样的图面表现等，在绘图方面确实是把好手。

香山：您参与设计的修道院，或巴黎的联合国教科文组织项目，都是相当大型的建筑项目。不过话说回来，我想众所周知，布劳耶在初期设计的更多的是住宅、家具这类小尺度的东西。您在布劳耶事务所工作的那个时期，多数是这类大型建筑吗？有没有像家具设计这类小尺度的项目呢？

芦原：当时几乎都是大型的建筑项目，家具之类已经不做了。联合

1.埃德蒙·N.培根：1910—2005，美国城市规划师，于1949—1970年担任美国费城的城市规划委员会高级主管职务，主持了费城的城市规划工作。被誉为"现代费城之父"。主要论著有《城市设计》（*Design of Cities*，1976）等。

国教科文组织的项目结束后，接着是圣约翰修道院、萨拉·劳伦斯女子大学、巴萨学院的改建等。小住宅的设计很少。那时可以说是布劳耶的全盛期。当时有人说联合国教科文组织的建筑像山田守先生的设计，这件事在巴黎引起了很大的争议，被评论说"原来原版在日本啊，设计没有个性"等。布劳耶对此也很是吃惊，担心日本真有类似的建筑，让我给日本方面写信，请对方发几张照片来看看。看到后布劳耶确实大吃一惊。有点跑题了，那时就是这样的时代啊。

香山：现在在美国的很多高端事务所，都有日本人在其中发挥着作用。您那个时代，在美国的事务所工作的日本人还非常少吧？

芦原：似乎很少。我在多年后重访布劳耶事务所时，看到坂仓准三的女儿在那里工作。在我工作那会儿，布劳耶为了联合国教科文组织项目经常去巴黎出差，我进事务所后，曾向他提过可以经由日本去巴黎，然而他觉得太远了。只有一次，大概是在15年前，他经日本去巴黎，顺道去看了京都的桂离宫，结果令他非常感动（图82、图83）。记得他为了拍照，连续后退不小心踩进了书院地面正中隔开的炉子中，把脚给扭伤了。据说他小时候在匈牙利滑雪时扭伤过，这次伤在了同一个地方，痛得都无法走路。那天晚上住在旅馆，连上厕所都困难，大家都觉

图 82　访日时的布劳耶 1

图 83　访日时的布劳耶 2

得这回碰上麻烦了。好在第二天请日本航空准备了轮椅，就这么坐着回到了东京。保罗·鲁道夫[1]也来过日本，也是在京都看庭园时，不小心在青苔上摔了一跤。当年在布劳耶事务所工作过的人，如今都活跃在各自的领域上，我想在某种意义上也是因为那里的环境非常刺激。因此我也建议现在的日本学生多去海外留学，去美国学习并非为了获得今后日本在建筑技术发展上的知识参考，因为今天的日本，在技术和信息层面都已经有了长足的进步，阅读日本的杂志便能大概了解世界的情况。需要的是进一步的学习，比如日本以外的人们是如何开展设计的、过着怎样的生活、面对困难他们是如何应对的，等等，我觉得应该是建立在这种意义上的修行。我常常对学生们说，通过剑锋相触来了解自己的实力，知道力不足则必须加倍努力，通过在国际上曝光自己来了解自己的力量水平。把握自己能做多大的事情，能把事情做到什么程度。我认为对这种节点的确认是非常重要的。而节点的认知，不是一两周就能搞定的事情，还需要通过留学，以学生身份参与进去。那些来自学校所在国的学生也会碰到挫折、掉队等种种困难，我们同样作为学生，在这种共同的体验中获得"啊，原来是这样"的知识。多数日本人或者说日本学生都很优秀、努力和任劳任怨。通过留学建立国际友谊，于是当年的朋友在今天也能发挥作用，衍生出各种的机遇。因此，我建议大家不要只是旅行，留学海外是非常有益的事情。而其中我认为去美国是最方便的，当然我对欧洲的大学也不太了解。

1.保罗·鲁道夫（Paul Rudolph）：1918—1997，美国建筑师。毕业于哈佛大学设计研究院，最著名的代表作是原耶鲁大学艺术与建筑楼（Rudolph Hall）（1958年），被誉为野兽派的混凝土结构典范之作。其他作品还有香港的力宝中心（The Lippo Centre，1987年）等。

香山：虽然日本与欧洲有诸多不同，不过似乎有一个共同点，便是都基于单一国家的文化。而美国则交错着多人种、多文化，正像您刚才说到的那样，以彼此的互相刺激、共存共生为立国基础。

芦原：在美国，不会因为你是日本人所以对你格外客气。我想在欧洲或许会有彼此客气的地方，而美国几乎可以说是毫无顾虑，不加区别对待在某种意义上很劳心，但同时又是很舒心的，总的来说就是非常平等。当时，我去美国比较早，现在回想起来觉得实在是不枉此行，年轻时到国际环境中去驰骋锻炼，后面的人生才能苦尽甘来。

香山：之前也听老师讲过，在美国除了留学之外，您还在好几所大学中担任教职和开展过其他工作。美国在您留学时和现在，对比起来变化很大吧？

芦原：应该说完全不同了。我当初过去时，美国正处于全盛时期，人们多抱有一种比较仁慈的心态。然而如今彼此之间已是明显的竞争关系，对方也是这么想的。今天日本的发展水平，让日本人也萌生出彼此对等相当的观点。美国现在还面临着非常困难的局面——这些问题也终将会落到日本身上——到了该向左还是向右发展的分歧点上。我想已经到了能否维持民主自由思想的关键点上。具体来说像公共卫生变差、到处有涂鸦、街上跑着黑灯的公交车等，这些在当时都是不可想象的事情。很难想象会有诸如故障之类的问题，那时可以说是美国的全盛期，高速公路也好，好莱坞也好，什么都是崭新漂亮的，夸张一点说就像道路上连个窟窿都不会有的时代。而今天却已成了残缺不平的时代，反而是日本还有所进步（图84）。

图 84　美国的大学生活

日本的传统与国际化

香山：最近来日本的留学生挺多的。就拿我们研究室来说，来自美国、欧洲、亚洲、非洲等地的留学生加起来都有十来人了，我想这一数字今后还会增加。在物质条件上，我想今天的日本已经和您留学时的美国很接近了，然而依然无法达成那种无论过去或现在美国人都具备的、在国际环境中一起切磋学习的状态。

芦原：对比当时的美国，现在还觉得日本依然处于封闭的社会。比如在东京大学的教师构成中，东京大学的毕业生占了绝大部分。若是换了美国的大学，不少日本人来任教其中，像槙文彦先生等，我也担任过客座教授，并没有任何的隔阂。系主任也可以由日本人来担任，这在日本可能是难以想象的事情吧。过去肯德尔老师来到东京大学时，作为学生的辰野金吾老师已经用英语来撰写论文了。今后将迎来第二次国际化的时代。日本人也好，印度人也好，以合适人选为师的时代必将到来。只是我觉得这样的时代在日本不会说到就到吧，然而在国外已是很普遍的现象了。

香山：是啊。具备国际性格的日本人以个人身份在国外工作的例子，在经济活动和知识领域中也越来越多了。然而日本的社会整体并没有形成一种可以接纳并推动这些国际性事物发展的环境，更不要说成为带动新理念发展的场所了。赖肖尔在新作《日本人》中，也对日本没有在国际上发挥作用提出了忠告。作者对日本非常了解，指出了日本文化虽建立在积极吸收国外内容的基础上，最终却进入了自闭状态。大学中的状况也是一模一样。像在国际会议上，日本人虽具备相当高的知识水平和经济能力，却无法担负起领袖的角色，这些忠告其实也是对日本人在这方面提出的要求。

芦原：我觉得日本人之间有种强烈的村落意识，或者说是伙伴关系意识。对我来说，像出席国外的会议、与外国人一起生活等并没有过多地在意。然而一回到酒店，一帮日本人便老爱扎堆盘腿坐在床上，以日式煎饼进酒感觉分外美味，实在是不可救药。不知道为何大家用日语喧闹起来便觉得其乐无穷。这些问题，在我们身上都有，该不会是宿命吧。现在担负着日本未来的学生们估计不会这样了吧，你觉得呢？

香山：在大学里，像我们研究室的外国人比例是校内最高的，感觉各方面也处理得很得体。近年日本文部省留学生的数量大增，奖学金的金额也和美国并列，条件非常好。但从大学整体来看，外国人依然像客人似的受到特别的待遇。而在美国，从您留学时起已经对外国人没有什么特别对待了吧？

芦原：哪里有什么特别待遇。

　　香山：在日本的大学中，即便奖学金的金额提高了，留学生人数也增加了，然而本质上那种针对外国人的特别待遇却毫无改变。

　　芦原：是啊。不清楚这到底是好事还是坏事，不过世界上有个这么与众不同的国家也不错吧。我想完全国际化，以至于丧失了自我的灵魂也不好，这么顽强的村落精神有时也是好事。不过关键是在可能的条件下寻求发展。不切实际的国际化，既不现实，也必定会引起抵制反应。对方有好的内容，日本人应该予以关注，这样信息就能不断地进来。实际上在今天，西欧依然在学问等方面有着许多长处，日本人需要学习的地方还很多。尤其是在哲学领域，我们有很多理论是比不上西欧的。我想在建筑理论上也是如此。故我一方面希望不久的将来能在日本出现新的精辟理论，另一方面看到了对方的长处时，当然也应该加以关注。不切实际地将不喜欢的内容加以国际化也没有意义，应该是自然地、逐步地往上靠。虽说最终结果如何难以预料，或许最终日本人还是日本人。处在微妙的阶段时，实际上很难预测不同国家的人们会有怎样的反应。之前和竹山实[1]也讨论过这个问题，外国人和日本人实在是不同。所以我也对竹山实说："我们年轻时吃过铁板牛肉，觉得对国外的东西已经都习惯了，然而40岁之后，渐渐地似乎有了返本归元的趣向，在吃的方面觉得日本的食物来得好。30来岁时觉得在国外定居无所谓，到了50岁可就不行了，越发感觉还是日本的东西会好些。"竹山实听后说："是吧，我也有同感。"还有一点，提倡新陈代谢论的那些人，提出了

---

1 竹山实：1934—　　，日本建筑师。美国伊利诺伊大学名誉教授、武藏野美术大学名誉教授、美国建筑师协会（AIA）名誉会员。日本后现代主义建筑的提倡者。代表作有东京武藏野美术大学10号馆（1981年）、东京晴海客船乘客中心（1993年）等。

街道的文化、"奥空间"等观点，不过我估计他们最终还是要回归的，理由就因为他们都是日本人。前不久胜见胜先生在报纸上写道：日本建筑师在发言中，用了过多的像"间""气""音"等单字词。意思只有自己明白，却令对方实在难懂。活跃在国际舞台上的日本人，最终难免会遇到需要拿出传家手艺来解决问题的场面。这时更希望他们能拿出更加本质性的建筑理论、哲学等来据理力争。如果用"间"这类只有日本人才明白的理论，感觉便虚弱了。

香山：在知识领域，日本人影响西方的一种方法，便是拿出某种西方所没有的东西来。这是以事实定胜负的方式，在做法上最好能令对方哑口无言，越是富有冲击力的说法效果越好。可以说这是面对西方日本的知识分子的常用策略。然而这种方式在令对手沉默、无法说出反对意见的同时，实际上也等于丧失了对话这种理性交流的机会。正因为基于不同的文化基础，更需要我们对共同部分的理论性加以明确的认识。

芦原：现在我在著书时都尽量不只使用日语，必要时也用对方的语言，目的是和对方保持一种对等的立场，把自己的话说出来，或许这种想法很幼稚，但我就是本着这种精神进行写作的。

香山：我想赖肖尔想说的也是为什么日本人无法在国际上展开知识交流。

芦原：所以我在这些方面其实是很努力地去做，这样对方也就自然会给予指教、加以讨论。如果用只有日本人才懂的语言来讨论，对方就无法应战，我想讨论就成了一厢情愿了。

香山：所以说有特点只是显得有意思，并没有更多的提升价值。对日本人来说，虽不用担心被中伤，可同时也无法建立起对话的关系来。

芦原：真是这样，最后再唐突地给人下个"像你这样的老外怎么可能懂呢"的结论。

香山：断了交流而更显出日本神秘主义的一面。可是如果无法走上通过争论来提升理论层次的道路，则只是停留在像明治初期那样的只是接近而无法超越，我想这实在不好。

芦原：所以说必须就更本质的内容进行争论。

香山：您的著作《外部空间设计》对外国学生来说，读后也很容易理解。基本上基于与美国和欧洲相比较的角度，当然，日本便存在于这种对比中，运用实例和理论结合的表达方式，我觉得在某种意义上是欧式的做法，有着明快而实证的特征。

芦原：对于空间论，我是从日本的角度来论述的，如果有外国人，比如意大利人从他们的角度出发，将日本与意大利的空间异同加以比较，我想一定是很有意思的，我对这方面也非常期待。

香山：有了实证与理论，对方也就能从自我的角度发起议论。我想这种东西就是理论。如果能建立起包含这类内容的国际论点或者说理论构成，事情便会更加有意思了。我之前做过几次口译的工作，比如有一次在翻译日本的室内设计师们的对话时，感觉越是有说服力的话，翻译起来越缺乏理论性。然而对于老师的著作，意想不到的是一读之下简单地就翻译过来了。故而我想理论这种东西很适合用英语来表述。

芦原：还有一件不可思议的事情，我和道萨迪亚斯、凯文·林奇、爱德华·霍尔等人的关系，都是始于早年偶然短时间的交流，后来他们就一直热情地给予我各种意见和建议。与道萨迪亚斯初次见面时，我们聊了日本与西方的建筑比较的话题。记得我打比方地说道："远看十来个泛美航空的空姐们从飞机上鱼贯而出，只见她们身材窈窕，动作飒爽，可等走到跟前才发现有的似乎已经挺大年纪了；要是日本航空的空姐，远看似乎都不怎么样，可近看却发觉一个个都青春靓丽。"听完他不禁感叹道："你说的是真的吗？看来我不了解日本女性的本质实在是遗憾！"在这基础上我们聊到了日本建筑与西方建筑，我说日本建筑远看杂乱无章，可一进入内部便会发现美妙的空间。对此他也很受感动，并邀请我出席德洛斯会议。会议地点是在爱琴海的一艘船上，在那儿我和爱德华·霍尔、哈里森·布朗 [1]、勒内·杜博斯 [2]、劳伦斯·哈普林 [3] 以及乔治·凯普斯 [4] 夫妇都成了好朋友。

香山：那种明快的空间感受实在是不可思议啊。不过它究竟是从何而来的呢？

芦原：我对建筑的距离与纹理的关系很感兴趣，就以它为例来说吧。在 1964 年东京奥运会上，还记得有位希腊女性手握圣火的场面吧，她是一位著名的演员，有一次受富士胶卷公司的邀请来到日本，那天我

1. 哈里森·布朗：1917—1986，美国核能化学与地理化学家。创办了芝加哥大学的核能地球化学系，主要论著有《人类未来的挑战》(*The Challenge of Man's Future*, 1954 年)、《下一个百年》(*The Next Hundred Years*, 1957 年) 等。

2. 勒内·杜博斯：1901—1982，生于法国，于 1938 年入籍美国，细菌病理学家、环保活动家、人道主义者。

3. 劳伦斯·哈普林：1916—2009，美国景观设计师，致力于风景园林的设计工作。1942 年他获得了去哈佛设计研究院学习的奖学金，师从当时的先锋现代主义者、德国包豪斯 (Bauhaus) 创始人格罗皮乌斯。主要作品包括捷德利广场 (Ghirardelli Square, 1962 年)、里维斯广场 (Levi's Plaza, 1982 年) 等。主要著作有《城市》(1963 年)、《高速公路》(1966 年) 等。

4. 乔治·凯普斯：1906—2001，美国设计师、画家、雕刻家、导演。曾在芝加哥大学致力于新包豪斯理论的色彩与光线的研究，后在麻省理工学院创设了高等视觉研究中心。其成就影响了全美乃至世界的设计师。主要著作有《视觉语言》(*Language of Vision*, 1951 年)、《艺术与科学的新语言》(*The New Landscape in Art and Science*, 1956 年) 等。

也在被邀之列。在东京举办的宴会上，本来觉得像她这样轮廓鲜明的形象，100 米开外拿着圣火，在希腊那种强烈的阳光映照下实在是美丽绝伦，可在近处一看却吃惊了，按日本人的审美来说，她的面部轮廓过于强烈了。我想要是那个圣火换了日本人来拿的话，估计整个形象就平淡无奇了。于是我说你们的文化都适合远眺，而我们的却适合近看。说完大家都大笑了起来，不过希腊还真就是这么样的一个地方啊。

香山：他们的论文结构清晰严谨，和您对他们的"轮廓鲜明"的评价很一致嘛。

芦原：这方面就不太了解了。通常如果缺乏让人明白的本质部分，他人是难以明白的。若彼此都是建筑师，那是因为同行之间所以说得通吧。

建筑的理论与设计

香山：在我读硕士期间，您写了《外部空间的构成》这篇论文。对当时研究建筑设计和空间理论的年轻人影响很大。大家都争相阅读这篇论文。即使现在的学生读了您的这篇著作，多数人也会对空间的概念，尤其是"P"空间（积极空间）的概念展开具象的思考。日本人普遍具备对"间"和"气"等的理解，然而仅有这些，还难以进行建筑设计，在这种意义上，老师的论文为大家提供了确切把握空间概念的意识或者说手段。

芦原：说起来这是源自当初我们在设计中央公论大楼时，意识到这栋建筑与邻接建筑之间出现了空置无用的空间。为此我们思考如何才能将这类空间转化为积极的城市空间来发挥作用。如果是砖石结构的建筑，墙与墙可以密接，可是非砖石结构时，为了施工需要彼此之间不得不隔开至少50厘米左右，相邻的建筑也留出50厘米，这就出现了1米的间隔，这样的空间说小不小，都可以过人了。在思考的过程中，意识到这实在是一个没有发挥任何作用的消极处所，难道就没有办法将其激活并作为城市空间加以活用吗？如果把它移到建筑的正面上来能不能创造出某种积极的利用方式呢？刚好在这期间日本出台了新的建筑法规，在高层建筑中导入新的容积率制度。于是出现了类似前广场的空间。在那里可以布置雕塑、小瀑布或流水，将室外空间变成非常积极的空间。比如丸之内大厦在中央部分设置了光庭，虽说当时是为了采光通风的需要，由于无法作为城市空间加以活用，可以将它视为"N"空间（消极空间）。针对这些内容，当时在实际思考时已经感觉到问题的存在。之后去了意大利，看到那种被城墙围合起来的城市空间时一下子恍然大悟，意识到设定边界线的重要性。因为我每天都在思考着这些问题，所以看了意大利的空间对我启发很大。从那时开始提出P和N的概念，然而当时对格式塔心理学的"图""底"关系还不了解，那时要是能意识到就好了。现在回头来看两者其实是一回事。25年前去意大利时根本不知道有这些理论，所以对于"图""底"关系的问题全靠自己埋头苦想，然后随意地冠上了P和N的概念说法，后来读了格式塔心理学的书，才知道大家思考的是同样的问题，如此巧合我们也挺惊讶的。

香山：最近常提到的城市文脉或文脉主义理论，我想实际上已经包含在您的思想中了。

芦原：因此在"图""底"关系的研究上，比起康奈尔大学的科林·罗，从年代上来看我这边似乎还在前面呢。可惜在拉斯穆森的《体验建筑》（*Experiencing Architecture*）中读到格式塔的"图""底"内容时（对这一课题毋庸置疑这个研究是最早的了），我当时并没有注意到。现在想想，相比前面的拉斯穆森，科林·罗和诺伯格·舒尔茨要晚了很多。另外，在汤姆·舒马赫所写的《文脉主义》这篇论文中，将佛罗伦萨乌菲齐宫的空间与柯布西耶在马赛的居住单元进行了比较，这也和我思考的内容不谋而合了，很惊讶啊。就像是循着某个同样的过程，最终都归结到文脉主义这一概念上。在这个过程中我尤其感触深刻的是：这类概念都建立在一定程度的实践基础上，而非突发奇想的结果。

香山：您认为通过建筑的实践活动可以获得创意，而创意正是力量源泉的所在。与其相对的创作方式，比如通过学习格式塔心理学从中获得建筑设计上的新创意，这样的方式也是存在的吧。在建筑的领域中思考实践的意义时，我想老师的方式无疑是很宝贵的经验。

芦原：所以我觉得哪种方式都可以。学习不足则耽搁了实践的开展。因此现在的年轻人，应该不断地学习，虽然不知道哪些知识更有价值。不过如果研究或学习的时间太长了，便会失去实践的机会。最好是设定一个时间段，我觉得三四年是比较合适的。起初我认为从事设计这行应该尽早着手工作，可是最近发现事情并非如此，并不需要那么匆忙地着手，毕竟这不是绘画。我们不但需要科技知识，还需要建立理念、分析社会的需求，因此没必要匆忙，即使过了40岁或到了50岁也完全来得及。或许没有10年工夫难以积累形成设计的经验和直觉，我个人倒觉得只要有好的理念便能从事建筑设计。我从20岁左右开始积累设计的经验，后来又去学习，我想这也是一种方式。对不同的人来说，运气的好坏、能否接到工作等，这些都是一个人能否发展的影响因素，所以我想哪种方式都可以。

香山：在学习上，不管是学习哲学还是心理学，如果所思考的内容脱离现实，便会由于发散而空虚无物，您说对吗？建筑师通常运用的是空间，正如画家使用颜料、雕塑家使用黏土一样。这种以空间为造型对象的工作，只要保持一贯的态度，无论思考什么、运用什么，或许建筑师都能维持与现实的关系。

芦原：在研究生院等地方，文丘里的著作《建筑的复杂性与矛盾性》（*Complexity and Contradiction in Architecture*）广受好评。这本书之所以有意思，正是由于作者进行了设计实践。当出现问题，因矛盾对立而困惑时，便需要某种妥协的姿态，所以有了书中的观点。

香山：建筑的存在并非纯粹的东西。对立与矛盾的共存是建筑的本质。比如墙壁本质上就是双层结构，这对从事建筑的人来说是常识。只不过对这些内容大家都不怎么在意，而他却认真地思考，并直率地讲述出来。

芦原：我想大概是因为他学习了建筑史、美学等多方面的内容，因此在设计中会萌发出这些观点。可见学习是有用的，而且具有工作起来有魄力、即使碰到困难也能安心设计的好处。如果毫不费力就取得成绩的话，便有轻易妥协的危险。光说是一回事，甘于当二流建筑师则是大问题。

香山：在日本，不管是评判还是研究，一成风气后大家便往细处钻，常常陷入只看局部而不见经验世界的全体是吗？

芦原：其实我们并没有直面过真正的困难，不是冲在世界的第一线上，即便在今天，在不少领域也依旧只是在追随着别人。今后在不同的领域，我想必然会出现真正带头的局面，因此对我们而言并不容易，一定是处处充满着挑战。

香山：在过去，包括文化在内，将外国的东西引进日本便能成为这一领域的翘楚。在建筑界也存在着这样的问题。其他领域的大家转到建筑领域，便成了建筑界的专家。结果就是引进了外部学科的局部知识，这不就是"殖民地体质"吗？也体现出发自建筑界自身的理论实在少之又少。

芦原：前些时候瓦克斯曼[1]来访日本，我和他时隔多年重逢，看到他都成了老爷子的模样真是吃惊。记得我从美国留学回来后，那时还算壮年呢，他便让我担任瓦克斯曼研讨会的主持人，于是在东京大学举办了研讨会。现在回想起来，那时年轻的矶崎新和松本哲夫两人也都在。自那之后过了 20 年，他仍然不弃不懈地做着同样的事情。还有巴克敏斯特·富勒[2]，那时我们一起在希腊的船上，他每天早餐吃同样分量的肉和酸奶。我说："各地有各地的美食呀，你不尝尝？"可他却说："我就只吃这些。"我想这种执着性格也很了不起。比如华沙的中心区在希特勒时期被毁了，结果他们又建回与原来一模一样的内容。这种固执的精神对我们来说实在是不可思议。要是日本也出现这种顽固而不受周围影响的人，那可就有趣了。我在布劳耶事务所的初始阶段，和石井和纮

---

1. 康拉德·瓦克斯曼：1901—1980，德国建筑师。以建立量产化建筑构件的工法体系而著名。原来是木构建筑师，曾为爱因斯坦设计过夏季的独家屋。1941 年移民美国并和现代建筑巨匠格罗皮乌斯合作开发了打包住宅系统（Packaged House System）。后在伊利诺伊工科大学、南加州大学等高等学校任教。

2. 巴克敏斯特·富勒：1895—1983，美国建筑师、发明家、思想家。毕生致力于人类持续生存的方法论研究。著有《宇宙飞船地球号》（*Spaceship Earth*）等系列作品。发明了球形穹顶（Geodesic domes）等建筑结构形式，设计作品有福特汽车球形馆（1953 年）、加拿大蒙特利尔世博会美国馆（1967 年）等，获得包括 AIA 金奖（1970 年）在内的众多奖项。

差不多，同样精通世界的建筑状况，结果布劳耶有一次对我说："我觉得你对美国的事情知道得太多了。读书可以，眼下那些杂志就没必要再看了。"估计是开玩笑吧，说的是要我用自己的头脑进行思考，这话我至今记忆犹新。

香山：今年春天，瓦克斯曼先生时隔25年重访日本，并在东京大学举办了讲座。其中最令人感动的是，最后他提到自身在工作初期所犯下的过失，之后通过不断学习并改正才有了今天的成就。作为结论，他讲到人类只能从自身的过失中进行学习。那场讲座，开头讲的都是些类似旧杂志上的内容，感觉枯燥无趣。可到了最后，那种单调的连续性反而变成了令人深刻的感悟。之后问研究生院的学生们，大家都说最为感动的就是这个部分。如何在巧手、快手或者富有想象力这些我们已有的特性之外，培养起坚韧、顽强的品格，我想这将成为今后的重点。

芦原：我也是被布劳耶教导后才恍然大悟的。现在回想起来，当时我就像今天那些来自东南亚一带的学生们，或许对美国过于了解本身就有问题，其熟悉程度到了我曾把知道的一些内容写成文章发到日本的建筑杂志，结果文章就这么被登载出来了。

香山：老师将研究与设计中的问题结合起来思考，同时反过来又在设计中将其与研究内容结合起来，在设计上、著作中都观点明确。美国大学建筑系的教师们，基本上都是采用这样的教学方式，即使观点有所偏差，也是将自己的经验和行动直接展示在学生面前。

芦原：我究竟从美国留学生涯中学到了什么？现在回过头来看，当然其中也认识了很多友人，获得了对社会生活的体会等，不过记得提得最多的是原创性，这一点最为印象鲜明。而在日本的大学，印象中并没有提过类似的东西。在设计点评时，如果不是原创的东西，就会被批得一文不值。自我思考出来的东西，即使很肤浅也会得到肯定，这种精神在现在看来依然感觉很是不错。以此前提做下去，可能出现一些做得不好的地方，然而也会有好的成果出现。像日本这样，当还在后面追赶着别人的时候，成果差不多也就可以了。不过我想在今后的时代中，没有占比约 1% 的东西处于领先地位是不行的，目前或许还没到那一步，前景依然不明朗。

香山：在宾州大学美术学院读书时，一开始那会儿最令我吃惊的是上第一节速写点评课的时候，一位美国学生拿出了又脏又小的速写，从技法到效果整体都不行。要是我们可真拿不出手，可他们却毫不在乎地就交上去了。结果当然是被批得一无是处。被批过之后，那位学生回去后在上面努力地修改，然后又交了上去。要是换了日本人，被那样痛批之后早就完全放弃，重画一幅新的拿过来了。可是那位美国学生对此毫不放弃，然而最后却出现了一开始完全没有料到的结果。

芦原：日本人直觉灵敏、理解准确、不固执、对事情明白得很快。我想日本人有着快速明白事理的性格。

香山：最近我在想，日本人在创作上构思敏锐这点颇受好评。这里敏锐的意思是指在创作的开始阶段即能获得多数人的认可。反过来说，这种构思也是大家都能瞬时把握的程度。而原创的东西则是开始时比较难理解的，实际上只有从这类一开始被人耻笑的东西中才能培育出原创的精品。

芦原：一味批评的话，学生也会追问究竟哪里不好。有些东西看上去似乎很糟糕，但是如果能从这种"傻"的程度中体现出某种内涵创意，我想那就很了不起。我当初去格罗皮乌斯的事务所时，看到他们的设计方案，一开始觉得也不过如此。"嗨，就这东西我们也能做呀。"过了半年左右再去，看到的还是同样的设计，不过内容比之前的要精练很多。

然后又过了大半年，还是同样的设计，这回看到的是非常精练成熟的设计成果了。一打听才知道，在美国，好的事务所在项目的设计上都具备充足的时间和经济条件。无论哪个事务所都是熬到最后没时间了，才认为那就这样吧。因此我认为日本的设计水平并不低，原因是没有足够的时间和经济条件，而导致了某种妥协的结果。如此执着地精练下来，当然水平会很高了。

香山：针对未成熟的东西如何使之更加成熟的研究在日本得不到开展，我想除了时间的问题，一半原因也是体制上的问题。即使有足够的时间，是否就能那么执着地去做呢？像"营造建筑需要时间"这样的意识，实际上仍未扎根于日本的社会文化中。

芦原：这种工作方式，我想即使在美国也只是几个条件极好的事务所可以做到。过去日本都是靠能力和直觉来快速地推动工作，今后如果站到了世界前沿，我们应该如何做呢？这是今后的一个大问题。不过即使在这样的场合，我想日本人如果能以独特的直觉加上西欧式的执着精神，是一定可以越战越勇的。

诸事回忆

香山：关于您所做过的工作，前面我们谈到很多您在美国时的情况，除此之外，听说您还参与了以欧洲为代表的世界多个国家、地区的设计工作，您能否讲讲其中具有重要意义的一些事情呢？

芦原：是啊，那我来讲些记忆中的事情吧。先从 1966 年夏天在芬

兰的于韦斯屈莱举办的艺术节讲起吧，这次会议把地点选在了芬兰这个
代表了东、西方文化交汇的地方，记得该活动还得到了联合国教科文组
织的赞助。那时我作为日本的代表参会，欧美国家的代表是理查德·诺
特拉。在会议开始时我们各自以东西文化为主题做了演讲。由于西方世
界来的是诺特拉这样的著名建筑师，我也总得找个机会显示一下能力
吧。出发前一段时间我就在想届时干一件什么有趣的事情。最后决定学
习一点本来就挺感兴趣的芬兰语，准备在演讲中用芬兰语来开头。据说
对日本人来说芬兰语比较容易学，而且我也知道有一些芬兰人日语讲得
非常好。于是在出发前，请了在日本的芬兰人当私人老师，拼命学习芬
兰语，并决定将演讲的前 5 分钟的内容用芬兰语来讲。之后每天练习发
音，并把演讲文章背诵下来。终于到了出发那天早上，无意中听到我女
儿很顺口地背出了那篇我每天练习的文章，原来她每天听我朗读，不知
不觉中已经把文章给背下来了。听了之后既让我大吃一惊，也让我有些
郁闷，现在还记得当时那种复杂的滋味。就这样我到了于韦斯屈莱，并
作为日本的代表做了演讲。开始的 5 分钟，从 "Mina olen japanilaisen
arkkitehti"（即 "我是来自日本的建筑师"）开始，用芬兰语做了自
我介绍。结果芬兰人听后既吃惊又感动，估计是做梦也没想到日本人会
用芬兰语来打招呼吧。随后新闻记者对我进行采访，并在电台上播放，
我也因而获得了很高的人气。还有人提出要招待我，这是为什么呢？因
为我说了下面的内容，结果被登到报纸上了："我非常热爱芬兰，虽说
也是个桑拿迷，可我只体验过普通的桑拿，还没有尝试过正宗的烟熏桑
拿（smoke sauna）。"于是马上被热情地邀请去感受了一次正宗的烟
熏桑拿。招待我的是于韦斯屈莱的名人海诺宁夫妇。他们把我请到了他
们家的别墅，在那里终于尝试了那种浓烟滚滚的烟熏桑拿，这件事给我

留下了深刻的印象。当然进去前先要让浓烟散去。之后他们夫妇来访日本，也体验了我在箱根的桑拿。试过后他们高兴地说我这边的也很正宗。这实在是一件有趣的事。

香山：芬兰语是一门怎样的语言呢？

芦原：有一种说法是芬兰语和日语同属于乌拉尔－阿尔泰语系，彼此之间很接近。比如，不像英语中 in Tokyo（在东京）、to Tokyo（去东京）这样带有前置词，而是说成"东京在""东京去"，通过跟上不同的词尾来表达不同的意思。比如，"夫人"是"rva"，和日语的"老婆"发音很相似；"车票"叫"lippu"，和日语的"kippu"只有一音之差；当时芬兰首相的名字叫"Kekkonen"，和日语的"不错啊"的发音"kekkone"很相似。因此一种说不出的亲近感油然而生。带上标有日语发音的芬兰语会话册子，即使到了芬兰的乡村地区，照着书上的发音就能沟通了，因此对日本人来说，芬兰语给人的感觉实在是"平易近人"。或许由于我在东京时跟着芬兰女老师努力学习的结果，到了那边沟通起来非常顺利。借着喜好桑拿这件事情也交了很多芬兰的朋友。后来还招待了不少芬兰的建筑师去我家体验桑拿，想起来实在是印象深刻。

香山：研究室的人每年去一次老师的箱根桑拿聚会，实在是愉快。还得请您今后把这个活动继续下去啊。另外，不亚于芬兰，在老师的言谈和著作中常常提到的，还有意大利呢。

芦原：说到意大利，首先想到的是大阪世博会的意大利馆，那时我作为核心建筑师参与了这个项目的设计工作。在方案投标后，意大利政府邀请我来负责施工图设计和监督的工作，于是我高兴地答应了下来。可是到了投标结果该公布的时间了，中标方案仍迟迟未定，对最后留下来的两个方案，难以定夺该选哪个，于是他们打电报问我哪个方案在日本实施起来比较容易，我回信肯定了 A 方案，于是决定选用 A 方案。在之后项目运作中还发生了一系列有意思的事情。现在回想起来首先是投标与合同的问题。当时日本的几个施工单位都想拿下这个项目，尤其是在 A 公司与 B 公司之间出现了激烈的竞争。负责投标与合同手续的专家从意大利专程赶来，和我们在意大利驻日大使馆开展工作，那时简直把意大利大使馆当成自己的地盘似的跑上跑下，最终圆满地解决了问题。记得那天把事情定下来已经过了晚上 8 点了，以意大利大使为首，大家都还等在那里。对结果满足之余大使带我们去了东京一家叫安东尼奥的意大利餐厅，在那里我们举办了简单的日意合作的庆祝仪式。自那儿之后意大利政府对我们深怀好感，彼此建立起了信赖关系。

到了该与施工单位签合同的时候，意大利政府强烈要求加入工程延误时收取延误金的条款，我认为收取延误金的说法是完全没有根据的。在日本，可以说绝对不会发生工程延误的事情，日本人也绝对不会存有万一工程延误只要支付延误金便了事的想法，对这一点我反复强调。然而意大利政府就是不接受，认为没有先例、这种做法绝对不允许。面对这种生硬的说法，记得还有过一番争论。比如说要是我受人之托，收了人家的钱而故意延误对方的工程又怎样呢？或者只要交了罚款延误多长时间都可以吗？在日本这样的事情是绝对不会发生的，我强调的是人与人之间的约定要比赔款的方式具有更加重要的意义。就这样工程日渐接近完工，那时刚好在意大利国内爆发了几起罢工事件，展品迟迟没运到。感觉意大利馆的展览这回可真要延误了，甚至已到了有点绝望的境地。竣工预期时间将近，到了最后一天，我们日方建筑师和施工单位的人一起匆忙地吃过中午便当，便又开始工作。然而那帮从意大利过来的工匠、油漆工和电工，却还是像往常那样，花上两个来小时悠悠地喝着红酒享受着午餐。还说要是不吃午饭，或为了工作而吃饭简单点的话，那么活着还有什么意义！就这样他们总是慢条斯理地吃饭，即使是在工期的最后一天也不例外。而我们是随着最后时间的迫近，不断地加快工作节奏，到夜里 12 点时已经将现场整理干净，把约定的工作都完成了。第二天早上，意大利政府代表到场，得知日方已经把所有约定的工作按合同要求完成了，显出非常惊叹和感激之情。"无论任何理由，如果工程延误了，对我们、对意大利政府都会有麻烦，所以努力完成了。日本人不考虑支付延误金，但一定会把事情办好。"听了我的这番话，对方非常感激，说"这是化不可能为可能"，觉得我像个魔术师，简直太了不起了！

　　后来开馆之后也发生了一些有趣的事情，以意大利馆为中心举办了几场以恋爱和跨国婚姻为主题的活动。其中最为难忘的一次是有大使出席的、由我做媒，在下贺茂神社举办的结婚典礼。像这样的事情我也挺热心的，所以现在每到罗马总会想起这些事情。后来意大利方面授予了我意大利共和国功劳勋章（图 85），由当时的外交部部长、后来做了总理的莫罗先生来访日本时特地为我带了过来，并在东京的意大利驻日大

图 85　时任外交部部长的莫罗先生授予芦原义信勋章

使馆亲切地将勋章授予我。遗憾的是他前不久去世了，那时和他握手的情景至今仍难以忘怀。意大利政府或许极少和日本建筑师打交道，常说日本人热爱工作，似乎日本人的守约精神也令意大利人深为感动。这也成了我印象深刻的事情之一。

香山：您讲的这些通过实际的设计工作来获取经验的话，一方面对我们这些晚辈来说无疑是极大的鼓励，与此同时这是您倾注了心血努力的结果，不是简简单单通过模仿就可以做到的。听说对日本国内的项目，您也总能采用一些独特的方法来化险为夷，能和我们讲讲这方面的事情吗？

芦原：是啊，说到这方面的例子，我想讲讲在设计富士胶卷大楼时的情形。过去我在加入扶轮国际（Retary International）团体时，有个入会的演讲，对方让我讲讲建筑方面的内容，于是我便谈了一些与建筑设计相关的内容。其中有这么一段内容：在建筑设计时，屋顶的机房由于影响到建筑整体的造型，因而建筑师多从与建筑的比例关系等方面来构思设计。可与此同时有的业主则希望在这个部分设置各种广告物。演讲中我以富士胶卷的广告牌为例，那个广告牌正是设置在一栋大楼的屋顶机房上，朝向由羽田前往品川地区的道路，由白色的霓虹灯竖条拼接成面，顶部不是规整划一，而是呈波浪状。结果从远处看去，这个建筑的屋顶机房就好像曲面一般很是别扭。讲完之后，有位绅士快步走到跟前对我说："刚才的话很有意思，我就是富士胶卷的小林社长。我会马上转告负责宣传的人加以注意。"自那儿之后我与小林社长也成了朋友。后来，当富士胶卷公司计划建设总部大楼时（图86），便让我来做这个设计，于是我也倾力完成了设计和施工监督的工作。这栋大楼的建造由小林社长亲任总指挥，到接近竣工的时候，我接到他们秘书科打来的电话，说道："今天小林社长去了现场，看到建筑的左右两端的楼梯部分被分别涂上了鲜艳的红、蓝颜色，对此甚为吃惊。竣工前无论如何把颜色重涂了吧。"可是那个部分是在18层的高度上，突然要重涂肯定是来不及了，而且本来我们觉得那两个颜色也不错，所以还是希望能保持现状。

图86　富士胶卷公司总部大楼

那天晚上我躺在床上一直在想这件事情，既想不出什么好办法，也不清楚为何会出现这样的问题。纯属偶然，我们在朝向赤坂地区的一侧涂的是红（赤）色，朝向青山地区的一侧涂的是蓝（青）色，这理由可成了救命稻草。竣工当天，面对小林社长及全体董事，我做了简短发言，通过"该大楼作为经营彩色胶卷的公司的总部大楼，形象上采用了非常鲜艳的色彩设计，尤其对基于疏散要求而设置在建筑两侧的楼梯，在面向赤坂一侧涂成红色，面向青山一侧涂成蓝色，体现出生产彩色胶卷的企业的独特形象"这么一个说法把事情解决了。之后，社长和众人一起看了建筑，色彩乍看上去确实非常抢眼，但仔细想想也觉得里头还是包含设计理念的，做得也不错。因此我也就得以赦免了。现在大楼还是当时涂的那个颜色。这件趣事，在今天回想起来还有点头皮发麻呢，靠了一点偶然想到的幽默才把问题解决了，让我记忆深刻。记忆中的事情还有很多，不过我想就此打住吧。

建筑与社会的关联

香山：都说日本城市中的建筑或街道不好看，往往把原因归咎于日本的建筑师缺乏能力，只知道强调自己的个性。然而根本原因是社会缺乏对建筑、对城市的审美。因此，不仅需要从建筑学角度来思考建筑的营造方式，还必须构筑这种价值观，我想这也是建筑设计的重要内容吧。

芦原：我写完《街道的美学》一书后，发生了一件令人高兴的事情。过去我在哈佛大学时，听过这样的观点："城市美""建筑美"这些话不应出自建筑系学生之口，而应该由法律系的学生来讨论。在美国，法律系的学生可是一不小心就可能成为总统的。他们成了总统或担任高官后，工作上开始涉及城市的内容，便记起了年轻时曾听过的"城市美"的话。在我们还是学生那会儿，岸田日出刀[1]老师给我们讲授"桥梁美学"的课程，曾说即使让缺乏美感的人来造桥，只要能记起"桥梁美学"这个词，便会产生必须把桥造得漂亮的意识。刚才说的高兴的事情就是人事院邀请我在他们举办的培养未来高级官员的研讨会中，给学员讲授"街道的美学"课程。我想这是很有意义的事情。如果能将"街道的美学"的理念灌输给行政官员，当他们做了建设部部长之类的高官时，或许便会想到做些有建设性的事情。如果将这些理念讲给建筑系的人听，其实都是些自己就能明白的道理，实际上却很难有实现的机会。所以我想还是将它们灌输给行政官员更有效。

香山：这也可以说是今后最重要的事情吧，将问题扩展开来，而不是封闭在与建筑相关的业内人士的圈子里。本来"问题意识"已经在建筑师中取得了共识，问题是光有建筑师的认同已经很难有所作为了。

---

1. 岸田日出刀：1899—1966，日本的建筑学者，造型设计方面的权威。1922年毕业于东京帝国大学工学部建筑系，1929年出任东京大学教授。参与了东京大学安田讲堂、东京大学图书馆的设计工作。1947—1948年任日本建筑学会会长，1949年获日本艺术院奖。在他的研究室中培育出包括丹下健三、前川国男等一批著名的日本近代建筑师。

　　芦原：因此我很高兴看到建筑行业之外的普通读者开始认同这本书的价值，出现了很多的书评，同时还收到了大量给予我激励的来信。我觉得日本前途光明，是因为看到了大家都打心底在认真地思考着如何改善居住环境的事情。这样，当碰到无法解决的问题时，虽说并非读这本书就能找到答案，却可以意识到通过某种努力是可以实现的。

　　香山：这样的事情若能不断加以积累，我想日本一定会越来越好吧。

　　芦原：在重建钏路的币舞桥时，曾想过在桥的栏杆上设置象征春夏秋冬的四尊女性雕像。有的市民说"为什么这个时代还要设置裸女像啊"，也有的市民说"好啊，好啊，双手赞成"。那座桥的重建资金是通过市民们众筹而来的，所以在这件事情上，我想让大家都参与进来一定是好事。过去的民众运动，多是针对时代、革新等的内容，与大多数市民的心里所想还是有距离的。

　　香山：日本的民众运动，多是基于"反对、反对"口号的消极抵制性质。民众运动不仅是向社会提出诉求，还需要做出自我贡献，提供各自所有的东西。

　　芦原：城市面貌实在需要改善，但并非通过某种意义上的时代或革新的思想，而是以积极的民众运动的形式。比如最近我就在思考这样的事情：在银座四丁目拐角上的服部和光大楼，楼顶上的钟塔由于没有设置任何广告物，而对银座的整体形象起到了积极的作用。相反地在其对面的某百货公司大楼，外墙上却挂满了广告条幅，几乎把整个墙面都遮挡了。挂上宣传条幅确实得以招徕顾客，然而却让我们这些上了年纪的人敬而远之了。这样的做法估计不久之后就要和超市竞争起来了。在银座地区那么大肆宣扬，要换了别的国家，说不定会发起抵制运动了。像巴黎的大街便无法想象这样的光景，如果要是出现了说不定会满城骚动啊。像那些小街道还情有可原，无论如何银座大街作为日本代表性的商业大街，还是希望能采用前面提到的和光大楼的做法。那种大肆做广告的做法，我想可以换到别的地方去，营造那种便宜卖场的氛围。只想着做生意而不管街道的美学形象，在这一点上可以说那个百货公司根本不明白其中的道理。

香山：如今在日本，若能向政治家、实业家还有各个领域的领军人物灌输建筑与城市的价值观，则情况一定会大不一样，可惜现在还没有实现。

芦原：所以我认为在年轻时灌输这方面的知识是很有效的。《街道的美学》这本书获得了很多非专业的普通读者的肯定，认为内容简洁明了，对此我真的很欣慰。只要人们觉得街道还是美观一些好，我想就已经很难得了。真想不到这本书能获得大众的喜爱。对于建筑的业内人士来说，这些或许都是明摆着的、没什么特别的地方，然而实际上如果没有在大众中建立起这种意识，则城市美是无从谈起的。

香山：耶鲁大学的文森特·斯卡里[1]的建筑史课程，是普通教育课类中最受欢迎的课程，在那些未来将成为政治家、医生和实业家等各个领域精英的耶鲁毕业生中，据说有 3/5 的人都选了这门课。

---

1. 文森特·约瑟夫·斯卡里：1920—2017，美国建筑史学家，耶鲁大学美术史教授。以将文丘里的著作《建筑的复杂性与矛盾性》评价为一本取代柯布西耶的名作《走向新建筑》（ *Vers une Architecture* ）的书而闻名。自著有《美国建筑与城市主义》等。

芦原：这是件好事。

香山：从刚才您提到的在年轻时加以灌输的观点来看，不知道未来能有多大的作用。

芦原：在国外，建筑史之类的内容是众所周知的知识，作为三大素养内容之一，女性中有很多人都比较熟悉。而在日本，普通的女性对建筑史估计不会有太多了解。

香山：在美国，实际上建筑专业以外的人普遍对建筑有所了解，并将其作为社交话题。甚至可以说建筑是聚会活动上聊得最多的话题。比如从城市美的观点出发，对新落成的公共建筑进行评论，或者说一些诸如比起乔治安风格[1]（Georgian Style），我更喜欢优雅稳重的都铎样式[2]（Tudor style）之类的话。看看日本的小学教材，有美术方面的介绍，却没有出现建筑的内容。日本社交话题中不乏关于文学、音乐的话题，却很少论及建筑。日本人在认知意识上经常忽略日常的东西，这点很像过去那种盲目崇拜西方的思维方式。

---

1. 乔治安风格：英国的艺术风格之一。指从英国国王乔治一世即位（1714）到乔治四世去世（1830）延续了四代国王的一个时代中的建筑、家具、银器等的造型样式。建筑上表现为对古罗马建筑的简洁结构形式的尊崇、使用轻快的装饰元素、构建优雅端庄的新古典主义建筑形象。

2. 都铎样式：英国建筑样式之一，对应了15世纪末到17世纪初的都铎王朝。是中世纪向文艺复兴过渡时期的风格。主要体现出和平时代条件下的建筑特征，比如开窗数量和尺寸都增大、采光能力提高、哥特式的尖塔逐渐演变为都铎式的扁平拱等，反映出军事目的的城堡向宫殿等过渡的时代特征。

我们今后的发展道路

　　香山：日本与国外的交流，这些年有了长足的发展，毫无疑问这种趋势今后将更加明显。我认为其中有些方面变得方便了，有些方面却反而变难了。就建筑领域而言，不知您有何感受？

　　芦原：近年来，日本的大学与国外的大学之间的交流大大增加，过去的学生不像现在的学生这样，大家都能轻易跑到国外去。像我这样性急的人，战争结束后马上就去了国外留学，那时这么做的人要比现在少得多。记得好像早稻田大学的学生去得比较多。最近由于国际化的发展，东京大学的学生也有很多出去留学的，于是请我们写推荐信的事情也一下子多了起来。在日本，不管是多么伟大的人，通常都会爽快地写名片介绍一下，或者帮忙写推荐之类的，在国外却不是这么简单的一回事，有个说法是为拿到好的推荐信而埋头苦学，推荐信上写的都必须是事实，写推荐信是很严肃的一桩事情。当我们和对方的老师彼此熟络之后，不按事实写的东西第一次还管用，第二次就有点骗人的感觉，很是麻烦。像麻省理工学院的推荐信上，就有填写老师简历的空栏。还有为了免除今后诉讼的风险，学生必须在是否放弃阅读这封推荐信权利的地方签字。之所以将其看得这么重，是因为那些大学没有入学考试，采用的是推荐制度，使得推荐信成了极具重要意义的内容。记得当年我请岸田日出刀老师写推荐信时，他对我说："你自己写好了拿过来。"于是我就自己写完递上去，老师也爽快地在上面签了字。那时让我觉得好老师就是签字干脆、不太挑学生的小毛病。不过如今日本的大学也逐步地走向国际化，这种做法也要行不通了。尤其是向同一所大学写三四封推荐信时，便需要排序了。话说回来，即便在今天仍有一些老师，就是在学生自己写好的推荐信上简单地签上名，长此以往的话，恐怕会降低日本的大学教授的信用。我想这是必须引起注意的。还是应该老师自己不嫌麻烦地来写，然后让人去翻译，或者就是用日语写也无妨。懂日语的外国人也越来越多了，你觉得呢？

香山：确实是这样，如果因为觉得用英语写起来很麻烦，便让学生自己写好拿过来签字的话，还不如就用日语把真实的内容写下来，让对方去翻译。这里说的推荐信的写法，其实不单是对大学，对企业、对奖学金的评比也是一样的。在日本通常由本人将这些资料和其他资料一起提交过来，这种做法反而造成了无法照实来写。结果成了大家的推荐信都是一样的、没有具体内容的东西。

芦原：还有更过分的，我曾担任意大利政府的留学生选考委员，那时文部省要求申请资料中必须附带校长或系主任的推荐信，于是对认为适合推荐的学生，全部附上了印刷好的同样的推荐信。这岂不是成了大家都一样，等于没有推荐信了。

香山：东京大学的研究生院入学考试也要求从其他大学过来的学生必须提交推荐信，结果其中相当一部分是印刷的东西，这样的资料究竟有什么意思啊？

芦原：这实际上不能称为推荐信。按日本的习惯写下的东西拿到国外，还有可能造成信用的丧失，反过来按照国外的方式写上真实的内容，然后用在日本国内也有问题。在日本是为了被推荐学生的名誉而写的，而国外则是为了对方大学的名誉而写的，基于这一不同目的，为了把学生送出去留学，则必须按着国外的规矩来办，与日本国内的做法区别开来。日本的大学中有几所是处于世界前列的大学，按我自身去过不少大学的经验来看，它们最大的优点是学生的素质较为平均，估计到过国外大学的人都在这方面有所体会吧，像美国的大学中就有水平很差的学生。

香山：我觉得在中世纪欧洲的那些大学中，比如巴黎大学、牛津大学等，在当时实际上已经相当国际化了，各种文化、学术交流基本上都是以国际化的形式来开展。结果是不但有引进，还有在那里孕育发展起来后又向外发扬，各种内容交织融合其中。虽然日本的大学确实很优秀，对国内的贡献也不小，然而却无法同时向外发力。这点似乎从明治时期到现在一直都没变，日本的大学只能发挥对内的作用，这样下去会怎样呢？

芦原：在过去这几个月中，在世界尤其是在美国发生了很大的变化，或许是继石油危机以来也未可知。前些时候 NHK 解说委员的绪方先生说道："欧洲其实并不理解日本，美国开始进入熟知日本的阶段。"因此在这个意义上，日本与美国走得更近一些，跟欧洲还隔得比较远。前些时候去美国，明显有这样的感觉。现在美国已经在用与过去相当不同的眼光来看日本，对日本似乎有相当高的期待。这种变化是过去所没有的。显然日本的做法中有些东西引起了美国的关注，正如傅高义[1]先生所写的《日本第一》（*Japan as Number One*），还有赖肖尔先生的书中提到的观点。看来欧洲与美国的眼光实在是不同。日本的文化如今已经渗透进美国，最近尤有这样的感觉。

香山：美国也有和日本大致相同的地方。美国本来是将世界上的一些好东西包容进来，在里头经过搅拌融合形成自己独有的东西。与

---

1. 傅高义（Ezva Feivel Vogei，1930—　）：哈佛大学社科学院名誉教授。费正清东亚中心前主任、社会学家、汉学研究学者，精通中文和日文。代表作有《邓小平时代》《日本第一》《日本的新中产阶级》等。

其他诸如英国等相比，美国一直都是坚持做自己独有的东西。在这层意义上我想和日本有点像。

芦原：日本是单一人种，想法上也很有统一性。

香山：所以在美国人看来，日本既是有着不同文化的古老国家，同时也是比较容易理解和接近的国家。

芦原：去了美国就知道，无论是学问还是其他东西，日本最接近的还是美国。近期我去了一趟中国，中国的建筑教育注重培养毕业后马上可以发挥作用的人才。日本的教育方针则截然不同。日本的大学教育如今已进入了后科技的时代，教育的内容并非是急着马上派上用场的东西。感觉有点要求不够高似的，然而实际上在今天的日本社会中，期待的是有能力进入大学的人才，而不是马上发挥作用的毕业生。有些国家可不是这样，像在澳大利亚，对毕业生的期待就很高，要的是能马上发挥作用的人才。在这个意义上，可以说日本社会是一个相当成熟的社会，并不需要迫切的实用知识，而是为了将来获得更大的成就而从事着非现实性的学问研究。不过也存在一些问题，毕业后如果幸运的话则可以进入日本社会中工作，可要是去了中小型的施工单位，或者马上被派到国外工作的话，实际上这些人是无法胜任任何工作的。

近年来，随着日本从高度成长期转入低速发展时代，对建设技术人员的需求便减少了，对大学毕业生的就职方面开始有所影响。在建筑技术领域，日本每年大约有 1.5 万名大学毕业生。作为美国和日本的共通现象，在一个技术高度发达的社会，大学所关注的并非技术，而是哲学或美术史等领域，其中也难免有一些轻视技术的倾向。这样的毕业生，到了像日本或美国这样的高度工业化社会，作为社会组织的一员，虽然自身没有技术，却反而在技术社会中得以顺应潮流，我想实际上这是件很不可思议的事情。问题是大量的有经验的技术者和刚毕业的技术者，到了东南亚、中东、非洲等发展中国家和地区，能否顺利地开展工作呢？我想会有几方面的问题。

首先在日本，高度专业化的专家利用各自的技术交织出如同网络一样的技术整体，形成了一个高度工业化的社会，如果将这张网的其中一部分单独拿到国外，就成了如同上了河岸的水怪一样，武功全废了。能发挥作用的是那些具备综合能力的技术者，即使其自身的技术能力并不强。在希腊的一次建筑会议上，我遇见了伦敦大学的一位教授，对方问我："听说您是大学教授，日本是用什么语言教授建筑材料学与结构力学的呢？""当然是日语啊。"我答道。对方听了很是吃惊，又接着问道："有日语的专业教材吗？"这话反而令我吃惊起来了，都什么时代了英国的大学教授怎么这点常识都没有啊。然而继续聊下去，才知道除了欧洲的少数发达国家，其他基本上专业课都是用英语，再就是法语和德语。这种倾向尤其在发展中国家体现鲜明。由于日本的技术者所使用的语汇和当地的不一致，令日本的建筑技术到了国外，必须在设计、施工的各个阶段都由日本人的团队来负责才能发挥效率，互相沟通也更到位。欧洲人常作为顾问或教师，单枪匹马去国外发展也能如鱼得水，而这种人才，我想在日本的大学教育制度下是无法产生的。

今后的大学毕业生，我希望他们是健康开朗的青年，有着稳重的性格，在哪儿都能睡好，什么菜都能入口，不会因为吃的不习惯而思乡，而最重要的是能成为具备人格魅力的青年人。话说回来，一方面建筑师接受的是有着远大规划的教育，而另一方面在日本能成为指导者的建筑师却很少，这实在有些矛盾。到了快毕业该找工作时才发现，其实可以去的地方并不多。想想还是当建筑师好，如果走别的路，比如去了政府机关，仅是一个建筑专业的毕业生，去建设部、国铁或者电话公司也拼不过法律系或土木系的毕业生。然而实际上建筑专业的毕业生都普遍掌握广泛的、与社会相关的技术。从这一点上看，建筑系的毕业生实在有点不够好命啊。

香山：反之从另外的角度来看，在建筑学技术已经得到发展并达到相当高水平的国家，建筑的职业已经脱离了原本作为狭隘领域中的特殊技术，与社会文化整体关联在了一起。因此不管是研究街道景观，还是建筑的建造技术，在日本是不成问题的。问题出在另外的地方。

芦原：日本能接受无法马上发挥作用的人才。只需要之后在社会上经过充分的培训。在这种意义上我认为现在的教育是非常可行的。东京大学尤其是这样，虽然老师们也在考虑教育上哪些内容该教、哪些内容不该教，实际上可行的东西自然就形成了，不行的东西最终还是不行，主要原因还是有着好的机制。毕业后再努力一两年，便能把在大学中所缺失的那部分内容补上，成为非常有能力的人。至于是到大公司工作，还是扎堆小地方干活呢，到目前为止，东京大学的学生多有一种好不容易进了大学，还是要进入大公司的想法，我想就是所谓大树底下好乘凉的思想吧。不过最近情况也有所转变，自我挑战的人开始多起来了。这些人可以说更加率直可靠，我们也是这么走过来的。这时最关键的问题是在现实中如何从个人切换到社会。对此，前面提到的恩人的事情，还有梦想与浪漫，我觉得还是很必要的。另外显然日本所采用的终身雇用制度也有一定的影响，一旦进了大公司，就难以下决心从中出来了。对我们来说，由于战争这一不可抗力因素，就像打了败仗后只能从中跳脱出来一样。不管你是否喜欢。那个时候，大前辈的前川国男老师和我们这些年轻人一样，站在战后的废墟上，大家都是一样的起跑线。那是一个大家都饿着肚子而必须拼命工作的时代。到了今天这样的安稳时代，如何在个人与社会之间进行切换，我想也是一个非常重要的问题。

香山：现在立志成为设计师的学生不但没有减少，还有所增加呢，虽说有段时期都在说工作不好找。其原因我想应该是大家希望从事具有能动性的创造工作，在自己的能力范围内，以自由职业或者说是用自己的双手来谋求发展，本质上就是本着脚踏实地的精神吧。

芦原：反复思考后我觉得最需要开阔知识面的还是设计这行。当然其他学科也需要，在一般的学术领域，如果在自己所研究的狭小范围内成了博士，便能以专家自居。然而在设计这行却做不到。作为一门综合性极高的职业，设计必须与时代和社会等多方面紧密联系，从其背后的技术要素出发，这就需要我们坚持不懈地努力学习。因此在某种程度上也可以说它比较适合东京大学的学生。然而由于设计上常常没有唯一解决方案，所以工作上有时还需要赌上自己的构思和意志。估计东京大学的学生是属于不爱下赌注的类型吧，内心想法是就这么随波逐流也能有不错的发展，要是还得再搏一把的话那么辛苦考进来做什么呢。不过对这种观点也别同意得太早，大家翻翻历届毕业生的名册，便会发现并非东京大学的学生就一定有出息。所以要我说，自己选择的道路，只要使出全身解数，凭着坚定的意志，我想人生赌一把是最有效率的事情。拥有强壮的体格和学习的能力是件了不起的事情。在我们的研究室中，我想未来不出 10 ～ 15 年，一定会涌现出令人瞩目的建筑师，对这点我是既乐观又充满了期待。

香山：真希望能实现啊。建筑的工作要求具备广泛的能力，这种能力不仅要求头脑聪明、面对问题能够迅速而准确地找到答案，同时还需要具备自我发现问题的能力。在美国的大学等地方，对人才的评估有推荐点（recommendation）一栏，所注重的是 capacity of making things happen（即酝酿事情、让事情得以向前进展的能力）。这种能力也是建筑师不可或缺的能力。

芦原：建筑师是需要这样的能力。

香山：因此"受托之下必能打开局面"，您常常提到建筑师给人这样一种印象的重要性。实际上和 capacity of making things happen 是同一回事。不过现实中的学校教育或能力评估，似乎欠缺的正是这方面的内容。

芦原：我觉得确实存在这方面的问题。拿找人商量事情来说，如果感觉和这个人商量后事情便有可能得到解决，我们便会找他商量；要是觉得和他商量他也不会有什么好的意见，我们可能就不和他商量了。相应地对建筑师也有这方面的要求。因此我想：对今天的东京大学的学生来说，智力应该是不成问题的，然而，还必须具备个性和能力，包括多层次意义上的行动力、判断力和责任感等。创作上也需要综合的能力，对那些已经打好基础、决心大干一场的人来说，我想机会是很多的。不过首先必须树立起不依赖任何人的精神，怀着壮士出征的心情，别太把毕业证书当回事。事情并非很难，我想谁都能做到"有所为必有所成"，而观望不动是最要不得的。顺带提一下，对于绘图能力，只要稍加努力谁都可以掌握。不必在乎年龄的大小，只要坚持多方位的思考和广泛的研究、学习，在关键时刻把能力发挥出来就行了。赖特先生在 60 岁后还出了不少好作品呢。不过通常认为日本人比较早熟，或者说上了年纪后大脑会开始逐渐退化，那时就很难全面思考问题了。所以只要我们对此加以警惕，经常吸收新鲜事物，令头脑保持灵活的状态，我想无论年纪多大都能开展设计工作。

后序
——清华大学庄惟敏教授访谈

2019 年，清华大学建筑专业在全球大学的专业排名中晋升前十，这一瞩目成就来自从梁思成先生创设清华大学建筑系至今的延绵积累，标志着中国的高等建筑教育进入了国际顶尖水平。然而未来的发展之路仍需以今天的学习和思考为基础，值本书出版之际，编译者伊藤增辉（以下简称伊藤）有缘访谈清华大学建筑学院院长、清华大学建筑设计研究院院长庄惟敏教授（以下简称庄教授），来与读者分享他对芦原义信先生的建筑论著的观点，并剖析当下在中国出版本书的意义，以其为本书后序。

一、关于芦原义信先生建筑理论的应用和评价

伊藤：庄教授长年致力于环境行为学的教学和研究工作，近年更积极推动建筑策划论这一新的学科理论的确立与发展，将建筑师的工作拓展至建筑设计的整体策划层次，听闻在教学中，您要求学生学习的书单中包括了芦原先生的《外部空间设计》一书，您是如何看待芦原先生的建筑理论的？

庄教授：我在清华讲授环境行为学概论已有十几年了，这门课承接了之前李道增院士的教学工作，目前已成为建筑学学科中的核心课程。其理论关乎人与环境、行为与空间的关系。针对这门课的教学，我在给学生们的阅读参考书目中，将芦原先生的《外部空间设计》一书作为其中非

常重要的一本参考论著。这是因为在众多的建筑理论书籍中，这本专著在内容上更加明确而确切地指向了关于外部空间的特质，尤其是空间和人的行为之间的关系。其中包含了许多原理性的内容，比如对街道尺度的探讨、斜线控制的要求、人的视野分析和行为状态的研究等。因此，芦原先生早期的专著就成了我们现在建筑学课程中重要的参考依据和理论来源。

伊藤：提到现代建筑理论，通常人们更多联想到的是源自欧美的西方建筑理论，您觉得芦原先生这些发自日本的理论也具备其历史存在意义吗？

庄教授：它必定是具备历史存在意义的。因为芦原先生在提出这些理论的研究过程中，按我的理解，他最主要依托的是当时在日本整个学术界所掀起的跟建筑设计、建筑计划等有关的一系列行为分析方式和分析工具，并以此来研究行为和空间之间的关系。在日本的学术范畴上，建筑理论包括建筑设计和建筑计划两个相互关联的领域，我认为芦原先生关于外部空间的设计理论是横跨在这两个领域上的内容，这一定位决定了它的存在意义。

近几年我还开设了建筑策划导论课程，这门课主要是研究建筑设计的依据问题，也就是探讨空间是如何形成的、对空间的设计评估等问题。这些触及空间形成意义的内容，必然与空间的使用，与人们在其中的行为发生关联。因而《外部空间设计》这本书自然而然地就成了建筑策划这一研究领域中的重要参考专著。

二、关于建筑设计实践、理论研究与人生思考对建筑师生涯发展的影响

伊藤：本书汇编了芦原先生的演讲、生活随笔等文章，上卷讲述了城市与建筑的理论，下卷为芦原先生作为建筑师的人生体验随笔集，从中可以读到芦原先生在建筑设计实践、理论教学研究、生活中的感悟这三方面的内容，您是如何看待芦原先生这种多面的建筑师生涯的呢？在建筑师的成长过程中，您觉得这些要素都有着怎样的关系？

庄教授：芦原先生作为老一辈的建筑理论家、教育家，同时还主持着自己的建筑设计事务所，完成了大量的建筑实践项目，在这一点上我觉得可以将他称为"三栖发展"的建筑师。事实上我对芦原先生的敬佩，不仅出自最初通过书本接触到他在理论研究方面的成就，更重要的是对他这种将理论和实践相结合的生涯发展模式的共鸣。这一模式实际上已成为众多学者建筑师的一种常态。芦原先生通过杂谈、短文等对这一常态加以表述，有些还带着非常质朴亲切的随笔风格。实际上从本书所收录的随笔文章中，便可以读到这方面的内容。加上了"生活"的元素，形成了生涯发展上理论、实践和生活这种"三位一体"的结合，其中既有理论源发的重要意义，同时又有建筑实践印证的需求，更重要的是萌发了建筑师观察生活、观察行为、了解空间的热情，我觉得这是一种非常理想的状态。将前辈的人生经验呈现给读者，我想这正是本书出版的意义所在。令读者可以从另一个侧面，或者说是从三个不同的角度去探察、了解芦原先生的思想体系和实践体系。

伊藤：芦原先生在文章中提及在国外大学任教时，曾接触到只从事理论研究和教学工作，而没有参与具体项目设计的教授，令注重实践的芦原先生颇为惊讶，也引发了他对教育制度的思考。

庄教授：正是通过这些文章，让我们得以理解芦原先生那些来自洞察事物的思想，因而在这一层面上，更体现了出版这本书的意义。它不是简单的一本理论专著，也不是单纯的作品介绍，而是将这几者融合起来。特别是通过朴实的随笔文章，芦原先生将他的观察、理论的源发点和他的实践融合成一个整体，并使其展现在读者面前，其意义要远大于一般的作品介绍或理论阐述。

三、出版本书对今天中国的建筑教学和建筑师培养的意义

伊藤：改革开放带来了中国建筑业的繁荣。中国建筑师在经历了大量建设项目的实践后，整体的设计水平获得了快速提升，您觉得在今天回顾数十年前芦原先生的建筑理论和人生思考，对中国未来的建筑教学和建筑师培养上有何意义？

庄教授：对于这一点，首先必须明确的是中国的高校在建制上有自己的特色，与西方、日本都有所不同。其特点在于国内很多高校都有配套的设计院，建筑学专业的教师都可以成为注册建筑师，去参与设计实践。据我所知，日本也有不少建筑学院的教授们，在教学的同时主持着自己的设计事务所。而在中国，教师们得以通过高校设计院这一比私人设计事务所更为广阔的平台来开展他们的设计实践。

同时，面对中国目前的巨大建筑市场，要求中国的建筑师不仅要吸

收国外先进理论和经验，同时还必须结合中国的现状，在中国的建筑实践过程中将其本土化。这就引出了本书作为回顾日本经验上的借鉴价值。其实，纵观中国的建筑历史发展，我们可以看到从20世纪20年代开始，随着现代主义的兴起，我们开始向美、德、法等西方发达国家学习，这些人学成归来后成了现代中国的第一批建筑大师。与此同时，中国也高度关注明治维新以后日本的发展，在建筑领域，像前川国男、丹下健三等一众现代主义建筑师的旗手都是我们关注的对象。今天我们看到日本相当成功地将西方的建筑理论或现代主义理论予以本土化，我想这在很大程度上得益于这些老一辈日本建筑师的努力。他们所走过的，是一个将近现代的建筑理论与日本的国情相结合，与日本的文化相结合，与实践融于一体的本土化历程。所以我想这也是今天回顾芦原先生的意义所在。以其作品、理论研究为核心是一方面，另一方面，还原他作为一位集理论家、教育家和建筑师为一体的真实形象，也具有很高的参考价值。

伊藤：在建筑教育的模式上，芦原先生提出了毕业后工作一段时间再重返校园，而不是一气呵成地完成学业后再进入社会的方式，您是如何看待这种观点的？

庄教授：芦原先生提出的这种模式，在国外的一些高校中确有采用，在日本也有提倡和实施的大学。在日本的大学中读取博士学位，实际上还是有相当难度的。一是与西方国家相比，日本在学制上相对比较长，另外有些学校会有一些较为特别的要求，比如说需要工作几年后再回来等。中国目前由于人才紧缺，因而就教育培养体系来说，本质上还是希望快出人才，从这个角度而言，并没有采用这种实践与学习交叉进行的模式，比如要求博士生需要工作或实习多长时间等；另一方面是中国的教育体系其实也参照了西方的一些要素，在博士的培养上，更多偏重的是理论方面的研究。不过近年情况也发生了变化，特别是最近两年，清华大学也开始招收高端工程博士，即招收工作在生产实践、设计实践第一线的建筑师或专家，让他们回到学校攻读博士学位，在这一点上和芦原先生的想法是契合的。大家知道在哈佛大学就有一个专业学位叫DDes，即设计学博士（Doctor of Design），实际上强调的就是以设计为核心的博士培养，这样的博士学位和我们通常说的PhD（博士）学位，严格上来说并不完全相同。

在建筑领域，强调具有一定的实践背景，建筑师在一定的实践基础上回过头来深造博士的理论研究，我觉得其意义可能更加深远。相信未来在中国这一模式也同样会得到发展，或许是双轨并行的发展模式。一方面是传统的博士培养体系，另一方面是选择在实践第一线的优秀人才回校继续教育，甚至为他们专设一类博士学位，譬如刚才提到的工程博士，还有创设设计学博士学位等都有可能，这样才能实现全方位的人才培养。